JN195258

ばんとう

山陰初の私立中学校をつくった男

扉絵・本文挿絵　蔵りすと　森井裕子

カバー写真　大正時代の育英中学校

「晩登」は、豊田太蔵が用いていた雅号である。

豊田太蔵

豊田太蔵の一族　２列目中央が太蔵、右隣が収

目次

一　由良（ゆら）台場

文久（ぶんきゅう）四年（一八六四）二月はじめ、まだらに雪の残る由良川の土手を、数人の少年たちが河口めざして駆けている。

みな、由良宿の神官・池本静雄の私塾にかよう仲間である。

たれこめた雲のもと、日本海から吹きつける風はつめたい。頬が荒縄で打たれたように赤くそまり、草履にも雪水がしみてくるはずだが、少年たちは苦にするようすもない。――ばかりか、瞳をかがやかせて走るかれらの心を占めているのは、由良川河口に完成したばかりの砲台場を早く見たいという思いである。

その日、大砲が据えつけられることになっていた。

「大砲ちゃあ、どがなもんじゃろうか」

先頭を行く少年に、追いついた子が問いかけた。二人とも十三か十四歳くらいだろう。

「鉄でこしらえた大きな筒じゃ。わしは、六尾（むつお）の反射炉（はんしゃろ）から運びだされるのをいっぺん見たことがある。筒から飛びだした弾が敵の船に当たるとな、ドカーンと爆発するしかけだそうじゃ」

「異国船をやっつけるんじゃやな」

「おうよ、エゲレス船だろうがフランス船だろうが、尻尾（しっぽ）を巻いて逃げ帰るわいな」

「そがなものをこしらえるちゃあ、さすがは武信のお殿さまじゃなあ」

由良宿は、東西に長い鳥取藩のほぼ中央にある。かつては「由良の湖」と呼ばれる湖沼地帯だったが、江戸時代中期までに干拓がすすみ、一帯は田園となった。水利の便がいいため、年貢米をあつめて保管する藩倉がもうけられると、人の往来がふえ、宿や店もできた。

そのころから、由良宿と呼ばれるようになったらしい。

武信家は、由良宿のとなり、瀬戸村に屋敷をかまえる大庄屋である。広大な田畑・山林を所有していた。

なにしろ、屋敷から十里（約四十キロメートル）以上はなれた大山寺まで、他人の土地を踏むことなく行けたというから、所有する田畑の広さたるやすさまじい。さらに廻船業でも富をたくわえて、あるじの佐五右衛門は、一帯の「お殿さま」としてとおっていた。

その武信佐五右衛門が、反射炉築造を藩に提言、そのための資金として五千両を献上したのは、さかのぼること十年前、ペリーが浦賀にやって来た翌年だった。

五千両をいまの貨幣価値にあてはめるとすれば、低くみつもっても十億円は下らないだろう。藩主・池田慶徳から一任され、反射炉築造にとりかかったのが、八年前の安政三年――。

反射炉とは、鉄を熔解して不純物を取りのぞく施設のことである。大砲鋳造のためには、どうしても必要なものであった。

それを、由良川ぞいの六尾という所につくった。由良宿と瀬戸村の中間あたりである。

築造の実際をとりしきったのは、武信潤太郎という人であった。この人は美作の生まれだが、砲術の勉強のために各地をまわり、瀬戸村に来たとき、佐五右衛門からその才能を買われて、武信家の分家に婿養子に入ったという経歴をもつ。

以来、佐五右衛門とともに、反射炉築造と大砲鋳造に邁進してきた。

反射炉に最初にとりくんだのは佐賀藩で、ついで水戸藩や幕府、薩摩藩もつくった。六尾の反射炉は、これらにつぐものであったが、他とちがうのは、民間人の手によるものだったという点である。かたちの上では藩営ということになっていたものの、実際の運営は武信家に丸投げだった。

潤太郎は、先行する反射炉を見てまわっただけでなく、「国抜け」の危険をおかして、島原藩から数人の職人をつれ帰ったりしている。

六尾の反射炉は、レンガづくりの煙突をもつ立派な建物だった。明治維新までにおよそ五十門の砲がつくられ、藩内八ヶ所の台場に据えつけられたほか、備前や浜田へも移出されたという記録が残っている。

幕末少年たちにもどろう。

いちばん後ろをひょこひょこ走っているのが、これからその人生を追うことになる豊田太蔵である。武信佐五右衛門と潤太郎が、反射炉築造に着手した年に生まれた。

このとき、かぞえの九歳になったばかり。前を行く少年たちが初々しい若木だとすれば、まだほんの新芽、いや芽も出ていないドングリのような子どもである。池本塾に入って一年ほどたつが、同じ年ごろの子とくらべても身体が小さく、所作全般において機敏さに欠けるところがあった。

くわえて気が弱い。

近所の坊主たちは、田んぼの畦などでヘビを見つけると、これ幸いとばかりに皮をむき、干した皮を腰ヒモにしていたが、太蔵はヘビをつかむことすらできなかった。塾の先輩たちからからかわれても、いい返すことができない。剣術の稽古などは大の苦手だった。

六尾の反射炉から運びだされる大砲を、太蔵も見たことがある。全体は菰で覆われていたが、菰からのぞく、自分の身がすっぽり収まりそうなほど大きな砲口に恐怖した。

それでも砲台場へ行くのは、父の平吉が、藩から台場御用掛（海防係）二十七人のうちの一人に任ぜられているからである。士分に準じて苗字帯刀をゆるされた豊田家の長男として、父の晴れ舞台を見ないわけにはいかないという気分が、幼いながらにあった。

だから懸命に走っているのだが、

「太蔵、なにモタモタしとる。急がんと日が暮れるがな」

大声でどなられたとたん、つんのめって膝をついた。草履の緒が切れた。

「ちょっとばかし待っておくれや」

「ほんに鈍くさいやつじゃ。だけえ、おまえは来るなといったたら」

「草履が切れたんじゃ……」

「ほんなら、さっさと去んでおっ母の乳でも吸うとれ」

いったのは、やはり父親が海防係に任ぜられている竹歳伊作である。太蔵より一つ年かさなだけだが、上背があり口が達者なため、上級生にまじって塾を仕切っていた。

しばしば太蔵を馬鹿にし、また目のかたきにしている。父親が同じ海防係とはいえ、近年商いで蓄財した竹歳家に対して、豊田家が旧家であり、いまも土地の有力者であることへの敵対心もあるのだろう。

太蔵は、くちびるをぎゅっと結んで草履を手にもつと、はだしで走り始めた。小石が足の裏に痛いが、河口はもうそこである。


「おお、おっけな所じゃのう」

先に着いた塾生の声に遅れることしばし、太蔵の目に映る由良の砲台場は、たしかに広大だった。

日本海に面して長大な土塁(どるい)が築かれ、そのいちめんが野芝で覆われている。多くの住民が人夫として駆りだされており、大砲の設置作業はほぼ終わっていた。

ひとーつ、ふたーつ、みっつ……。

ぜんぶで七門の砲が、土塁の上から海をにらんでいる。

「すげえのう。これがありゃあ異国船なんぞ真っぷたつじゃあ！」

歓声をあげる仲間のあとについて、太蔵も土塁に登ってみた。近くで見る大砲は恐ろしいまでに黒々としていて、大きな牛の背を思わせるが、牛とちがって人を寄せつけない堅さと冷たさがあり、たじろぐ。

なに、恐いものか。恐いことなんぞありゃあせんわ！

太蔵とて、幕末に生を受けた「攘夷(じょうい)の子」である。異国船があちこちの港に押しかけて開国を迫り、となりの清(しん)国同様、この国を食いものにしようとしていると聞いていたし、わが藩は水戸藩とならぶ攘夷派の雄藩であると、塾でも教えられていた。

実際ペリー来航時、鳥取藩は武州本牧（横浜）に台場を築き、藩兵約二千人を派遣している。

この前年の文久三年六月には、大坂天保山の砲台警備をまかされ、石炭補給に立ち寄ろうとしたイギリス船を砲撃するという事件を起こしたが、これが砲台場建設をいそがせる契機となった。イギリスの報復にそなえるためである。

もっとも、鳥取藩には金がない。石高は三十二万石あり、まずまず大藩の部類だが、さまざまな出費が重なって財政難におちいっている。

県内八ヶ所につくった砲台場を、地元有力者からの献金や、住民たちの無償にちかい労働に頼ったように、由良の台場も武信家の尽力によってできた。武信潤太郎が、地域の住民を動員して突貫工事をすすめ、わずか数ヶ月で構築したのである。

十六歳から五十歳までの者は、男女をとわず駆りだされた。ひとびとは見返りを求めず働いた。異国船がどんなものか、そこにどんな人間が乗っているのか知らなかったが、ただそれが来れば藩がつぶされてしまうと思い、父祖伝来の土地を守らねばならぬという悲壮な決意から、夜を日につぐ使役に耐えた。

太蔵もそのようすを見てきた。家は由良川に近かったから、「ほっさ、ほっさ――」というモッコかつぎの掛け声が、夜明け前から夜ふけまで川土手に響くのも聞いていた。ましてや、父は藩の海防係である。

異国の奴らなんぞに好き勝手はさせせん！

心中そういきまくぐらいの意気地はある。

こわごわ大砲に手をふれてみたそのとき、すぐちかくで〈ドン！〉という大きな音がした。すわ、砲弾発射か！

太蔵は後ろに飛びのき、足をすべらせて土塁をころげ落ちた。急斜面というわけではないから、さほど痛くはないし怪我もしなかったが、雪水にぬれた着物がはだけ、顔は芝や泥まみれになった。

「あほう、いまのは猪追いの空鉄砲（からでっぽう）だがな。おまえはほんに鈍気（どんげ）なやつじゃなあ」

土塁の上で竹蔵伊作が笑っている。先輩たちもいっしょになって、ニヤニヤしながら太蔵を見下ろしていた。

「ほれ、これがほんものの大砲の弾じゃ」

どこからもってきたのか、足もとに置いた黒い玉を、伊作がいまにも蹴り落すような格好をしてみせた。

太蔵は芝に這いつくばって目をつぶった。やめてつかぁさい——いいたいのに声が出ない。落ちてきた砲弾が目の前で破裂するさまを思い描いて、小便をもらしそうになったとき、

「こらぁ、弾をくすねおったのはおまえらかぁ。容赦せんぞ！」

野太い声に目を開けると、「わあっ」という声とともに、伊作と先輩たちがいっせいに土塁を下って逃げてくるのが見えた。

叱ったのは、羽織袴（はかま）に陣笠をかぶった役人で、それが父の平吉（へいきち）だということが、太蔵にはすぐにわかっ

た。酒の入った瓢箪（ひょうたん）を腰から下げているが、朝いっぱいにした瓢箪が、もどってくるといつも空だと、母が嘆いているのを聞いている。

　全速力で駆けおりてきた少年たちは、途中で転げまろびつして、けっきょく太蔵と似たり寄ったりの有様となった。

　顎が尖って目が細く、お稲荷さんに祀（まつ）られているキツネそっくりの伊作などは、頭に枯れ葉をまとわりつかせ、息を荒げている。先輩たちが苦笑いするなか、その伊作だけが太蔵を睨みつけてきたのは、叱られた相手が太蔵の父だと知っているからでもあるだろう。

　太蔵は、土塁に立つ父を見上げた。上背はないが恰幅（かっぷく）がよく、威厳が感じられる。

「ここは子どもの来るところではねえぞ。ぬしらは池本塾の生徒じゃろう。早う去（い）んでしっかり学問せえ」

　少年たちを見下ろしながらいう太蔵の父に、

「ほんでもお国の一大事なら、わしらも役に立ちたいんじゃ。異国船が来たときにゃ、わしらも戦う覚悟ですがな」

　と返したのは、上級生のひとりである。

「殊勝な心がけだが、ぬしらの仕事は学問をつんで、立派な大人になることじゃ」

「そがなことといっても、わしらが大人になる前に異国に攻め滅ぼされたら、どうにもならんですろう。異国を打ち払うためにゃ、ご公儀（こうぎ）にかわって京の帝を立てねばならんといわれちょるのに、わが藩はどっちつかずで煮えきらん。去年、本圀寺（ほんこくじ）に討ち入った志士らも、わが藩の煮えきらん態度を憂えてのことじゃと思うが、お役人さんはどがに思いなさる」
十三、四の少年に問われ、
「そ、それは、わしの答えるべきことではない」

父はうろたえたようすで言葉を濁した。

「お役人さんは尊王運動を知られんのか」

「政治むきのことは、藩の重役方がちゃんと考えておられる」

「やっぱり知られんのじゃろう」

「ぬ、ぬしらが口をはさむことではないというておる。早う去ね」

いい捨てて、父はその場を立ち去った。太蔵は少しばかり落胆した。


時勢についてはよくわからない太蔵も、昨年八月、尊王攘夷派の鳥取藩士二十二人が、京の本圀寺で藩の重役三人を殺害した事件は知っている。先輩たちがしきりと話題にしていたからである。

本圀寺はその当時、鳥取藩士の宿舎になっていた。

殺されたのは、公武合体派（幕府方）の重役たちだった。いってみれば、藩の内紛である。

鳥取藩主・池田慶徳は、水戸藩主・徳川斉昭の五男であった。前藩主に子がなかったため、水戸家から池田家へ、養子に入ったのである。

水戸藩がそうであるように、慶徳も尊王攘夷の考えをもっていたが、弟の一橋慶喜が将軍後見職（二年後に第十五代将軍）についていることもあってか、態度をあきらかにしなかった。

とうぜん、家臣たちも二つに割れた。そんな中、血気にはやった若い志士たちが、藩の流れを一気に変えようとして起こした事件だった。

河田佐久馬（さくま）らリーダーたちは、かねてから長州の志士たちと連絡をとり、長州藩と鳥取藩を結びつけようとしていたらしい。

二十二人のうち、事件直後に一人が自害し、一人は行方不明となって、残った二十人が日野郡黒坂の寺で蟄居（ちっきょ）を命じられている。鳥取藩にとっては大事件であった。

太蔵の父は、事件についていっさい話さなかったし、塾でもふれられることはなかったが、上級生たちは志士たちの行動を支持し、志士へのあこがれを口にしてはばからなかった。「尊王攘夷」は、最先端の流行思想だったのである。

幼い太蔵も、気分だけはそれに乗っていた。だから父の対応がもの足りなかった。


太蔵の家は、由良宿の街道ぞいにある。

夕暮れ、井戸で手足を洗ってから家に入ると、かまどの前にしゃがんでいた母のはんが、「こがな時分まで何しとったかね」といった。

「砲台場を見に行っとった」

「お父さんはおんなさったか」

「うん……」

だれと行ったのかと訊（き）きながら、母は太蔵のそばにやってきたが、太蔵が答える間もなく、「まあまあ、着物がぬれとるがね」といい、奥からすばやく替えをもって現れた。またしてもすばやく着ているものをぬがせ、下帯までといて着せ替えさせる。

そのかん、太蔵はただ突っ立っているだけだった。

のちに妹と弟が誕生するが、この時点での太蔵は豊田家のひとり息子である。母に甘えて育った。九つになったいまも、母の胸に抱かれてでないと寝つかれない。

昨年から池本塾にかようことにしたのは、この母の涙がきっかけだった。

ある晩、母の膝でうたた寝をしていた太蔵は、冷たいものが頬に落ちてきて目がさめたが、母が泣いていると気づいて寝たふりをつづけた。

「これからどうなるんじゃろうねえ……。いまでこそ、藩のお役人に取り立ててもらって豊田の家も保てとるけど、時勢はどうなるかわからんし、おまえがお父さんのような酒飲みになったら、とうてい立ちいかん気がするだが……。おまえは身体が小さいし、気も弱い子だけえ……せめて学問で身を立ててくれんものかねえ……」

そんな母のつぶやきを聞きながら、酒というのは飲んではいけないものなのだと、太蔵は思った。実際、長じてからも口にしなかった。そうして一念発起、塾に入ることにしたのである。

もの覚えはよかった。半年もすれば読み書きができるようになったし、一年あまりがたったいまでは、かんたんな論語（ろんご）や孟子（もうし）ならば、意味はよくわからないながらも、先生の素読（そどく）についていける。

ただし、気の弱さと母への甘えは相変わらずだった。母のはんが、ひとり息子に何かと手をかけてしまうせいもあるのだろう。

この当時、武士階級の子弟にとって学問は必須だったが、庶民の子どもは、読み書きそろばんを習う寺子屋に行ければいいほうで、それすらできない子どもが大半だった。太蔵が塾にかよえたのは、武信家にはおよばないにせよ、豊田家が土地の名家だったからである。

豊田家の先祖は、戦国時代にこの地方を治めた南条氏（伯耆守・羽衣石城主）の家臣であった。南条氏は長く毛利方だったが、戦国末期、南条元続のときに織田信長につく。信長の家臣であった羽柴秀吉が、鳥取城を兵糧攻めで落とし、ついで伯耆に進攻しようとしたときには、その秀吉にしたがって吉川元春軍と戦った。

吉川軍は、日本海をのぞむ馬ノ山に六千の兵をそろえて、鳥取から来る秀吉軍を待ちうけた。このとき、吉川元春は橋津川に架かる橋を焼き落とし、船の艪をすべてへし折ったといわれている。退路を断ったのである。

いっぽうの秀吉軍は三万と、兵力でははるかに勝っていたが、吉川軍の士気の高さを見て退却した。秀吉はリアリストだった。

悲惨だったのは、残された南条元続である。吉川軍に攻められて羽衣石城は落城し、命からがら落ちのびざるを得なかった。

しかし、秀吉は天下人となってから、かれを羽衣石城主として復帰させている。さすがに申し訳なく思ったのだろう。

その南条元続の軍師だったのが岸田弥助という人物で、豊田家の遠い先祖であると伝えられている人である。

さらにその後、元続のあとをついだ元忠は、関ヶ原の戦いで西軍（石田三成）についた。

この敗北によって、南条氏は領地を没収されることになる。羽衣石城は廃城、岸田弥助はじめ家臣たちの多くは農民となった。

したがって、幕末のこのときまでおよそ四百年つづいていることになる豊田家は、田畑や山もそこそこのものを有していた。小地主といっていいだろう。

こういう家だから、太蔵の父は大酒飲みではあるが、学識豊かだった。酒が入って機嫌がよくなると、塾では習わないようなことを、太蔵に教えてくれることもあった。

由良の藩倉役人をつとめ、大坂への廻米にもたずさわっていたが、昨年あらたに海防係を命じられたのである。


その晩、いつものように母に添い寝されながら、太蔵は昼間のことを思い返していた。

七門もの大砲がならぶ光景は、恐ろしくはあったが身ぶるいするほど勇ましかったし、もし異国船がやってきたら戦が始まるのだと思うと、なかなか寝つかれなかった。

ほうほう、とだれかを呼ぶような声でフクロウが鳴いている。

ほうほう、ほうほう――。

おっ母の乳でも吸うちょれ、といった伊作の言葉がよみがえり、笑っていた上級生の顔や、うろたえたようすの父を思い浮かべるたび、じんわりと悔しさが込み上げてきた。

負けたくないと思った。伊作や上級生にも、異国船にも負けたくない。

それは、太蔵が初めて抱く感情だった。負けるもんか、負けるもんか、と心の内でくり返すうちに涙があふれてきた。

「太蔵、どがしたかね。なして泣いとる」

母の問いに、太蔵は答えられない。

「恐（きょう）とい夢でも見たんかいねえ、よしよし」

そういってかき抱こうとする母の腕を押しとどめ、布団に起きなおると、

「母ちゃん、わしはこれからな、ひとりで寝るけえ」

押入れからもう一組布団を出し、冷えきったその中に太蔵はもぐり込んだ。しめった黴（かび）の匂いがつんと鼻をつく。

「そがな冷たい布団で寝んでも、母（かか）と寝りゃあええのに。母が嫌いになっただか」

「ちがう……」

「ほんならどがしたんじゃ」

「わしが強うならんとな、豊田の家も、この国もいけんようになる。そがなことになったら、母ちゃんがかわいそうだら。だけえ、わしはな、これからひとりで寝る」

母は「そがか……」としかいわなかったが、しばらくすると、太蔵の布団に湯たんぽを差し入れてくれた。母のものにはかなわなかったが、その温もりのおかげで太蔵の涙は止まった。

太蔵の母のはんは、倉吉町清谷（せいだに）の福井（ふくい）家から嫁いできた。父とはいとこ同士である。福井家もまた、もとをたどれば岸田弥助に行きつく。そうした関係からか、豊田家とは何代にもわたって婚姻をくり返してきた。やはり小地主というべき家である。

二月なかば、太蔵は母とともに清谷へ向かった。由良宿からは二里半（約十キロ）ばかりあり、正月は雪があって難儀なことから、毎年この時期に母は里帰りする。五日ほど泊まるのだが、ひとりっ子の太蔵にとっては、福井家のいとこたちと遊ぶのが何よりの楽しみであった。

その日も、山裾にある大きな家のいろり端で、三人のいとこたちが太蔵を待っていた。

「たーちゃん、よう来たね」と大きな声で迎えてくれたのが、福井家の長女で二つ上のつね。目のくりっとした、利発そうな顔だちの少女である。

「はよ、コマ回ししようや」と立ち上がったのが、ひとつ年下の覚造（かくぞう）。

何もいわずにもじもじしているのが、次女で二つ下のたかである。

「太蔵ちゃんは、えっと歩いてきて疲れとるだけえな、遊ぶのは明日にしなさいや」

いとこたちの母親が、いろりにかけた鍋から、小豆の煮たのを椀によそってくれる。ほんのりと甘い小豆は、太蔵の大好物だった。

「たーちゃん、熱いけえ気をつけてな。あ、こぼれとるがね」

姉のつねはよく気がつくし、かいがいしい。手拭いで太蔵の口もとをぬぐってくれた。

翌日、四人で近くの山に登った。日あたりのいいところには、もうフキノトウが出ているかもしれないと聞いたからだった。

道ともいえないような獣道で、子どもの足には傾斜がきつい。おまけにぬかるんでいる。一行のまとめ役であるつねは、ここでも弟妹をたすけ、太蔵のことも気づかってくれた。

これからは強くなる、と決意した太蔵である。つねが差しのべてくれた手を「大丈夫じゃけえ」とことわったが、内心はこわごわといったところである。

半刻（約一時間）ほどかけて山頂についたとき、覚造とたかはくたびれたのか、その場に座りこんでしまった。

太蔵とつねでフキノトウを探すことにした。目のいいことが自慢の太蔵は、いち早く見つけてつねを喜ばせたいと思ったが、めざすものはなかなか見つからない。

地面ばかり追っていた目を、ふと上げた瞬間、

「くちなわじゃ！　くちなわが頭をもたげとる！」

太蔵は叫んで、つねの身体にしがみついた。

「どこにおるん」とつねが訊く。〈くちなわ〉とはヘビのことである。

太蔵より背の高いつねは、「大丈夫、あたしがついとるけえ」といって頭をなでてくれた。

太蔵が指さしたのは、半間（約百メートル）ほども先にあるナラの大木の根元だったが、ずんずん近寄ったつねが手にもって戻ったのは、先が「く」の字にねじれた枯れ枝だった。

「これがくちなわに見えたんじゃね。寒いけえ、まだくちなわは出てこんよ」

太蔵は恥ずかしさでいっぱいだった。いいところを見せようと思ったのに、弱虫をさらすことになっ

てしまったのが悔しい。

　しかしつねは、

「たーちゃんは目がいいねえ。あんな遠くの枝がくちなわに見えるんじゃもん」

といって、にっこり笑ってくれた。

　けっきょく、フキノトウはひとつ見つかっただけだった。

　太蔵が見つけたそれを、大事そうに手拭いにくるみながら、つねがいった。

「あのな、たーちゃんの父さんと母さんは、いとこじゃろ。うちと豊田の家は、ずっといとこ同士で結婚してきとる。あたしか、たかのどっちかが、たーちゃんのお嫁さんになるんかなあ」

　九歳の太蔵はそんなことを考えたこともなかったし、結婚の意味もわからなかったが、「たーちゃんはどっちがええ？　あたしとたかと、どっちをお嫁さんにしたい？」と訊かれて、「わしはつねちゃんがええ。つねちゃんはやさしいけえ」と答えた。

　つねは色白の頬をほんのりそめて、

「ほんなら約束」

と小指を差しだした。

　太蔵は、その指に自分の小指をからめた。つねのきらきらした目に見つめられると、なんだかうれしかったし、一人前の男子になれたような気がした。

　つねちゃんを嫁にもらうなら、やっぱり強くならなければだめだと思った。

そのための努力を、太蔵は始めた。

まず、これまでより歩幅を広くした。どんぐりのような子どもが無理に大股で歩けば、ふつうに歩くより遅くなる。ときどきは石くれに足をとられて転ぶ。

伊作や上級生たちは大いに笑ったが、太蔵は気にしなかった。いや、気にしないふりをした。そのうちに、歩幅に身の丈が合うようになるだろうと思った。

つぎには塾への行き帰り、大股で歩きながら「子曰く――」と、おぼえたばかりの論語の一節を大声でとなえ始めた。

これも初めは笑われたものの、塾主の池本静雄から「立派な心がけである」とお墨付きをもらったため、少なくとも塾内で笑う者はいなくなったし、半年もすると界隈の評判となって、「曰くの太蔵さん」などと呼ばれたりした。

剣術の稽古にも励むようになった。

こちらはなかなか上達せず、青アザがふえるばかりで母を心配させたが、多少とも動きが機敏になった。

少しずつではあるが、身体も大きくなった。

そんなある日、竹歳伊作から「わしの家へ寄れやい」と誘われた。強引な口ぶりからして、また何かあるなと太蔵は思ったが、黙ってついていった。伊作の家は、由良街道に面した醤油屋である。

「おまえはもの覚えがええ。それは認めてやる」

いいながら、醤油樽のならぶ薄暗い土間に入った伊作は、

「じゃが、自慢げに論語なぞとなえるのは気に入らん。おまえは、わしゃ先輩を馬鹿にしとるだら」と太蔵の襟首をつかんできた。

上背のある伊作につかまれて、以前の太蔵なら即座に「すんません……」とわびるところである。しかしその日は、

「そがなつもりはないけえ。わしは気が小さいけえ、なんとか強うなろうと思ってやっとるだけじゃ」

と反論した。それがまた伊作を怒らせた。

「ふん、生意気なことをいいよる。強うなってどうするつもりじゃ。わしらの上に立とうというんか」

「お、お国のためじゃ。みんなが強うなれば異国に負けんじゃろうが」

「お国のことなんぞ、おまえが心配せえでもええわ。わが家(いえ)のことでも心配せえ。おまえのお父(と)っつあんは酒飲みで、身代(しんだい)つぶすといわれとるだらが」

父の悪口をいわれて、太蔵はかっとなった。襟首をつかんでいた手をふり払い、伊作の胸めがけて突っかかっていったのはよかったが、ふたりの身体が醤油樽にぶつかった瞬間、樽の栓がはずれて、醤油がじょろじょろとこぼれ始めてしまった。香ばしい匂いがたちこめる。

太蔵は栓をひろい、樽の口に差し込もうとした。だが、あわてているせいかうまくいかない。醤油は流れつづける。

「太蔵が樽の栓をぬきよったわー」

伊作は、そう叫びながら母屋(おもや)へ駆けていった。飛んできた手代が栓をはめ、太蔵をにらみつけた。

その晩、竹歳家へわびに行った母から、どうして栓などぬいたのかと問われたが、「わしは、悪いこと

なぞしとらん」と太蔵はいい張った。

「いつから、こがなきかん気になったかいねえ」

母はうらめしげにいいつつ、それでも太蔵の頭をなでてくれた。


由良の砲台場へは、毎日のように足を運んだ。異国船がやって来ないか見張るためである。父からは「子どもの来るところではない」といわれていたが、見慣れない船影を見つけたら、すぐさま父に報告するつもりだった。

その一方で、異国船を見てみたいという気持ちもあった。

この海のはるか先に朝鮮があり、清国があり、さらにロシアと呼ばれる国がある。

それらのことを、太蔵は父から教わった。イギリスやフランスは、さらにその先にあるのだという。

国といえば鳥取藩のことであり、鳥取藩がこの世のすべてだと思っていた太蔵にとって、そうした国々の名が持つふしぎな響きは、恐ろしさと同時に、未知へのあこがれを感じさせるものになっていた。

しかし、というか幸いにもというべきか、一年たち、二年たちしても、鳥取沖に異国船が現れることはなかった。

このかん、薩摩藩は、英国艦隊によって鹿児島を砲撃されていた。生麦(なまむぎ)事件(神奈川県の生麦で、薩摩藩士がイギリス人を殺傷した事件)の賠償をめぐって、イギリスとの交渉がこじれたことが原因である。

薩摩藩も砲台をそなえ、自前の大砲を用意していたのだが、英国艦隊のはなつアームストロング砲の前には、手も足も出なかった。飛距離と威力において、大人の立ち小便と、幼児のそれほどのちがいがあった。

いっぽう長州藩は、四ヶ国連合艦隊（イギリス・フランス・オランダ・アメリカ）の攻撃を受けている。外国艦隊の威力を身をもって知った二つの藩は、攘夷の不可能なことを悟りつつあった。

国内では、尊王派と公武合体派が激しくせめぎあい、戦っていたが、太蔵が十一歳になった慶応二年（一八六六）の年明けには、ひそかに薩長同盟が結ばれて、局面は大きく変わろうとしていた。

その年の夏、本圀寺事件を起こした志士たち二十人は、橋津の湊からひそかに長州をめざした。

第二次長州征伐が始まった直後だった。志士たちに共鳴した橋津村の廻船問屋、下天野屋の中原吉兵衛が、一身を賭して船を出したのである。

とちゅう出雲の湊で、仇討ちをはたさんとする追っ手につかまり、四人の志士と吉兵衛の長男が命を落としたが、残る十六人は、吉兵衛とともに長州へたどり着いている。

橋津は由良宿から近い。一件を伝え聞いた人々は、さまざまに噂した。多くは下天野屋に関するものである。

――吉兵衛さんは、家の者まで一緒に乗せて行きなったらしいで。おかみさんや娘は、出雲で獄に入れられたそうじゃ。

――藩の罪人を逃がしただけえ、そりゃあしかたがないけども、跡取りを死なした上に妻子までとは、なんとも気の毒なことだがな。吉兵衛さんとてどうなるかわからんし、あたりに聞こえた下天野屋もこれで終いじゃな。

――恐とい、恐とい。このご時勢、いらんことに首を突っ込むとえらいことになるわい。吉兵衛さんも先祖に申し訳が立たんだら。

――ほんに、いらんことはするもんでないわなあ。

――大きな声ではいわれんが、だらずげなことをしなったわい。

そうした声を耳にはさみながら、太蔵は家々のあいだを抜け、いつものように砲台場へ向かっていた。夏は終わろうとしていたが、照りつける西日はまだきびしい。むっとする夏草の匂いが、身内のもやもやを増幅させるようだ。

もやもやの理由は、自分でもよくわからない。ただ、耳にした声音が不快だった。

「いらんこと」とは何なのか――。志士たちを助けることは「いらんこと」なのだろうか――。

息を荒げながら土塁の上に立つと、赤銅色の入日が海をそめていた。七門の砲は、据えつけられたときと同様、日本海をにらんで鎮座しているが、二年前のような活気はなく、数人の海防係が暇そうに立っているだけである。

父の姿はなかった。太蔵以外の塾生も、もう見に来る者はいない。

「おまえは、豊田のせがれじゃな」

ふり向くと、杖を手にした白髪の老人が立っていた。武信佐五右衛門だった。

このとき六十歳。痩躯ながらかくしゃくとした姿は、太蔵も何度か見かけたことがあるが、声をかけられたのは初めてである。

由良台場と大砲

太蔵はこっくりとうなずいた。

「ようここに来ておるようだが、何が面白いかな」

「異国船が来んか見張っとります。わしは目がええけえ」

「そうか。異国船は来ると思うか」

「わかりませんが、来たら戦うためにこしらえた大砲でしょう」

「そうだがな……。だがもう無用かもしれん」

「なしてですか!」

「はは……まあ、わしにもわからんがな、これを使うようなことにならんほうがええじゃろう」

寂しげに笑う佐五右衛門の言葉が、太蔵には理解できなかったが、大庄屋である武信家にはさまざまな情報が入ってくる。薩摩とイギリスとの戦闘のようすも伝わっていただろうし、攘夷から開国へという流れもつかんでいたはずである。

「あのう、橋津の下天野屋さんは、いらんことをしなったんでしょうか。みんながいうとりますが……」

太蔵は気になっていたことを訊(き)いてみた。

おまえはどう思うかと、逆に訊かれた。

「ようわからんですが、国難にあたって身命(しんめい)はもとより、家財産を投じられたのは立派だと思います」

「ほう、子どものくせに賢(さか)しらなことをいうのう」

佐五右衛門は、ほっほっと空咳(からぜき)のような笑い声をたてた。褒(ほ)めているようでもあり、馬鹿にしているようでもある。

「ほんでも、新しい世をつくらんといけんのじゃないでしょうか。異国に負けんような、強い国をつくらんといけんと思います。志士たちも下天野屋さんも、そのために、身を捨てる覚悟で事を起こされたんじゃないでしょうか」

太蔵はむきになっていいつのったが、

「わしは、志士らのやったことは感心せん。たとえ主義が正しかろうと、みずからの上役を殺すなど、およそ武士たる者のすべきことではなかろう」

と返されて「はい……」とうつむいた。

「子曰く――」の評判は、おそらくこの人にも届いているだろう。生意気な子どもだと思われているにちがいない。

「だが下天野屋は、おまえがいうように立派じゃと思う。いや、立派というより同情するといったほうがええか……。吉兵衛のことはわしも知っておるが、真面目で情の厚い男じゃ。乞(こ)われれば否(いな)とはいえんかっただろうし、よくよく考えた末のことじゃろう」

「はい」

「人にふりかかった火の粉は、いかようにもいえるし、なんぼでも笑えるもんじゃ。だが、火の粉がおのれの身にふりかかったら死にものぐるいになる。吉兵衛を笑う者は、おのれに火の粉がかかることなど思いもせんのじゃろう」

太蔵は、やはり「はい」としか答えられなかった。この人のいうことはむずかしい。むずかしいが、覚えておかなければいけないような気がした。

西の空が、朱色から淡い紫に変わり始めている。はるかな水平線に没した日は、その余韻を残すばかりになっていた。

翌年、大政奉還（たいせいほうかん）があり、さらにその翌年には戊辰（ぼしん）戦争が始まる。徳川幕藩体制の終焉、つまるところ鎖国と武士の世の終わりは、もう目前であった。

二　開化の風

戊辰戦争では、鳥取藩は官軍（新政府軍）方について各地で戦った。少なからぬ死傷者を出したが、官軍の勝利によって、藩主・池田慶徳は三万石の報償を与えられた。これは、薩摩・長州の十万石、土佐の四万石につぐものである。

武信佐五右衛門と潤太郎が、その財産と知力体力のすべてをつぎ込んだ由良の砲台場は、けっきょく一度も使われることなく、この国は開化期に入った。

六尾の反射炉も、砲台場にすえつけられた大砲も、無用の長物と化した。明治の初年ごろには、早くも大砲に赤錆が生じ始めていたという。

明治二年の秋、武信佐五右衛門が没した。

瀬戸の自邸から大山寺に至るまであった所有地が、そのころにはわずか三ヶ所にまで減っていたというから、費やした財のすさまじさがわかる。廻船業もすでに人手にわたっていた。

大没落というしかない。

佐五右衛門が没するひと月ほど前、太蔵は見舞いの品をもって武信の本家を訪れた。父の名代というかたちだったが、太蔵自身も佐五右衛門に会いたかった。

砲台場で声をかけられたあの日、「お殿さま」と呼ばれていた人は、おそらく今日を予見していたのだろう。すべてを投げうって志士たちを助けた下天野屋と自分が、嫌でも重なって見えたにちがいないと思う。

武信家に対して、さすがに「いらんことをした」という者はいないが、助けようという者もいない。幕末からつづく混乱や諸物価の高騰で、人々はそれどころではなかったのである。かつて大砲の鋳造をせきたてていた鳥取藩は、事業の中止を決めただけで何もしなかった。

志士たちにあこがれ、子どもながらに新しい世の到来を待ち望んでいた太蔵であるが、いざそうなってみると、なんだか釈然としないものがあった。

そもそも、新しい世がどんなものかわからない。ただ、砲台場を見に駆けた日が、ひどく遠い昔に感じられるばかりである。

山ひとつすっぽりと入りそうなほど広大な武信本家は、しかしよく見れば手入れが行き届かず、庭木が伸びほうだいになっていた。玄関もどことなく埃っぽい。

広い母屋のいちばん奥の間に、佐五右衛門は臥せっていた。

ふすま越しに挨拶をすると、入るようにいわれた。

かたわらに、分家の武信潤太郎が座っている。反射炉や大砲の技術面をにない、砲台場をつくり上げたばかりか、幕末には、いざというときのための農兵隊まで組織した。佐五右衛門の片腕、いや両腕といってもよい人物である。

がっしりとした身体つきだが、佐五右衛門より二つ若いこの人も、もう六十をすぎているのだと太蔵は思う。

「豊田のせがれか。久しぶりだな」

床の中から佐五右衛門がいった。すっかり小さく細くなって、枯れ枝が布団に埋まっているように見える。

「はい。お加減はいかがですか」

「なに、風邪が長びいておるだけじゃ。しばらく見ぬ間に大きくなったのう。なんぼになったか」

「十四になりました」

「そうか。ええ男ぶりになった」

太蔵は照れながらも、ぐっと胸をそらした。

まだ「男」といえるほどの年齢ではないが、どんぐりのようだった昔とくらべれば背がぐんと伸び、骨格もしっかりしてきた。目も口も並みより大きく、鼻はややひくい。意志的でありながら、どこか愛嬌を感じさせる顔だちだった。

「それで、これから何をするつもりじゃ」

これには答えに窮した。それがわからない。

池本塾では竹歳伊作につぐ年長となり、年下の子を指導することもある。通例なら卒塾する年齢だし、塾主の池本静雄からも、もう教えることはないといわれていたが、これからどうするか決めかねてぐずぐずと席を置いていた。

池本が好きだったということもある。七十を越す高齢ながら、池本は塾生一人ひとりに目をくばり、声をかけ、その能力や気質を呑み込んでいた。

おまえたちは郷士の宝じゃ、というのが口ぐせで、白いあご髭をいじりながら、つねに温和な笑みを浮かべている。仙人のような人物だった。

「失礼なことをお尋ねしますが……」

畳に手をついて太蔵はいった。何でも訊くがいい、と佐五右衛門が答える。

「以前お会いした折、火の粉がわが身にふりかかったら、だれでも死にものぐるいになるといわれましたね」

「そがなことをいったかな」

「火の粉を引き受けたこと、佐五右衛門さまは悔いておられませんか」

まことに失礼な質問である。潤太郎がにらむような視線を送ってよこしたが、いましか訊く機会はないと太蔵は思っていた。佐五右衛門の衰えぶりは、風邪には見えない。おそらく、長くはもたないだろうと予感させるものがあった。

悔いてはおらんな――。

その声を聞いて、太蔵は布団の中の枯れ枝に顔をちかづけた。目だけは光を失っていない。

「わしは、おのれの道楽に一切をつぎ込んだ。のちの世の者は笑うだろうが、わしはそれで満足しておる」

「道楽……ですか、反射炉やお台場が」

「男子が一身を賭しておこなうことは、みな道楽じゃ。それだから楽しい。見返りを求めるのは筋ちがいというものよ」

笑い声こそ立てなかったが、佐五右衛門の顔にはかすかな笑みが浮かんでいた。

この人はやはりすごい、と太蔵は思った。

「この者にはすまんと思っておるがな。わしがこの地に引きとめたばかりに苦労をかける」

この者とは、潤太郎のことである。反射炉運営にあたって藩から借りていた金の取り立てがきびしく、また、材料鉄を得るためにいくつもの鉄山をもっていたが、そちらも開国とともに洋鉄が入るようになって、経営困難におちいっている。

くわしいことを知らない太蔵も、本家のみならず、分家も窮状にあることは耳にしていた。

「私もなんら悔いはありません。反射炉をつくることのできた藩はごくわずかにして、そのわずかな他藩に比しても、六尾の反射炉でつくった砲はすぐれたものと自負しています。男子一生の仕事をさせてもらいました」

潤太郎はさらりとそういった。

この人もすごい、と思った。

その〈すごさ〉をうまく言葉にできないのがもどかしいが、佐五右衛門が口にした「道楽」や、潤太郎のいう「男子一生の仕事」を自分もしてみたいという思いが、太蔵の内にめばえた瞬間だった。

佐五右衛門の葬儀は、一帯をあげての盛大なものだった。すすきの穂が風になびく道を、太蔵も野辺おくりの列につらなった。

それから一年もしないうちに、七門の砲はすべて鋳（い）つぶされて売りに出され、由良の台場から姿を消した。

明治四年七月、新政府によって廃藩置県が断行された。藩を廃止して、あらたに府と県を置くというものである。

旧時代、藩はおよそ三百あったため、当初はそれに匹敵する数の県が誕生したが、年内には三府七十二県となり、さらにその後も県の数は減っていくことになる。この時点では、鳥取藩はそのまま鳥取県となった。

藩主は失職し、東京に移住することが命じられた。かわりに県令（県知事）が置かれ、初代の県令となったのは、本圀寺事件のリーダーであった河田佐久馬である。このころは河田景与と名のっていた。

下天野屋の中原吉兵衛は、店を失い無一文になっていたが、地元橋津村の世話役をしており、あるとき陳情のために県庁を訪れた。

帰りぎわ河田から、

「吉兵衛、だいぶん困っているようだが」

援助をしてやろうかと声をかけられ、

「いまさら吉兵衛などと呼び捨てにされるいわれはない。俺はあんたらのためではなく、お国のために喜んで命をかけたんだ」

といい捨てて立ち去ったという話が残っている。河田の横柄な口ぶりが許せなかったのだろう。

なにしろ無一文になったにもかかわらず、近隣の人々に金を貸しつけていた証文を、すべて焼きはらったという人である。

武信佐五右衛門と潤太郎が、おのれを捨てて藩の防備につくした人であるとするならば、中原吉兵衛もまた、恐るべき「無私の人」であった。

河田景与が鳥取県令をつとめた期間は、一年にもみたない。政府高官となって東京へ去った。元老(げんろう)院（明治初期の立法機関）の議員となり、子爵(ししゃく)をさずけられて華族(かぞく)につらなり、のちに国会が開設されると、貴族院議員になった。

中原吉兵衛は、無念と貧乏をかかえたまま、翌明治五年に没した。

武士たちも失職した。太蔵の父も海防係をとかれ、藩の仕事をうしなった。田地からの上がりがあるから食うには困らないが、家にいることが多くなった父は、無聊(ぶりょう)をなぐさめるためか、人を呼んで和歌や漢詩の会をひらくようになった。いきおい酒量もふえ、母の心配は絶えることがない。

太蔵は池本塾をやめた。いや、太蔵がやめたのではなく、池本静雄のほうが塾を閉じたのである。高齢と、政府にあたらしい教育制度をしく予定があるらしいというのが、閉塾の理由だった。この年、廃藩置県と時期を同じくして文部省が創設されている。

「太蔵、おまえこれからどうする」

由良川の土手を歩きながら、竹歳伊作が訊いた。

伊作も、最後まで池本塾に残っていた。かつては、何かと太蔵を目のかたきにしていた伊作だが、十六になったいまでは互いによき相談相手である。無二の親友といってもよかった。

「何をすべきか考えとるんじゃが、まだわからん。もう少し勉強したい気はあるんじゃが、何のために勉強するのかもようわからんようになった」

太蔵は正直に答えた。夏の日差しをうけた川面には、荷をつんだ船が行きかい、維新前と変わらない風景が広がっている。ひくい家並みの上をツバメが飛んでいた。

「俺は横浜に行こうと思う。叔父がな、横浜で雑貨商を始めたんじゃ。いずれは俺も商売をやりたいけえ、まあ見習いじゃ」

「横浜か――ええのう」

これも正直な感想だった。横浜は文明開化の先進地である。ガス灯がともり、レンガづくりの建物がならび、ハイカラな西洋人たちが歩いているという。鉄道というものの工事も始まったと聞いている。

「おまえも一緒に行かんか」

「えっ」

「おまえはもの覚えがいいけえ、横浜か東京で勉強すりゃあ何にでもなれるだら。これからは、西洋をまねて新しい国づくりをするちゅうことらしいけえ、国を動かすような人間になれるかもしれん」

太蔵は胸がざわついた。まだ見ぬ土地へのあこがれと、「男子一生の仕事」への可能性が大きく広がる気がしたが、

「わしは無理じゃ。伊作さんとちがって長男じゃけえ、家を離れるわけにはならん」

と首をふった。

伊作は次男坊である。うらやましくはあるが、豊田の家を守ることは宿命であって、それは太蔵のなかにしみついていた。

「そがか——。なら、俺が見聞きしたことを書き送ってやる。書物もほしいものがあったら送ってやるぞ」

「そりゃありがたいなあ」

どちらからともなく、土手に腰をおろした。草むらからバッタが飛び跳ねた。

「子どもの時分は、おまえに悪さしたからな。まあ、せめてもの罪ほろぼしじゃ」

川に小石を投げながら伊作がいう。

「そがなこと、もうええがな」

「いや、醤油樽の栓が抜けたときな、俺はおまえのせいにしたのに、おまえは何もいわんで俺をかばってくれたでら。俺は、あれでおまえに借りができたと思った。その借りは返さにゃいけん」

「昔のことで忘れたがな。借りも貸しもわしは好かんけえ」

「おまえは妙なやつじゃ。生意気なくせに気のやさしいところがある。こんまい時分は弱虫じゃったのに、あるときから急に気が強うなりよった」

「伊作さんの生意気がうつったんかもしれんな」

「ふん。俺は、学問ではおまえにかなわんが、おまえより金をもうけてえらくなるけんな、見ておれよ」

キツネ顔の伊作がにやりと笑う。笑うと目が細まって、ますますキツネに似てくるようだ。お稲荷さんは商売繁盛の神さまだというから、伊作にはきっと商売の才があるだろうと、太蔵は思った。

伊作はこの秋の初めにも、横浜へ向けて立つつもりだという。別れるとなると寂しさがつのった。


その年の秋、母のはんが、実家の福井家で男子を産んだ。五年前に妹のしなが生まれており、太蔵にとっては年の離れた弟の誕生だった。

知らせを聞いて、太蔵は清谷への道をいそいだ。子どものころは年に何度も滞在し、いとこたちと楽しい時間をすごした福井家だが、この数年は訪れることもほとんどなくなっていた。もう甘える年ではないものの、妹をつれてひと月前から帰っている母に会いたかったし、生まれたばかりの弟の顔も見たかった。

もうひとり、会いたい人がいる。

福井家に着くなり、その人が玄関先を掃いているところに出くわして、太蔵はどきりとした。

「たーちゃん、よう来てくれたねえ」

昔と変わらない言葉で迎えてくれた福井家長女のつねは、しかし昔とは見ちがえるほど美しい女性に成長していた。藤色の着物に、あざやかな黄の帯がよく似合っている。くりっとした目もとは変わらないが、全体に知的なふんいきが漂い、太蔵はその顔をまともに見ることができなかった。

「元気な男の子だよ。お母さんも待っておられるよ」

手をひいて中に入ろうとするつねの手を、

「もう子どもではないけえ」

太蔵は恥ずかしさから払いのけた。「そうじゃったね」といってつねが笑う。もう子どもではないが、つねちゃんを嫁にもらうといった子どものころの約束を、太蔵はしっかりと覚えている。つねは覚えているだろうかと思ったが、そんなことは訊けなかった。

生まれたばかりの弟は、しわくちゃの顔で眠っていた。かたわらで休んでいる母に、太蔵は父からあずかった命名の紙をわたした。「定吉（さだきち）」と書いてあった。

いい名前だといって母は喜んでいるが、じつは先日やって来た酔客の、

薩長定（さだ）めしこの国で
おこぼれもらうはだれじゃいな
勝てば官軍　負ければ賊（ぞく）軍
定めし恨みもつのろうものを

という戯（ざ）れ歌の一節からつけられたものだということを、太蔵は知っている。母にはいえない。子が三人になったというのに、維新後はこれといった仕事をするでもなく、和歌や漢詩にあけくれている父に、かつて感じた威厳のようなものはもうなかった。

鳥取藩は賊軍ではなかったが、かといって官軍ともいえないところがある。海岸防備や戊辰戦争など、幕末から維新にかけて少なからぬ働きをしたはずなのに、藩主にさずけられた三万石をのぞけば、得たものはほとんどなかった。その藩主とて、すでに東京に移っている。

父のなかに、何かわだかまるものがあるのだろうとは推察するが、口かずの少ない人だから真意はわからない。「お父さんはどがにしとんなさる」と母に訊かれても、「まあ、あいかわらずじゃ」と答えるしかなかった。

「あんまり酒を飲まんよう、おまえからもいっておくれよ」

「わしがいうてもきかんじゃろう」

「ほんでも、おまえは豊田の長男じゃけえ、少しは気にとめなさるわい」

「母さん、もう少ししたら、わしが仕事して母さんを安心させるけえ。心配せんでええ」

「そうかい。そういってくれると気持ちが楽になる。なあ定吉」

さっそく名前を呼んで、母は赤子(あかご)の頭をなでる。赤子が、糸ミミズのようなくちびるをむにゃむにゃと動かした。

その晩は福井家で馳走になった。

赤子の誕生祝いなのか、膳には赤飯や焼き魚、白和(あ)えや煮物がならび、母の留守中は、味噌汁にタクワンていどの食事ですませている太蔵を喜ばせたが、その席で、つねの嫁入りが決まったという話が出た。年内には婚儀をとりおこなう予定だと、上座(かみ)にすわった福井家のあるじがいう。

太蔵は、食べていた赤飯を喉につまらせそうになった。

嫁ぎ先は、鳥取で医者をしている家だという。先ごろまで藩医をつとめており、家柄も申し分ないと話すあるじの声はうれしそうだが、この馳走にはそういう意味もあったのかと思うと、太蔵は急に箸がすすまなくなった。

下座（しも）にすわるつねを盗み見ると、にこやかな表情で焼き魚に箸をつけている。

なんじゃ、と思った。

やっぱりあれは戯れ言だったのか。

しかし考えてみれば、二つ年上のつねはもう十八。嫁いでもおかしくないどころか、嫁に行かないのがおかしいくらいの年だし、七、八年も前の約束など忘れていて当然だとも思う。

翌朝、つねと妹のたかが見送りに出てくれたが、

「たーちゃんとも、もう会えんようになるねえ」

というつねの顔は、その口ぶりとは裏腹に、まぶしいくらい輝いていた。

嫁入りが決まった娘はこんなにもきれいになるものかと、太蔵はなかばあきれる思いだった。

「つねちゃんなら、いい嫁さんになれるだら。おめでとう」

むりにそういって背を向けた。「ありがとう、たーちゃんも元気でね」という声が追いかけてきたが、ふり向くことなくずんずん歩いた。

刈り取り間近の稲穂が、朝の光をうけて黄金色にきらめき、それがどこまでもどこまでも広がっている。草に降りた露が足もとをぬらした。

伊作は横浜へ行き、つねちゃんは鳥取へ嫁に行く。どこへも行けずにふらふらしているのは自分だけか、と思った。

明治の新政府は、矢継ぎ早に新制度を打ちだしたが、もっとも力を入れたのは、おそらく教育であったろう。

国をひらいたからには一刻も早く西洋の制度・文物を学び、一年でも早く追いつかねばならない。ようやく「国」というものをつくったばかりだが、つくったばかりだからこそ、そこに国家の存亡がかかっている。人材の育成が急務だった。

早くも、明治二年には「大学」を設置した。廃藩置県より前の明治三年には、各藩に秀才を選抜することを命じ、洋学をまなぶ大学南校におよそ三百人をあつめた。かれらは貢進生（こうしんせい）と呼ばれた。最初のエリート候補生である。

鳥取藩からは三名がえらばれた。

このうちのひとり、村岡範為馳（はんいち）はドイツに留学して物理学者となり、のちに東京音楽学校の校長もつとめた。「だいこくさま」や「はなさかじじい」などの唱歌を作曲した田村虎蔵（とらぞう）は、帰鳥した村岡の講演を聞いて、音楽の道をこころざしたという。

またもうひとりの岸本辰雄（たつお）は、法律家としてフランスに留学し、明治大学を創立することになる人物である。

三人は、鳥取藩の藩校・尚徳館（しょうとく）にまなんでいた二十歳前後の若者で、いずれも士族（しぞく）（旧武士）の子弟だった。

明治五年八月、「学制」が公布された。教育体系を、小学、中学、大学の三段階とし、国民皆学をめざすものである。「学事奨励に関する被仰出書（おおせいだされしょ）」というものが出され、そこには、概略つぎのようなことが書かれていた。

一　およそ人が立身出世するのは、みな学問をするからである。その業を盛んにして安楽な暮らしを立てようと思えば、学問をするほかにない。

一　日常に必要な読み書きそろばんから、学者、政治家、その他どんな職業でも学問がもとになるのだから、人はだれでも文字を習い、書物を読むことを学ばねばならない。

一　学問は士族のするもので、百姓町人、ことに女子などのすることではないというのは、誤った考えである。貴賤をとわず、無学の者はひとりもいないようにしなければいけない。

一　従来の学問は、国のためだと考えていたが、学問はまったく個人のためにするものである。

一　だから、学問をやるのに、学費その他の費用を官に頼ろうとするのはまちがいで、その責任は父母に存する。以後ふるって学問に従事せよ。

太蔵はそのころ、水垣当斎という医者のもとで漢籍を学んでいたが、当斎が見せてくれたこの文書を読んで、ふいに目の前がひらけた気がした。薄暗い藪のなかから、日のあたる道に出たような感じだった。

新しい世とはこれか！　と思った。学問をする目的はこれか！　と思った。

「熱心に読んでおるな。書き写して帰ればよかろう」

当斎はそういって、新しい巻紙を太蔵にくれた。

若いが漢籍につうじているというので、池本静雄から紹介されたのが当斎だったが、三十なかばのこの医者は、古めかしい名に似合わず新しい情報を得るのが好きで、政治のこともよく知っていた。

「学問をすれば、だれでも立身出世ができる、よい暮らしができると書いてありますね」

太蔵は興奮ぎみにいった。

「旧時代も、武士は立身出世のために学問しておったからな。武士階級をつぶしたいま、それを万民に押し広げようということだろう」

当斎の返事はいたって冷静である。

「西洋諸国では、百姓町人や女子まで、みな学問をしておるんでしょうか」

「さてな、それは俺も知らんが、新政府は西洋の思想や制度を先どりする意気込みらしい。旧時代の学問は、いずれ塵芥（ちりあくた）あつかいになるだろうな」

当斎の言葉にはたぶんに皮肉が込められているが、いまの太蔵にはつうじない。「しかし、出自や身分にかかわりなく立身出世の機会を与えるというのはすごいことでしょう」と筆を走らせながら師にいった。

「まあ、そうだな。真にそうなれば大したものだ。福沢諭吉（ゆきち）という旧幕臣の書いた『学問のすすめ』という書物が、この春に出たが、これがたいそうな評判らしい。聞くところによれば、そのお触（ふ）れ書きも福沢の思想にもとづくもののようだな」

「先生は、その書を読まれたんですか」

いや、と素っ気なく答えた師を横目で見ながら、伊作に頼もうと太蔵は思った。横浜なら新しい書物が手に入るだろうし、ほしい書物があったら送ってやるともいっていたではないか。

この一年、伊作からは何度か便りがあった。

伊作の叔父さんの店は、輸入ものの食品、バタアやジャム、紅茶や肉の缶詰などをあつかっており、主たるお得意さんは外国人だという。バタアやジャムなど、どんなものかすら太蔵はわからないが、伊作のよこす便りはいつも面白かった。

――先ごろ、山手に住むイギリス人宅へ注文の品を届けに行った。あまりに暑い日だったため、腹掛けひとつで行ったところ、出て来た婦人が「オー、ノー、ヤポン!」と叫んで戸を閉めてしまった。「野蛮」とののしられたと俺は思ったのだが、どうもヤポンというのは「日本人」という意味らしい。

それはいいとして、その後、呼び鈴(りん)を押しても戸を叩いても出てきやしないのには弱ったよ。あちらの習俗では、裸で外を歩くなぞケダモノと同じなんだそうだ。叔父に怒られたよ。俺にいわせれば、ケダモノの肉を喜んで食っているあちらさんのほうが、よほど野蛮人ではないかと思うがね。

先日届いたものには、そんなことが書いてあった。

英語を勉強したいのだが、配達や荷物運びなど、早朝から晩方までこき使われているので時間がとれない、それでも客相手に片言なら喋れるようになったともあり、末尾には「しーゆー」と記してあった。

しょうゆがどうしたんじゃ、と思ったが、どうやら英語の文言(もんごん)らしい。

大したことが書いてあるわけではない伊作の便りを、太蔵は届くたびにくり返し読んだ。

師の当斎によれば、二十年ばかり前の横浜はひなびた漁村で、由良宿よりもはるかに田舎じみたところだったという。

　それがいまや、

——港には、ひっきりなしに船が出入りしている。荷揚げや運搬に、たくさんの者が働いている。石づくりの商館がいくつも建ち、いまもあちこちが普請中だ。八百屋、魚屋、美術商、花売りに大道芸人と、まあとにかく賑やかなことだ。外国人はズボンという筒のようなものを穿き、シルクハットというものを頭に乗せている。大名がかぶっていた烏帽子を、ひとまわり大きくしたようなものだ。そういう格好をした人々が往来を闊歩し、馬車に乗っている。時々ここはどこの国かと思う。

　と伊作が書いてよこすような場所になっている。

　読むたびに、あこがれと焦燥がつのった。

　わしも横浜や東京へ行きたい。こんな田舎で、古くさい漢籍など読んでいてどうなるものか。いまは見習いの伊作も、そのうちに店をもち英語も達者になって、外国人相手にばりばり商売を始めるだろう。

　負けたくない。

　だが豊田の家はどうする。大酒飲みでろくに仕事もしない父と、幼い弟妹をかかえた母を残して出て行くことなどできるのか。

　無理だ。はじめからわかっている。わかっているから、伊作の誘いも断ったのではないか。

——どうにもやれんな。

　学事奨励のお触れ書きに新時代の希望を感じつつも、自分の将来のこととなると、太蔵は悲観的にならざるをえない。写し終えて師のほうを見ると、当斎は畳にあぐらをかいて瓜を食っていた。

「あせることはない」

当斎は、太蔵の心中をみすかすようにいった。

おまえも食えとばかりに、瓜が山盛りになったざるを差しだす。おおかた、診療代がわりにもらったものだろうと太蔵は思った。

当斎は五年ほど前から由良宿に住んで、医者の看板を掲げている。長身でまずまずの男ぶりなのだが、いい年をして独り身のせいか身なりはかまわないし、家のなかも閑散としていた。金がないという患者には、では替わりに食いものをもってくるように、という。そういうことで人気はあった。

「あせって何かを成そうとすれば失敗する。よしんば何かを成したとしても、あせったツケがまわってくる。じっくりと牛の歩みでゆくことだ」

「しかし先生、御一新(ごいっしん)で世の中は大きく変わりました。じっくりやっておったら取り残されてしまいます。先生も、新しい情報をいろいろと得ておられるではないですか」

「それは、俺の趣味だ。何かをするためではない」

当斎は四つに割った瓜をさらうようにして食い、種をまとめてペッと吐きだす。ぺちゃぺちゃした種が、太蔵の着物にも飛んできた。

「わしの友人は、横浜で外国人相手にバタアやジャムを商っておるそうです。そういう話を聞くと、なにやらじりじりしてしもうて……」

着物にくっついた種を拾いながらいった。汚して帰って母の手間にしたくはない。

「おまえは商売がやりたいのか」

「ちがいますが……」

「ならば何がしたいのだ」

それがわからないから困っている。立身出世をしたいという気持ちはあるが、

「政治むきのことは薩摩と長州が牛耳るから、ほかの藩出身の者が入りこむのはむずかしい」

と当斎が日頃からいっているし、政治でなくてもそれをめざすなら、やはり東京のような都会に出なくてはだめだろう。

そもそも太蔵の思う「立身出世」は、権力を得て人の上に立つということではなく、武信佐五右衛門がいった「道楽」や、潤太郎が口にした「男子一生の仕事」にあたるものである。そういう意味では、「立身」は遂げたいが「出世」には眼目をおいていない。

瓜を食いながらそんなことを話すと、

「では教師になったらどうだ」

と当斎がいった。

「来年には、ここらにも小学校がつくられるだろう。正規の教師にはなれんが、どうせ手が足りんから手伝いをつのるはずだ」

「教師とは、塾の先生のようなもんでしょうか」

「まあ、似たようなものだろう」

ずいぶんいい加減な話だが、まだ学校自体ができていないのだからしかたない。

「正規の教師になるにはどうすればいいんでしょうか」

「師範学校を出ることだ。だがいまのところ東京にしかない」

これも東京か――太蔵はがっかりした。

「だからどのみち教師は足りん。塾をやっていた者や、塾生だった者に頼るしかないだろう」

翌明治六年から七年にかけて、師範学校は大阪、仙台、広島などにもつくられていくが、一年でも早く仕事について母を安心させたい太蔵は、悠長にかまえてはいられない。正規でなくとも学校に勤められるのならそうしたかった。


明治六年三月、由良宿に小学校が開設された。

六歳以上の男女を入校させ、下等科四年、上等科四年を修学年限とした。すべて終えるには八年間通うことになるが、学費として三銭から六銭が必要だったため、上等科にすすむ者は少なかったし、卒業する者にいたってはごくわずかだった。

そもそも、貧しい暮らしをしている者は、学費を払ってまで子どもを学校にやる必要を感じなかった。また労働力でもある子どもを、学校にとられることを嫌がる親も多かった。

それでも、開校と同時に六十人ばかりの男子が集まった。教師二名に補助が二名、その補助のひとりに太蔵は採用された。

教師になった者も、むろん師範学校を出ているわけではない。知識量においては太蔵と大差なかっただろうが、教師は二十歳以上という規定があったため、十八の太蔵は補助に甘んじるしかなかった。

学校につとめるといったとき、太蔵の父はいい顔をしなかった。豊田の家には田地があるのだから、新政府の小役人になどなる必要はないというのである。

「教師は小役人とはちがいますけえ。それに、これからのわが国にとって、教育は一大事業です。政治家や学者ばかりでのうて、商売をするにも、大工や鍛冶屋になるにも、学問をせねばならんのです。学問をすればおのれの道がひらけ、よい暮らしができるようになります。この国のためにも、由良宿のためにも、学校は大事なものですけえ」

太蔵の熱弁に父は「ふん」と鼻をならし、「大工や鍛冶屋になるのに学問がいるもんかい」と悪態をついた。

しかし、酒が入って機嫌がよくなると、

「おまえはわしに似て脳の出来がええけえ、立派な教師になれるじゃろう」

などと、まるで真逆のことをいった。新政府への反発とわが子への期待が、複雑に入りまじっていたのだろう。

太蔵は、母があつらえてくれた新品の羽織袴を身につけて登校したが、小学校といっても、学舎は士族の屋敷を借り上げたものである。畳じきの間に小机をならべ、生徒は向かい合ってすわった。

黒板というようなものもないから、ひとりずつ先生の前にすすんで教えを乞う。当斎がいったように、塾や寺子屋とほとんど変わりがなかった。

ただし、教える中身は旧時代とちがって、『万国史略』や『世界国尽』など、今日の世界史や世界地理のようなものが入ってきた。下等科の後半には『学問のすすめ』を読み、上等科の最終段階では、やはり福沢諭吉の『西洋事情』を読むことが課せられた。福沢の新思想や、洋学（西洋にまなぶ学問）が、いかに重要視されていたかわかろうというものである。

余談ながら、鳥取県は明治九年に「小学規則」というものを公布している。

このなかで「禁則」をさだめているが、

「校中を奔走し、またはみだりに暴声すること」

という一項目があった。はるか後年まで生きていた「廊下を走るな」というきまりは、このときに生まれたもののようである。

もっとも、できたばかりの由良小学校に走れるような広さはない。二十畳ほどの広間に、生徒がぎっしり座る状態であった。

その、芋の子を洗うがごとき部屋のなかをまわって、自学する生徒たちの面倒をみるのが、太蔵の仕事だった。読めない字句があれば教え、書写の手ほどきをする。

年端のいかない子どもたちが集まっているため、ときに小競り合いが始まり、ときにはそれがケンカに発展した。それを仲裁し、仲良くせねばならんと説くのも、太蔵の役目である。

「ほんでも、こいつが先にわしを叩きおったんじゃ。わるいのはこいつじゃ」

「なにをいうか。丸ハゲ河童といいよったのはおまえだらあが。おまえのほうがわるい」

見れば、いわれた子の頭には、髷をゆっていた名残りが丸く地肌を見せている。なるほど、と思ったが、しかし〈丸ハゲ河童〉はひどい。

太蔵は二人を別室に呼び、

「相手を馬鹿にするのはわるい。だが問答無用で叩くのもわるい」

双方の顔をかわるがわる見ながらいった。

「孔子先生や孟子先生は、〈仁〉がもっとも大切だと説いておられる。〈仁〉とは相手を思いやることだ。相手を思いやる気持ちを持たない者は、動物と同じだ。ただ自分の欲得のためにのみ動くことになる。おまえたちは動物ではなかろう」

二人の子がこっくりとうなずく。

「そうじゃ。わしもおまえたちも、ありがたいことに人として生まれてきた。だが、生まれただけでは〈人〉にはなれぬ。学校で学ぶ目的は〈人〉になるためだ。人として仁の心をもち、相手を思いやれば、つまらぬケンカなどせずにすむ。いいな」

はい、と二人が声をそろえた。

頭ごなしに怒るのではなく、そんなふうにじゅんじゅんと説く太蔵の指導は、生徒たちから好かれた。昼には一緒に弁当を食べ、授業がひけると土間で相撲をとったり、肩車をしてくれる太蔵は、かれらにとって兄のような存在だったろう。

ただ、太蔵には洋学の知識はなかった。『学問のすすめ』は、竹歳伊作から送ってもらって読んでいたが、それ以上のこととなるとおぼつかない。生徒たちが帰ったあと、学校に残って勉学にはげんだ。

なにしろ、上等科になると、西洋の事柄をまなぶだけでなく、博物学や幾何のような課目もある。生徒たちは、試験に合格しないと進級がみとめられなかったが、卒業生がすくないのは、学費のほかに、学業内容がむずかしいということがあったかもしれない。

それを教えねばならない教師のほうも大変だった。

学校に勤めるようになってからも、太蔵は時間をみつけて、水垣当斎のところに足を運んでいた。新しいという意味で洋学はおもしろいが、やはり幼少からまなんできた漢籍には、なじみと愛着がある。当斎は、あいかわらず患者からもらった食いもので生活しているようなところがあり、仕事と勉強に追われる太蔵にとっては、その、世間から一歩引いたような簡素な暮らしぶりにも、どこかほっとするものがあった。

所帯道具といえば、薄い布団と火鉢、それに鍋と茶碗くらいしかない。診療時には白衣を着るらしいが、その下はいつも同じ、もとは黒だったのが鼠色に褪(あ)せた着物である。

「先生は嫁をもらわれんのですか」

あるときそう尋ねてみたが、

「嫁なんぞもらうと身動きがとれんようになる」

という返事だった。

またあるとき、「先生のお国はどちらですか」と訊いてみた。

「俺は、薩摩だ」当斎はぼそりと答えた。

「薩摩のご出身でしたか。それならばこんな田舎におられずとも、東京へ出られたら栄達(えいたつ)の道がひらけるのではありませんか」

「馬鹿だなおまえ。薩摩というだけで出世できるもんか。だいたい、俺は〈官〉はきらいだ」

〈官〉とは太政官(だじょう)のことである。内閣制度ができる明治十八年までは、政府の最高権力機関であった。

大政奉還の直後に生まれた制度で、おもに薩摩と長州がこれを握ったことはいうまでもない。

そんな当斎が由良宿から姿を消したのは、明治七年の三月末だった。

太蔵はその直前に当斎を訪ね、ここを引き払うことにしたと聞かされた。突然の言葉に太蔵はおどろいた。

「どこへ行かれるのですか」

「薩摩へ帰る」

当斎は、ひとつしかない茶碗で酒を飲んでいた。おまえもどうだといわれたが、わしは飲めませんけえ、と太蔵は断った。

「しかし、なぜまた急に」

「南洲(なんしゅう)先生の学校を手伝う」

「南洲先生とはどなたですか」

「馬鹿だなおまえ、陸軍大将である西郷隆盛(たかもり)先生を知らんのか。〈南洲〉は西郷先生の号だ」

「ははあ、そうでしたか。西郷先生は知ってます」

むろんくわしいことなど知らないが、西郷隆盛の名は、由良宿にもじゅうぶん聞こえている。

維新の立役者であった西郷隆盛は、このとき四十六歳。新政府の要として参議(さんぎ)をつとめていたが、前年の明治六年九月、その職を辞し、陸軍大将のまま鹿児島へ帰っていた。

直接の原因は、征韓(せいかん)論をめぐるものだった。日本政府をみとめない韓国に対して、自分が全権大使となって交渉に行くという西郷と、国内統治が先だとする木戸孝允(たかよし)・大久保利通(としみち)らが対立し、西郷の論がいれられなかったことにある。しかしもっと深いところで、西郷は明治の新政府に不満と失望をいだいていた。

こんなことなら、倒幕などしなければよかったと、もらしたこともあったという。

鹿児島にもどった西郷は、一介の猟師として暮らしていたが、圧倒的に人望のあるかれが放っておかれることはなかった。

私(し)学校というものができ、西郷はその中心人物にすえられた。そこへ、新政府に不満をいだく、また西郷を慕う多くの若者が集まってきて、ついには鹿児島県庁さえも私学校の下に置かれるようになる。

「先生は、もしや西郷先生とお知り合いなのですか」

「お知り合いなわけなかろう。だが、子ども時分に姿を見たことがある。京にいるときにも見た。あの人は特別な人だ。『命もいらず、金もいらず、名も官位もいらぬ者は始末に困る。しかしそういう始末に困る者でなければ、艱難(かんなん)をつくして国家の大業を果たすことはできぬ』といい、またそれを実践されている」

「命もいらず、金もいらず……ですか」

太蔵は、武信佐五右衛門や潤太郎、それに中原吉兵衛のことを思い浮かべた。

「身体が大きく、目の玉もびっくりするほど大きい。むろん、人としての度量も並はずれて大きい。薩摩の至宝(しほう)というべき人だ」

「ははあ、そうですか」

「おまえの面は、どことなく若いころの南洲先生に似ているな。目や口の大きいところといい、頬が豊かなところといい――まあ人としては、玉と石ころほどの差があるがな」

「はあ……」

「いまこそ、南洲先生をお助けする絶好の機会だ。俺はこのときを待っておったのだ」

酒が入ってるせいか、当斎はいつになく饒舌だった。

ひごろは冷静なものいいをし、世間から一歩も二歩も引いたような暮らしをしている師のなかに、このような情熱がひそんでいたのかと思うと、太蔵は意外の感にうたれた。趣味だといいつつ情報を集めていたのも、このためだったのかもしれないと思った。

当斎は、薩摩の下級武士の家に生まれたという。京で医術の勉強をしているときに、鳥羽伏見の戦いが始まり、師匠のもとを出奔して西郷軍に参加した。

戦が終わったのち、師匠のところに帰ることをゆるされず、西へ流れて由良宿まで来たということらしい。

「しかし、西郷先生は野に下って、これから何をされるつもりなのですか。私学校とは、どんな学校ですか」

太蔵は率直な疑問をぶつけてみた。

明治政府ができてから七年だが、地方の士族たちのあいだには不満がこうじている。とくに、倒幕に貢献した薩摩や肥前（佐賀）において、それはつよい。佐賀では、西郷隆盛とともに参議を辞した江藤新平らが中心となって、反政府ののろしをあげていた。

農民にも不満が広がっていた。明治六年に地租改正がおこなわれ、所有地の地価に対して、三パーセントの税金を払わなければならなくなった。

　小地主である豊田家にとっても、それは痛手だった。土地を手放して小作人になる農民もいる。同じ年に出された徴兵令も、農民の反発をまねいた。地租改正と徴兵令に抗議する農民一揆が、この地方でもたびたび起きている。

「おそらく、鹿児島から世直しを始めるおつもりだろう。倒幕は大きな世直しだったが、つぎの世直しが必要になっている。私学校がそのためのものなら、俺ごときでも役に立つことがあるはずだ」

「もどって来てくれますか」

「いや、そのつもりはない。ここはいいところだし、親切にしてもらったが、俺は南洲先生の近くで生き、南洲先生と命運をともにしたい」

「どうしてもですか」

「どうしてもだ」

　本気なのだ、もう会えないのだと思うと、太蔵はつい感情がたかぶって、

「わしはまだ先生から教わりたいんじゃ！　わしが頼んでもいけんですか！」

　と、はんぶん涙声になっていった。

　馬鹿だな、泣くやつがあるかと当斎が笑う。

「おまえは、来年二十歳になったら師範学校に入って、これからの教育を率いていく人間になれ」

「はい……」

「この国はまだどうなるかわからんが、教育が土台になることはまちがいない。人を育てろ。気骨ある

人間をつくれ」

「はい」

当斎は数冊の漢籍と、西郷隆盛の言葉を書きとめたものだという冊子を、太蔵にくれた。

もともとがよそ者であるから、当斎がいなくなったことはさしたる話題にならなかったが、ただで診てもらえなくなったのを残念がる人たちは、少なからずいた。


その年の暮れ、十九歳の太蔵に縁談がもちあがった。

相手は、福井家次女のたかである。

おそい晩飯の給仕をしながら、母がその話を切りだしたとき、太蔵は味噌汁をふきだしそうになった。

婚礼の日どりや、呼ぶ客のことなどをうれしげに話す母の言葉を、「ちょっと待ってください」と太蔵はさえぎった。

「なしてじゃや。たかは気に入らんかえ」

気に入るも入らないも、姉であるつねの陰に隠れるようにしていたたかは、太蔵の目にほとんど入っていなかった。子どものころ遊びに行くと、うつむいてもじもじしていたのを覚えているくらいなものである。

つねが嫁にいって三年、妹のたかも十八になっていることを思えば、なるほど両家のあいだに結婚話が起きてもふしぎではないが、たかの印象は申し訳ないくらいに薄い。

結婚はまだ早いがな、と太蔵はいった。

「わしは来年師範学校に入って、正式な教師になりたいんじゃ」ともつけ加えた。

比較的ちかい師範学校といえば大阪か広島だが、太蔵は大阪に行きたかった。学費はただで、生活費も支給してもらえる。

「師範学校もええが、お父さんがあれじゃけんねえ……。おまえには、この家のことも考えてもらわにゃいけんのだが」

母は、やんわりと反対した。

飲酒がたたったのか、太蔵の父は一年ほど前から歩行が困難になっていた。訪れる客もぱったりと絶え、ほとんど寝たきりの生活をおくっている。

豊田家の仕事――田地から上がってくる米の差配や、地租改正によって納めることになった税金の算段、田地を買い取ってくれといってくる農民の対応など――も太蔵の肩にかかるようになっていた。太蔵は、すでに豊田家の大黒柱だったのである。

「それはわかっとる。わかっとるだけども……」

大阪師範学校の修業年限は、いちおう二年である。「いちおう」というのは、教師にふさわしい学力が身についたとみなされれば一年でも卒業でき、そうでなければ三年の場合もあったからである。

いずれにしても、一、二年まなべば正規の教師になれ、大手をふって学校で教えることができるのだ。

当斎との約束を、太蔵は守りたかった。

かといって、母の気持ちも無下（むげ）にはできない。妹のしなは八つで、弟の定吉はまだ三つ。父の世話も大変な母にとって、自分が嫁をむかえることは何よりの安堵につながるだろう――。

清谷・福井家の裏山

悩みつつ年を越した。

年明けに福井家から招かれた。年賀の祝いということだが、呼ばれたのは太蔵ひとりだから、おそらくたかとの顔合わせなのだろうと思った。

一尺ほどつもった雪の道をたどって福井家に着くと、座敷につねの顔があった。

嫁いでから初めての里帰りだという。裾に水仙が描かれた着物は上等そうで、それを着ているつねは、また一段ときれいになったようだ。

「太蔵さん、おひさしぶりです。お元気そうで何よりね」

あいさつも奥様然としている。太蔵はあわてて頭を下げた。

そこへたかが入ってきた。朱色の地に小花をちらした着物が、色白の顔を引き立てていた。つねのような華やかさはないが、野辺に咲く花にも似た、清楚な雰囲気がある。

こんな娘だったか、と太蔵はたかを見なおす思いだった。

「まあ、話は聞いとるだろう」

福井家のあるじが太蔵のほうを見ていい、

「今日はつねも帰ってきて皆がそろうたけえ、ゆっくり食うて話をしようや」

と食事の始まりを告げた。

膳には小鯛の塩焼き、塩漬けにしてあった山菜の煮物、黒豆や昆布巻きなど、正月らしい料理がならび、太蔵の好きな小豆雑煮もあった。

話の中心は、つねの鳥取暮らしのようすだった。

つねの嫁ぎ先は、鳥取城の近くにあるという。明治六年の廃城令で多くの城がとりつぶされたが、鳥取城は存城とされて、陸軍省の持ちものになっていた。

まわりの家はほとんどが士族で、

「毎日のようにお客さまがあるし、それがまた気位の高い方が多くてね、この前も、出したお茶が熱すぎるといって怒られて——」

いろいろと大変なのだと話すつねは、しかし口ほどに嫌そうでもない。自分の失敗を明るく話すつねのことだから、きっと婚家にも気に入られているのだろう。まだ子はできないようだが、幸せなら何よりだと太蔵は思った。

「そうそう、去年うちの近くに中学校ができたのよ。学長先生は、福沢諭吉という人がつくった慶応義塾を出た方なんですって」

「中学校ですか。すごいなあ。鳥取はすすんどるんですねえ」

太蔵は、正直おどろきの念をもって答えた。中学校は、この当時の高等教育機関である。

鳥取にできたのは、授業課目が文部省の規定にみたないため、変則中学と呼ばれるものであったが、県がこれをつくった例としては、全国的にもきわめて早かった。

「士族の子が多いけれど、お商売をしている家の子もかよっているそうよ」

「これからは身分に関係なく、みなが学問をする時代ですけんね」

「あたしも、学校に行って学問がしてみたかったわ。もう少し遅くに生まれればよかった」

そんなつねの言葉を、

「おいおい、嫁に行った者がなにをいうか。おまえは早く子をなして、家に尽くさにゃいけんだろうが」

と、福井家のあるじがたしなめる。つねがふふっと笑った。

ひとしきり食べ終えると、福井家長男の覚造が詩吟をひろうした。つねは、習っているという三味線を弾いてみせた。

たかはといえば、ときおり笑みを見せるものの、食事中から終始うつむき加減で、太蔵とは目を合わせようともしない。この結婚話をどう思っているのか、もしかしたら嫌だといえなくて困っているのではないかと、太蔵は気になってしかたなかったが、訊くわけにもいかない。

ところが厠に立ったとき、あとから追ってきたつねが、

「たかには縁談がいくつかあったんだけど、みんな断ったんですって」

と耳うちした。梅の香に似たにおいが鼻先をくすぐり、太蔵は身体がむずむずした。「へえ――」としかいい返せない。

「それで父が、太蔵さんはどうだといったら、お嫁に行きますっていったそうよ。たかはずっと前から、太蔵さんのことが好きだったんじゃないかしら。どうぞもらってやってちょうだい」

初めて聞く話だった。意外ではあったものの、むろんわるい気はしない。わるい気はしないが、

「わしのところへ来たら、苦労させることになりゃせんかのう。親父は寝ついとるし、しなや定吉もまだ小さいし」

「あの子は、ああ見えて芯が強いのよ。きっと大丈夫」

「しかしのう……」

「太蔵さんがたかと一緒になってくれたら、あたしも安心なの。ね、お願いよ」

手を合わせるつねを前にして、師範学校へ行きたいのだということはいえなかった。

なんだか、つねに押しきられた格好だった。


二月に結納をかわし、四月には式をあげた。

野辺の花が風にそよぐ道を駕籠(かご)に乗って、たかは豊田家にやってきた。

初めて二人きりになったとき、太蔵が「よう来てくれたのう」というと、たかは小さく「はい」と答え、それから、

「わたしでよかったんでしょうか」

と上目づかいに訊いた。目に不安の色がうかがえる。

「なしてそがなことを訊くんじゃ」

たかは逡巡するようすだったが、思いきったように口をひらいた。

「太蔵さんが姉をお好きじゃったの、わたし知ってます。わたしじゃなくて、姉がここにおればよかったのにと思って……」

太蔵はびっくりして、たかの顔をまじまじと見つめた。子どものころ、裏山でつねと交わした約束を聞いていたはずはないのに、たかはいつからそんなことを思っていたのか。

「姉も、きっと太蔵さんを好いていたと思います。けど、鳥取に嫁に行ってしまった。姉が嫁ぐ前にいわれたんです。あんたが太蔵さんのお嫁さんになるのよって……」

「だけえ、わしのところに来たのか」

太蔵は、ややあきれていった。

たかは大きくかぶりをふり、「ちがいます……わたしは……」といったが、それからあとの言葉がつづかない。涙のつぶが一つ、二つ、うつむいた顔から膝に落ちた。

「たかは、わしを好いて、うちに来てくれたんじゃろ」

その手をとってやさしく尋ねると、こんどは小さくうなずく。そのたかの背に手をまわし、

「わしは気の利かん男だが、大事にするけえ」

と太蔵はいった。

たかは、しゃくりあげながら身をあずけてくる。太蔵はそれをいとしいと感じた。幼いころから姉の陰にかくれていた少女の素顔を、いまようやく見た気がし、口だけでなく大事にせねばならんな、と心に誓った。


口かずは少ないが、朝早くからきびきびと働くたかは、舅である平吉の世話もいとわずにやってくれる。初めのうちは遠慮がちだったしなや定吉も、夏になるころには、新しくやってきた姉として、たかを慕うようになった。

だれよりも喜んだのは、母のはんである。

それまでは手がまわらなくて、どことなく煤（すす）けていた家のなかが明るくきれいになったし、姪だという安心感からか、はんは台所のことも任せるようになり、半年もたつと、たかは家内を仕切る存在となっ

ていた。

「これでひと安心だねえ」

そんなことをいい、これまでになくゆったりとした顔つきの母を見るたびに、太蔵は思った。師範学校に行けなかったのは残念だが、しかしこれでよかったのだ——と。

明治十年の二月には、長女の嘉女（かめ）が誕生する。

三　鳥取県消滅

太蔵がたかと結婚した翌年、明治九年の八月、政府はふたたび府県廃合をおこない、三府三十五県とすることを公布した。鳥取県は、まるまる島根県に吸収合併され、県庁は松江に置かれることになった。鳥取県消滅である。

これについては、少し時をさかのぼって書いてみたい。

明治四年の廃藩置県では、隠岐(おき)国が鳥取県に組み入れられ、播磨(はりま)（兵庫県）の一部も鳥取県に入っていた。飛び地をもつ県だったということになる。

明治五年、河田景与のあとの県令だった関義臣(よしおみ)は、鳥取県と島根県を合併し、県庁を米子に置くよう、政府に願いでている。その際、県名は「邑美県(おうみ)」にしたいと述べているが、「邑美」は鳥取周辺の地名であることからして、島根県を鳥取県に組み入れる方向で考えていたようだ。

しかし、これは通らなかった。かつ合併の方向は逆になったのである。

太蔵は、ひきつづき由良小学校に勤めていたが、その知らせに衝撃を受けた。いや、衝撃というよりぽかんとしてしまった。

鳥取県は、江戸時代の藩域と名前をそのまま継承してできた。これは数ある府県のなかでも珍しいケー

スであったが、それだけに、

「今日から、きみたちは島根県の県民である」

と校長が子どもたちにいうのを聞いても、まったくぴんとこない。他人の家を指して、今日からここがおまえの家だといわれているようなものである。馬鹿なことをするものだ、としか思えなかったし、その馬鹿なことをする政府に腹が立った。

「だけえ、新政府の奴らは信用ならんのだ」

家に帰って話すと、寝たきりになった父の平吉が、たかに手足を拭いてもらいながらそういい放った。

「鳥取藩の半分しかなかった松江藩に下るなんぞ、とうてい承服できんわい」

身体が動かなくなっても、口は達者である。鳥取藩三十二万石に対して、松江・浜田・津和野の三藩からなる島根県のうち、松江藩は十八万石だったことを指して、そういっているのだ。

「廃刀（はいとう）令で、武士の魂を取り上げよったと思ったら、藩まで取り上げよる。天下を取ったとたん、やりたい放題だがな」

正規の武士とはいえなかった父でさえこの調子なのだから、〈士族（しぞく）〉と呼ばれる旧武士たちの憤慨はいかばかりだろうか、と太蔵は思う。

「このあたりにも、何か影響があるのでしょうか」

たかが遠慮がちに訊いた。義父の手を自分の膝にのせ、小さな鋏（はさみ）で慎重に爪を切っている姿がほほえましかった。さっきまで悪態をついていた平吉も、目を閉じてまどろんでいる。

「まあ、さしあたり何が変わるということではなかろう。しかし、士族の多い鳥取は大変だろうな」

そう答えながら、鳥取で暮らすつねのことを、太蔵はちらりと思い浮かべた。

鳥取県の士族およそ六千戸のうち、三分の二以上が、池田家城下だった鳥取に集中している。かつ、維新後はその多くが、県庁などの役所に奉職することで、生計を立てていた。

松江に県庁が移ったのち、鳥取には支所がもうけられたが、奉職者の数は以前とくらべものにならない。さらにこの年、秩禄処分がおこなわれて、士族は俸禄（武士としてもらっていた給金）を失うことになる。

残されていた鳥取城も、松江城以外に城はいらないという理由から、取り壊しが決まった。鳥取の町は、火が消えたような寂れ方だったという。

「姉からの便りにも――」

秋も深まった夜ふけ、繕いものの手をとめたたかが、ぽつりとそういった。

「何か書いてあったのかい」

太蔵は読みさしの本から顔を上げた。

「以前は、共立社の方がよくお見えになったのに、このごろはそれがめっきり減って、みなさん職探しや金策に廻られているらしいと」

「そうか。茶飲み話なんぞする暇がなくなったということか」

共立社は、鳥取士族がつくった結社である。もともとは「邑美義塾」という名で、明治五年にできたのだが、午前は学問をし、午後は武道に励むというあり方が、新政府の目には不穏な集団と映ったらしい。ときあたかも、県令の関が「邑美県」設置を願いでていたころである。

それを心配した元藩主の池田慶徳が、金三千円と土地を寄付して、明治七年に「共立社」とあらためさせた。

共立社は、過激な進歩主義をいましめ、かつ古き因習から脱することを掲げた。中道を歩むという態度である。鳥取士族のおもだった者、約三千人が参加した。

あるいは鳥取県消滅の背景には、こうした士族の動きが関係していたのかもしれない。

「それで、つねさんは達者でやっているんだろうね」

つねの嫁ぎ先は医家だから、さしたる影響はないだろうと思って訊いたのだが、たかの返事は「ええ……」となんだか歯切れがわるい。

「どうした。つねさんに何かあったかい」

「何か、というわけではないんですけど……」

たかは、目立ちはじめた下腹に目を落として口ごもり、いいにくそうに話し始めた。

「子ができないことを、お姑さんから責められるんだそうです。月のものの始まりと終わりは必ず報告しなくちゃいけないし、あれこれの薬を飲むようにいわれたり、お舅さんが姉の身体を検査することもあるとかで……」

「検査って、何を」

「さあ……。ただ、辱めを受けているような気がすると書いてありました」

太蔵は嫌な気持ちになった。医者であるとはいえ、舅に身体を触られるのはさぞつらかろうと思った

が、

「そうか……。早く子ができるといいがなあ」

と答えるにとどめた。

女性の人権など、ないにひとしい時代である。つねのつらさは思いやっても、子を望む家からすれば、それもしかたのないことなのだろうとしか受けとめられなかった。

「わたしのほうに先に子ができて……なんだか姉さんに申し訳ない気がします」

「なにをいう。子ができるのに姉妹の順序は関係ないがな。丈夫な子を産んでくれよ」

太蔵はそういって、おそるおそる妻の下腹にふれてみた。そこに新しい命が宿っている実感はなかったが、父親になるのだという思いは、ときに喜びをもたらし、ときに責任の重さを感じさせた。


第一子の嘉女が誕生した明治十年の二月、西南戦争が起こった。

明治維新後、最大にして最後の内戦となったこの戦いは、二月なかばに始まり、ほぼ九州全域を戦場として九月下旬までつづいたが、九月二十四日、西郷隆盛は「もう、ここらでよかろう」といって、鹿児島の城山で自刃した。

西郷が挙兵したとき、共立社に集まっていた鳥取士族の動揺は大きかった。挙兵の理由はさまざまあるにせよ、大きくいえば、西郷ひきいる〈旧武士〉対長州ひきいる〈新政府〉の戦いだったからである。

多くの鳥取士族は、新政府に味方した。なかには、京都にいた元県令・河田景与のもとに参集したり、陸軍省から招集されて新撰(しんせん)旅団（臨時募集の士族隊）に入るなど、みずから官軍に加わって戦う者もあった。

いっぽう、それとは立場を異にする人たちもいた。「共立社のうち、『頑固党』と称する百人ばかりは、何かを画策している」と、当時の新聞に書かれたこともある。陸軍卿だった山県有朋は、「薩摩に連鎖反応するのは、山陽・山陰では因・備である」と、三条実美に書き送っている。

長州出身の山県有朋は、官軍の実質的な指揮者であったが、その人の目から見て、鳥取はやはり不穏なエリアだったようだ。維新に貢献したにもかかわらず、不遇な位置にある地方には、おのずと不満がたまっていることを察していたのだろう。

士族ばかりではない。徴兵令によって、平民の若者たちも官軍に駆りだされた。かれらは大阪に集められ、姫路で訓練を受けて九州へ送られたが、激烈な戦闘のなかで命を落とした者も多かった。

由良でも、人々の関心は高かった。一枚刷りの瓦版が飛ぶように売れた。

学校では、子どもたちが〈戦争ごっこ〉に興じた。むろん課業を終えてからであるが、事務処理や授業の下調べをする太蔵の目に、棒きれをもってやり合う生徒たちの姿が、毎日のように入ってきた。

「わしは西郷隆盛じゃ。これから悪漢どもを退治に行く。みなの者、ついてこい！」

ひとりがそういうと、

「なにいうかあ。俺が西郷じゃあ！　おまえらは官軍をやれやい」

べつのひとりがそう叫ぶ。西郷役の取り合いである。

それを眺めながら、太蔵は鹿児島へ帰った水垣当斎のことを考えていた。いや、その身を案じていた。三月の熊本・田原坂での激戦を境に、形勢は薩摩軍不利にかたむいているようだった。夏を迎えた今では、ちりぢりになった薩摩軍が、あちこちで死闘をくりひろげていると伝えられる。

南洲先生と命運をともにしたいといっておられたが――。

昨年の秋、はじめて当斎から便りがとどいた。


――長の無沙汰、申し訳なくそうろ。拙者このかた、私学校本校において、漢文ならびに医術を教えそうろ。貴公はいかにお過ごしか。

私学校をして、反政府の志士育成の場と曲解するむきありと聞くが、さにあらず。外国人講師をまねいての講義あり、優秀者には外国留学の便あり、広く世界に目をくばり、西欧に伍する人材を育てておりそうろ。

南洲公の人望厚きこと、野辺の草木もなびくがごとし。拙者も徳風に浴して意気軒昂なれば、ご安心めされよ。とおく貴公の健闘を祈り申し上げそうろ。


挙兵の気配などみじんも感じられない文面だっただけに、数ヶ月のちに西南戦争が起こったとき、太蔵は正直おどろいた。教師ならば戦闘に加わることはないのかもしれないが、当斎がいっていた「命運をともに」という言葉は、やはり気になる。

返事を出そうにも、住所は「鹿児島市中」としか書かれていなかった。

はたして無事だろうか――。

血気にはやって、死地に踏み込むようなことをされていなければよいが――。

「子どもらにも困ったものだね。西郷きどりの戦争ごっこなど、やめさせねばならん。なあ、豊田くん」

訓導（くんどう）の国枝甲介（くにえだこうすけ）に声をかけられて、太蔵はわれに返った。「はあ」と間の抜けた声が出た。

夕暮れどき、今日も生徒たちは棒きれ片手に砂ぼこりをあげている。ケンカにでもなれば止めに入らねばならないが、二組に分かれて、お互いが「西郷」を名乗り合うという、他愛のないものがほとんどだった。

「西郷など、時代錯誤のかたまりのような男じゃないか。子どもらの教育には悪しき影響しかないよ」

国枝は太蔵より三つ年上の二十四歳で、明治七年鳥取にできた、小学校教員伝習所（明治十年に師範学校）を出ていた。いわゆる正式な小学校教員で、それを「訓導」と呼ぶことになっている。細身で鼻すじがとおり、いかにも鋭利な感じのする男だった。

「しかし、人気があるから真似るんでしょう。遊びなんですから、そううるさく考えなくても……」

「豊田くん！」

国枝が、文机（ふづくえ）をばんっと叩いて目を吊り上げた。こめかみに、汗と青筋が浮かんでいる。油で固めた髪の毛が、はらりと垂れた。

「だからきみはダメなんだ。教育とは、国家に有為な人材を育てることだ。その国家とはね、藩じゃない、日本国だ。いつまでも藩や武士にしがみついているような輩（やから）に肩入れしているようでは、きみ、教員失格だよ」

教員失格といわれて、太蔵はむかっときた。もともと補助教員ではあるが、生徒たちに向かう気持ちは、だれにも負けないつもりである。

「私の漢籍の師は、西郷先生は立派な方だといっていました。命もいらず金もいらず、名も官位もいらぬ者でなくては、国家の大業はなせぬ。それが西郷先生だと――。なにゆえ兵を挙げられたかはわかりませんが、旧時代にしがみついている人ではありません。私学校では、広く世界に目を向けた授業をしていると聞きます」

「ふん、それが野蛮な考えというものだ。武力がすべてだと思っている。広く世界に、というが、それも薩摩藩の武威（ぶい）をもって世界に乗りだそうという、野蛮なしろものだろう」

「そうでしょうか」

「きみ、ちゃんとした学校を出ていないんだったら、もっと自学したまえ。国内で戦争なんかしているときじゃないんだ」

「しかし、新政府のやり方も強引です。げんに、鳥取県もなくなってしまったではないですか。不満がつのるのは当然でしょう」

「そりゃ、不満はだれでも持っているよ。問題は、その不満を建設に向けるか、破壊に無駄づかいするかだろう。教育者なら、答えは明白ではないかね」

「はあ……」

太蔵は納得できなかった。しかし反論もできなかった。たしかに、自分はちゃんとした学校を出ていない。国枝のいうことは正論なのだろう。だが……。

もやもやした気持ちのまま、太蔵は帰り道をたどる。日が落ちても暑い。木々のあいだから、鈴をふるようなヒグラシの声がふってくる。

生後半年を過ぎ、日に日にかわいらしくなってくる嘉女が、いまの太蔵の一番のなぐさめだった。


この春着任してきた国枝は、一斉授業というものを始めた。教師が話す内容を生徒たちが一斉に聞き、必要な事柄を写し取る。それまでの、生徒がひとりずつ教えを乞うたり、数人が車座になって教師と対話するという、いわゆる寺子屋式の指導方法とは、まったくちがうやり方である。

「効率よく知識を取得、吸収させるためには、ぜひとも一斉授業をやっていただかねばなりません。イギリスでは以前からこれをやっており、教化の実を上げています。文部省もすすめるところです」

とまどう教員たちを前に、国枝はそう豪語し、指導案なるもののつくり方を教えた。

なにしろ、「訓導」にあたる教員は国枝ひとりである。とまどいながらも、従わざるをえない。

教えるべき内容を書きだし、教える順番を決め、できるだけ効率よく話す——頭ではわかるし、太蔵もいわれるままに指導案をつくったが、実際に授業をしてみると、なかなかうまくいかなかった。予定していた半分もすすまないうちに時間切れとなることが多く、「なんじゃあ、ようわからんだった」といわれることもしばしばだった。

生徒たちにもとまどいがあった。それまでは、互いに教え合ったり喋ったりしていたのが、一時間ほどの授業のあいだは、じっと黙って聞いていなければならなくなったのである。

身体をゆすったり、手わるさをしたり、なかには寝てしまう子もいる。もちろん怒られる。というか、太蔵は叱らねばならない。音読の時間になると、それまで我慢していたものを吐きだすかのように、子どもたちは大きな声を張り上げた。

「なんちゃあ、やれんのう。肩がこるし、息がつまりそうじゃ」

もと塾主だった年配の教員は、あからさまにそんなことをいうし、太蔵と同じ補助教員は、「毎日指導案をつくらされて、お役所仕事をしとるようだがな」としきりにこぼす。

しかし、国枝の授業はさすがだった。話が理路整然としていて、声にも張りがあり、おそわる生徒たちにも緊張感がみなぎっている。

やはり師範学校出はちがうと太蔵は思い、一目置いていた。ポマードとかいう油でコテコテに固めた頭でさえ、新時代の頭脳の象徴のように見えた。

それだけに、「教員失格」などといわれたことがくやしい。反論できなかった自分がなさけない。

「なんじゃ、コテコテ頭のくせに。西郷先生の気持ちなど、おまえにわかってたまるかい」

独り言を吐いて小石を蹴った。

むろん、西郷の気持ちなど太蔵にも知りようがないが、やむにやまれぬ何かがあっての挙兵だろうということは、想像がつく。「野蛮」の一語で切りすてた、国枝の口調が腹立たしかった。

西郷隆盛の自刃によって、西南戦争は終結した。官軍、薩摩軍、それぞれ七千人ちかい死者を出した。

水垣当斎からは何の便りもなかった。安否もわからないままである。

薩摩軍の敗北に終わったことで、武力による士族の反乱はなくなったが、火種が完全に消えたわけではなかった。明治十一年五月、維新の三傑といわれ、参議兼内務卿であった大久保利通(としみち)が暗殺された。

赤坂にある太政官に出勤する途上、紀尾井坂付近で、六人の士族におそわれたのである。

大久保は、西郷と同じ薩摩出身、生まれた家もごく近くだった。西郷隆盛が下野したあとは、新政府の中心人物となり、内務省をつくって「富国強兵」をおしすすめようとしていた。

「まったく何ということだ。大久保卿はこれからの日本にとって、なくてはならぬ方だというのに、なんということをしてくれた」

事件を報じる新聞を手に、国枝甲介が怒りの声を発した。県内でも、新聞が二、三紙発行されはじめている。課業終了後で、校長と教員ら数人が集まっていた。

「われわれまでが逆賊と見られてしまうではないか」

国枝がそういうのは、六人の刺客のなかに、浅井寿篤という鳥取県出身の若い士族がまじっていたからである。いま現在は、島根県士族ということになる。ほかの五人は、みな石川県士族であった。

浅井は警視庁の巡査で、西南戦争にも従軍したが、東京に凱旋したのち姿をくらましていた。その兄・松原金吾が倉吉署の巡査であったため、由良でも緊張が高まった。

また実行犯ではないものの、同じく巡査だった松田秀彦という鳥取士族も、暗殺グループに加わっていた。

「これで、鳥取県の復活は見とおしが立たんようになりましたなあ」

年配の教員がため息まじりにいうと、

「復活どころじゃない、官軍が攻め込んでくるかもしれんですがね。警視庁には、抜刀隊という斬り込み部隊がある。田原坂で死闘をやった強者の部隊だけえ、それが乗り込んでくるかもしれんですが」

まだ少年のような書記（事務員）が、おびえた声を出す。

「まさか、そこまでのことはあるまい。刺客のひとりを出したくらいで……」

年配教員の言葉を、国枝が「いや……」とさえぎった。

「政府から見て、わが県に不穏分子が多いと思われているのはたしかです。それもあって、島根県に併合されたんでしょう。浅井や松田の背後に、何らかの組織があると疑われるかもしれません」

「しかし、わが藩は幕末に長州とむすび、倒幕に力を貸したんですぞ。戊辰の役でも働き、池田公は、いち早く藩を天朝にお返ししたんですぞ」

「そうです。しかし倒幕活動は一部の志士がやったことで、藩が動いたわけではありません。しかもそれから早や十一年、わが県が新政府のためにやったことが、何かありますか」

「何かって……それはお上が決めることで、わしらはそれに従う立場じゃ」

「それです。ただ従うばかりで何もしない。そのくせ不満をくすぶらせている。そのように見られているのです」

「そ、それは侮蔑じゃ！　いかに訓導といえども、その言は許せぬ！」

年配教員が激昂したので、校長が「まあまあ」と割って入った。「国枝訓導も、わが県を憂慮されてのご発言でしょうから、どうぞ怒りをお収めください」という。村役から校長になった、温厚な人物である。

国枝の視線が太蔵に向けられた。きみはどう思うか、と問うているような目である。

太蔵は意地になって見返した。今日も、国枝の頭はテカテカに光っている。

とはいえ国枝に反論したり、あるいは同意したりするだけの意見を、太蔵は持っていなかった。いや、思うところはいろいろあるのだが、国枝のような歴とした言葉にはなりそうになかった。

西郷隆盛が敗北したことで、新政府にとっての大きな敵はいなくなったといえる。「武士の世」は、名実ともに終わったのだ。

これからは天朝さまのもと、元武士も町人も農民も、みなが平等な世の中になるのだという。教育もそのためにある。西欧諸国に負けぬため、開化と富国強兵の政策は、大久保卿がいなくなってもすすめられるだろう。

それは、いいことだ。

だが中央の新政府は、はたして地方の実情を慮ってくれるだろうか。これからも、さまざまな不満や怒りを圧殺していくことになりはしないか。

国枝のいうことには一理あると思いつつも、新政府の代理人のような口ぶりが、太蔵にはいまひとつ納得できなかった。


六月、武信潤太郎が没した。

かつての大分限者であり、反射炉築造や、由良台場建設の立役者であるにもかかわらず、その葬儀はごくひっそりとしたものだった。

――男子一生の仕事をさせてもらいました。悔いはありません。

武信佐五右衛門が亡くなる直前、そういっていたかの人の姿を、太蔵は脳裏によみがえらせた。あのとき、自分もそういう仕事をしたいと思ったのだ。

しのつく雨のなかに立って、太蔵は遠くから棺を見送った。


大久保暗殺の実行犯六人は、七月に死刑判決を受け、その日のうちに斬首された。若い書記が心配したような懲らしめはなかったが、島根県に併合されて以降、太蔵は町の活気が乏しくなっているように感じる。人の往来が減ったような気がするのだ。

以前は、米子方面から鳥取に向かう人々が、由良で宿をとったり休んでいったものだが、県庁が松江に移ったため、そちらへ向かうようになったものらしい。学校に来る子どもたちのなかにも、家計の事情からやめる者がぽつぽつ出ている。

そのころ、政府は「地方新三法」を公布した。県のなかに郡や町村を置き、議会をもうける。また、地方が独自に税を徴収してよいという内容だった。

地方自治制度のはじまりである。

太蔵は新聞を読んで、ほう、と思った。

貧窮士族の不満はいまだ収まらず、それに呼応するようにして、自由や民権をもとめる声が高まっている。そうした声に応えた新法に見えたからである。

政府も案外、地方のことを考えちょるんじゃなあ――。

島根県併合や西南戦争で、新政府に対して懐疑的になっていた太蔵だったが、そのときは見なおす思いだった。

家に帰ると、太蔵はまず嘉女を抱き上げる。まだ乳の匂いのするやわらかな身体に顔を寄せると、一日の疲れを忘れるようだった。

とと、と嘉女は太蔵を呼ぶ。

「とと、いちゃい」

「おお、ヒゲがあたって痛かったか。剃らねばいかんなあ。今日は何をしていたのかな」

「かわ。ねえね。うりぃー」

「そうか、ねえねと由良川へ行って瓜を食べたのか。うまかったか?」

「うん」

片言であっても、その意はつうじた。〈ねえね〉は妹のしなのことである。十二歳になったしなは、たかを手伝って家事に精を出してくれている。近所の手習い所で読み書きと裁縫をおそわっており、嘉女のよき遊び相手でもあった。

弟の定吉も学齢に達し、この春から由良小学校にかよっている。まだまだ子どもっぽいが、「なかなか見どころがある」という声を聞くし、太蔵の目から見ても向学心はあるようだ。

冬がちかづいたある晩、嘉女を寝かし終わったたかが、部屋の戸を開けた。いつになく深刻そうな顔をしている。田地の作付台帳を点検していた太蔵は、

「どうした。具合でもわるいのかい」

心配になって訊いた。たかは二人目の子どもを身ごもっていた。来春に生まれる予定である。

「いえ、そうじゃないんですけど、姉のことでちょっと……」

「つねさんのこと？」

そういえばいつだったか、子どもができないのを責められていると聞かされたことがあった。あれは――そう二年ほど前か、と思う。

「子ができないからかい」

「福井の家に帰ってきたそうなんです。戻されたといったほうがいいんでしょうけれど」

「ええ……。昨日母から便りが来て、十日ばかり前に、嫁入り道具と一緒にもどってきたとありました。別便で離縁状も送られてきたそうです」

子のできない嫁が離縁される例は、この時代けっして珍しくなかった。ましてや、相手は家柄のととのった医者の家である。そういうこともあるのだろう、と太蔵は思ったが、明るく理知的だったつねの姿を思い浮かべると、複雑な気分だった。

「しばらく福井に帰ってみてはどうだい。つねさんも、相談相手がほしいだろう」

「いいんですか」

「嘉女は、しながみてくれるだろう。身体にさわるといけないから、駕籠（かご）を使いなさい」

「ではそうさせてもらいます。いまは安定している時期ですから、心配はないんですけれど」

「用心にこしたことはないよ」

翌日出かけたたかは、しかし二日後の夕刻にはもう戻ってきた。もっとゆっくりしてくれればよかったのに、という太蔵に、たかは「いいんです」と浮かない顔で答えた。

聞けば、つねは離れの一室に閉じこもり、だれとも会おうとしないのだという。父も母も寄せつけず、たかが声をかけても同様で、板戸ごしに少しばかり交わした言葉は、「大丈夫だから心配しないで」というようなものだったらしい。

「食事も、通いのお手伝いさんに運ばせるんです。弟の覚造も去年嫁をもらったので、母屋にいづらいのはわかるんですけど」

「閉じこもって何をしているんだろう、つねさんは」

「書物を読んでいるらしい、と母はいっていました」

「大丈夫だといいながら、やはり相当こたえているんだと思うね」

「ええ。母も、姉は形相(ぎょうそう)が変わったと……」

「形相が？」

「以前は、あんなに恐い顔じゃなかったというんです。わたしは会っていないのでわかりませんが……」

太蔵は何といっていいのかわからなかった。子どものころの、やさしく面倒見のよかったつねの姿が浮かび、一度は、いやずいぶん長いあいだ、この女(ひと)を嫁にもらうのだと信じきっていた自分が思いだされた。

ぼんやり灯る行燈(あんどん)のもとで、たかが太蔵の袴に火熨斗(ひのし)をあて始めた。疲れているだろうから、そんなことはしなくていいといっても、「いいえ、皺のよった袴で出勤していただくわけにはいきませんから」と答える。子の親になっても、つつましやかで働き者なところは変わらない。

おまえは、わしのところに来てよかったと思っているかい？

そう尋ねたくなる気持ちを、太蔵はぐっと抑えた。その問いは、太蔵こそが、たかをもらってよかったと思っていることの裏返しなのである。

もし、つねと結婚していたらどうだっただろうか――。

そんな想像をすることの身勝手さには思いが至らぬ程度に、太蔵はまだ若かった。

明治十二年三月、たかは男の子を産んだ。

だれよりも喜んだのは父の平吉で、頼みもしないのに「太郎」と名づけ、「日の本一の男になる名前じゃ」と悦に入っていた。

定吉のときは、ええ加減につけたくせにのう――。

太蔵はそう思っておかしかったが、父のうれしそうな顔を見るのはまんざらでもなかったし、なにより長男を得たことは、太蔵自身の喜びだった。

だがそれから一年あまりのちの、明治十三年五月、太郎は下痢を起こして突然死んでしまった。朝、太蔵が家を出るときには変わりなかったのに、夕刻もどると、すでに息があやしくなっているという急変ぶりだった。

そのころ、全国的にコレラが流行していた。コレラ禍は山陰にもおよび、鳥取の町では、日に二十人から三十人が命を落とした時期もあったと伝えられている。

たかは、小さな亡骸を抱きしめて泣いた。しかし、太蔵には悲しみにひたる余裕はなかった。

あまりにもあっけなかったため、医者に診せる暇さえなかったが、もしもコレラだったら……と思うと、家族への感染を防ぐことが急務だった。由良でもかかった者があると小耳にはさんでいるし、隠されてはいるが死者も出ているにちがいない。なにしろ、これといった治療法のない、恐ろしい伝染病だというのだ。

たかを亡骸からひき離し、納めた棺には近寄らぬよう厳命した。母のはんや妹のしなに命じて、太郎の衣類を煮沸させ、生ものは決して口にするなといいわたした。

太郎はすばやく、そしてひっそりと葬られた。

さいわい、家族の体調に異変は見られなかったが、たかの嘆きは深かった。

「なぜです。なぜそれほど急いて……。せめて一晩でも、添い寝してやりたかったものを……」

子を失った上に、別れのときも奪われた悲しみを、たかは切ない声で訴えたが、太蔵は「こらえてくれ」というしかなかった。

忌まわしい流行り病の可能性があるからだといえば、家族を恐怖におとしいれるだろう。近隣の家につたわれば、一帯が混乱しかねないし、疫病患者を出した家という噂をたてられる恐れもある。

憎まれ役になってでも、そうしたことを防がねばならないと思っていた。

それからひと月ほどたった晩、ひとりの男が豊田家を訪ねてきた。

玄関の暗がりに立つ男を見て、太蔵は「伊作さん、伊作さんじゃないですか！」と声をあげた。竹歳伊作との、八年ぶりの再会だった。

「長男が亡くなったそうだな。お悔やみをいうよ」

ふかぶかと頭を下げる伊作に礼をいい、太蔵は座敷へ上げた。徳利の一本も出したいところだが、家の内は息をころしたようにしんとしている。太蔵は自分で茶をいれ、白湯とほとんど変わらないそれを、伊作の前に置いた。

「じつはうちも、兄がこの正月に亡くなってな、先ごろ横浜をひき払ってきたんだ」

「そうでしたか、兄上が……」

伊作は、叔父から独立して小さな雑貨商をはじめ、少しずつ軌道に乗り始めていたところだったという。惜しい気持ちはあったが、先祖の始めた醤油屋をつぶすわけにもいかない。むこうで迎えた妻と、一歳になる長男をつれて帰ってきたのだといった。

一歳といえば、死んだ太郎と同じだ。悲しみがぶり返すのをこらえて、「そりゃ、長旅で大変でしたろう。神戸までは船旅でしたか」と訊いた。

「うん、神戸もずいぶん開けたね。海べりに商館がいくつもできていたよ」

「横浜はもっと開けとるんでしょうね。以前、伊作さんがくれた便りはじつにおもしろかった」

「そりゃもう、めまぐるしい変わりようだよ。ところが、中国山脈を越えて山陰がわへ来ると、ここらは御一新前とまったく変わらないね。なつかしくはあるが、少々歯がゆい気もするよ」

「そんでも、小学校もできたし、少しずつは変わっとりますけえ」

「おまえは、小学校の教員をしているんだったな。どうだい、学校は」

はじめのうちは、塾や寺子屋と変わりなかったが、ちかごろは一斉授業というものもおこなわれるようになって、教育の実が上がってきたように思うと、太蔵は答えた。

内心では反発を感じているのに、国枝の言葉をなぞっている自分がおかしかった。

太蔵が期待していた「地方新三法」の内実は、必ずしも地方のことを考えたものではなかった。たしかに県会や町村会はできたが、議会の力は弱く、けっきょくのところ、中央から送られた県令に従わざるをえない。

さらに、地方税をみとめることと引きかえに、地方のことは地方でやれということになり、国から支給されていた学校への補助金もなくなった。学校の運営はきびしい。

教える内容も変わってきていた。

初期のころの洋学は影をひそめ、修身という、儒教思想にもとづく徳目が重視されるようになった。太蔵にとってはなじみある孔子や孟子だが、一斉授業で頭ごなしに教えることには多少の違和感があった。

しかしそれは、再会したばかりの伊作に話すことではない。太蔵は、自分でいれたまずい茶をすすった。

国枝と同じように、伊作はなでつけた髪を油で固めている。このあたりではめったに見ることのない洋装だったが、それがすっかり板についていた。

おたがい落ち着いたらまた会おう、といって、伊作は帰っていった。

その明治十三年はまた、自由民権運動が県内でも高揚した年であった。

明治七年、板垣退助が、民撰(みんせん)議院設立建白書(選挙による国会の開設要求)を出したことにはじまる自由民権運動は、西南戦争後に活発化した。

士族の困窮にくわえて、庶民も、地租や徴兵制度につよい不満をもっていた。税金をとり、徴兵するのなら、民も国の政治にかかわるべきだ、世論を尊重せよというのが、その根底にある考えである。地方新三法への不満も、運動を加速させた。

地租の引き下げ、集会・言論の自由など、さまざまな要求がかかげられたが、それらはしだいに、国会開設と憲法制定に収れんされていく。

鳥取士族の共立社は、いち早くこれに反応した。四月の国会開設請願や、十一月におこなわれた国会開設期成同盟の集まりには、代表を送っている。

士族だけでなく、商人や農民なども運動に参加した。

政府は、集会条例を発して規制し、官憲を出動させて弾圧しようとしたが、運動は広まるいっぽうだった。全国各地で演説会がひらかれ、人々は木戸銭（入場料）をはらって聴きに出かけた。政府批判の舌鋒がするどければするどいほど、聴衆の拍手も大きかった。

一つトセー　人の上には人ぞなき　権利にかわりがないからは　コノ人じゃもの
二つトセー　二つとはない我が命　すてても自由のためならば　コノいとやせぬ
三つトセー　民権自由の世の中に　まだ目のさめない人がいる　コノあわれさよ

そんな数え歌がはやり、学校の子どもたちまでもが、休み時間に歌うしまつである。

訓導の国枝は、「秩序が乱れる」と歌うことを禁じたが、太蔵は内心、なかなかおもしろい歌じゃないかと思っていた。それに禁じたところで、またどこかで歌うにきまっている。戦争ごっこと同じことだ。

県内では、この自由民権運動と鳥取県再置運動がむすびついた。

この年の二月、石川・滋賀両県から福井県が、三月には、高知県から徳島県が分離独立した。いずれも鳥取藩より小さかったところである。ならば、大藩だった鳥取ができぬはずはないという思いが、士族たちの不満に火をつけたのだろう。

共立社とはべつに、下級士族たちが「共斃社」なる結社をつくった。「共立社」を敵にまわすようなネーミングだが、かれらは政府への不満とともに、鳥取県の分離独立を叫び、その声はしだいに広がった。

四つトセー　世の開けゆくそのはやさ　親が子どもにおしえられ　コノかなしきよ
五つトセー　五つにわかれし五大州　中にも亜細亜は半開化　コノ悲しさよ

「あなたは、楽しそうですね」

縁側にいる太蔵に、たかが部屋の内からそういった。気づかぬうちに、民権かぞえ歌を口ずさんでいたらしい。

しずかな声だが、皮肉な響きがこもっている。太郎の急死から半年、まもなく冬を迎えるというころになっても、たかの悲しみは癒えないようで、ときおり恨みをふくんだ視線を太蔵に向けてくる。

「おまえも歌ってみたらどうだ。気が晴れるぞ」

そんな下品な歌、とたかは一蹴した。

「のんきに歌などうたって、わたし、あなたの気持ちがわからなくなりました」

太蔵はため息をつきたくなる。いつまで悲しんでいたところで、死んだ子が帰ってくるわけではない
――そういいたいのをぐっとこらえた。

「子は、またできるよ」

「そうかもしれませんが、太郎という子はひとりです。お義父さまだって、あんなに喜んでいらしたのに……」

まあ、それもあるのだ、と太蔵は思う。

太郎の死で気落ちしたのか、あるいはたかに落ち度があったと思っているのか、平吉はたかが世話するのを嫌がるようになった。今はしなに任せているが、食べる量も減ってきて、老いが目立つ。

たかは、責められているような気がするのだろう。


つねが突然訪ねてきたのは、それからしばらくたった十二月のはじめだった。たかも聞いていなかったようで驚いていたが、

「今日は休日で、太蔵さんも家にいらっしゃると思って参りましたの」

と挨拶して供えものを置き、小さな位牌に手を合わせてふり向いたつねは、どこかさばさばした表情

だった。

福井家に戻ってきたばかりのころは、離れに閉じこもり、母親からも「恐い形相になった」といわれていたというが、太蔵から見れば変わらず美しい。

「太郎ちゃんは残念だったわね。でも力を落としちゃ駄目よ。嘉女ちゃんだっているんですもの」

たかの手をとり励ますようすは、妹を案ずる姉そのものなのだが、たかは「ええ……」といっただけでうつむいている。

「太蔵さん、あたしのことは聞いていらっしゃるんでしょう?」

「はい、多少は……」

「離縁されたばかりのころは、子のできない自分がわるいんだとばかり思っていました。けれど、いろいろ書物を読んで、そうじゃないって気づいたんです」

「そうですか。そりゃ、子のできない人はほかにもいますし、なんの罪でもありません」

「そうでしょう。むこうの家では、ずいぶん嫌な思いをさせられました。人としての権利……っていうんですか、それを踏みつけにされてきたんだってわかったんです。あの人たちは、あたしを子産みの道具としか見ていなかったんです」

「しかし……以前はつねさんも楽しそうにしていられたじゃありませんか」

「それは最初のうちだけ。この数年は、針の莚(むしろ)に座らされているようでした。いいえ、針の莚というより針山ね。あげくのはてに追いだされたんです」

「おつらいことでしたね」

同情しつつも、どこか居直ったようなつねの口ぶりが、太蔵は気になった。わが子を亡くしてまだ半年しかたたない妹の前で、〈子産み〉だの〈子づくり〉だの、いわなくてもいいじゃないかと思う。

「ところで、私に何か相談事があったんじゃないですか。わざわざ休日においでたのは」

太蔵は話題をそらした。

「ええ、そうでした。このまま福井の家にいるわけにもいきませんから、なんとか自活の道をと思いまして……」

つねは、鳥取女子師範学校を受験したいのだといった。

鳥取女子師範は、女性教員の養成学校として、二年前の明治十一年にできた。東京女子師範学校のできたのが明治七年だから、全国的にみてもかなり早いほうである。

「どんな勉強をしたらいいか、太蔵さんにお訊きしたかったんです」

「姉さん、教員になるの？　もう結婚はせんということ？」

たかがびっくりしたようにいった。この時代、家業を手伝うことはあっても、職業をもつ女性はほとんどいない。

「ええ。二十六にもなる出戻りをもらってくれるところなんかないでしょうし、またあんな目に遭うのはこりごりよ」

太蔵もやや驚きつつ、過去に師範学校をめざしていたころの話をした。つねの話しぶりでは、福井家に帰ってからそうとう勉強したようだ。

「ありがとう。それから、ついでといってはなんですけど――」

つねは借銭を申しでた。家を出て鳥取に居を移すつもりだが、実家の世話にはなりたくない、仕事に就いたら必ず返しますから、という。

「いかほどご要りようですか」

「そう、五十円ばかりもお貸し願えればありがたいわ」

米一石（大人ひとりの一年分）が五円の時代である。五十円は大金だった。

「姉さん、そりゃあんまり身勝手な話だわ。筋がちがいます。豊田の家だって余裕があるわけじゃないんです」

たかはそういったが、太蔵は「わかりました」と立ち上がり、奥の間から金の包みをもってきて、つねにわたした。

「やはり太蔵さんね。たか、いい人と一緒になってよかったわね」

つねは意味ありげにほほえみ、表に駕籠を待たせているからといって、腰をあげた。

外は、胸にしみるようなつめたい風が吹いていた。

「姉さんは、やっぱり恐い人になってしまったのかもしれない……」

見送るたかがつぶやいた。

「そうだな。別人を見た気がしたが、しかしつねさんも苦労されたんだから、これで自活の道がひらけるなら応援しようじゃないか」

「でも大金を……。あなた、すみません」

「なに、つねさんは必ず返すといっとるし、金なら何とでもなるさ。さあ、寒いから中に入ろう」

太蔵は妻の肩に手をおいてうながした。たかがそっと身を寄せた。

――かごぉー、丈夫な竹かごはいらんかぇー。

――蓑笠いらんかぇー。新藁でつくった蓑はいらんかぇー。

師走の由良街道に、もの売りの声が響いている。


暮れがちかくなったころ、竹歳伊作が「演説会を聴きに行こう」と誘いに来た。

「自由民権ですか」

「うん。岩本廉蔵といって、となりの北条の豪農だ」

岩本廉蔵の名は、あたりに聞こえているから太蔵も知っている。海岸べりに広がる砂地を開墾して桑を植え、農業振興につとめた人物だ。かつて、研志塾という高名な塾をつくったことでも知られていた。いまは五十歳くらいだろうか。

「自由民権は、士族のためのものではない」

百人ばかりあつまった人々を前に、羽織姿の岩本はまずそういった。外は雪がふっているというのに、狭い会場内は、火鉢さえいらないほどの熱気だった。

「われわれ農民、商売人、額に汗して働く者こそが、まっとうな権利をもち、今日の貧しい位置から脱せねばなりません。そのためには、議会を開設し、われわれの代弁者を、中央政府に送らねばならんのです。われわれの声をとどけ、政府に聞かせねばならんのです」

そうだ、という声があがり、拍手が起きた。

「御一新このかた、太平洋方面はひらけつつあるが、当地はいまだ日が当たらぬままである。それを地理的問題でかたづける者もあるようだが、私はそうは思わない。当地より山深き県であっても、自由闊達にして、産業の生まれおるところはいくらもある。むしろ人の問題であり、教育の問題であり、志のあるかなきかであります」

教育の問題だそうだ……と伊作が耳うちする。太蔵は黙ってうなずいた。

「わが郷土に、はたして人ありや、志ありや――。国会が開かれれば、真にこの郷土を思い、われわれの生活を救うべく立ち上がる者が、必ずや現れましょう。われわれは、もはや黙しているときではないのです。郷土を愛し、国を愛するがゆえに、国会開設と憲法制定をつよく請願せねばならんのです――」

万雷の拍手のうちに岩本の演説は終わり、太蔵は伊作とともに外へ出た。外は細かな雪が降っている。なかなかの演説だったな、と伊作がいい、太蔵もうなずいた。政府批判に終始するのかと思っていたが、けっしてそればかりではない。人の問題、教育の問題といわれたときには、自分がかかわっていることだけに、はっとした。

たしかに就学率はまだ低く、女子にいたっては、ほとんど学校に行っていない状況だった。この年の『県治要領』にも、

「鳥取は、従来学政の挙がらざる所たり。学制一新、中・小学校、師範学校等ありしといえども、いまだ卓然（すぐれてばつぐん）たる者あるを見ず」

と厳しい文言がしるされている。

「しかし、薩長政府が国会を開設するとは思えんなあ。そんなことすりゃあ、自分らの思いどおりにならんもの」

　マントの襟をかき合わせながら、伊作がいった。

　いまだ蓑をかぶっている太蔵の目に、毛織のマントはいかにも都会帰りに映る。会場でも目立っていたが、伊作はあえて目立とうとしているようでもある。

「かといって、このまま専横(せんおう)を許しとっては、民の不満はつのるばかりでしょう。今夜の演説を聴いて、教育こそが大事じゃと、わしは改めて思いましたよ。この地方の発展のためには、日本国はもとより、世界に目を向けることのできる人間を育てんといけんです」

「そうだ、そのとおりだよ。国会や憲法も西欧の輸入物だが、その理念をわかっている者はまだ少ないからね。ところで、岩本さんは、鳥取県の独立には反対だといっていたなあ」

「ええ、いまの再置運動は一部の士族があおっているもので、注意せねばならんとのことでしたね」

「俺は、島根県はいやだなあ」

「私だってそうですよ。伊作さんのマントを借りて着ているような気分ですよ。肌に合わんというのか――」

「いや、このマントはぬくいぞ。ほら、着てみろ」

　伊作はマントを脱ぎ、ついで太蔵の蓑を引きはがそうとする。いや、いいですけえ、と太蔵は抵抗したが、むりやり着せられてみるとじつに暖かい。

　そのまま伊作の家へ行き、久しぶりで話し込んだ。伊作が酒を飲むかたわらで、太蔵は茶を飲み、カステイラという菓子をつまんだ。

甘くて香ばしく、口の中でとろけるほどやわらかいその菓子は、伊作の妻がこしらえたものだという。

「何でもやってみるもんだ。おまえはいうことは立派だが、決断力に乏しい。押し出しが弱い。おおかた学校でも、国枝とかいう訓導にやりこめられているんだろう」

図星である。何もいえない。

「むかし〈子曰くの太蔵〉といわれていたことを思いだせよ。外聞なんか気にせずに、学問に一心だったころを思いだせ。おまえは、男子一生の仕事をするんだといってたじゃないか」

伊作は語気をつよめてそんなことをいった。太蔵の身内にも、少年時代の気概がよみがえってくるような気がする。

太蔵は、水垣当斎のことを話した。ああ、あの医者かあ、と伊作がいう。

「昼行燈みたいなあの医者が、西郷党の志士だったとは驚きだね。しかし連絡もないんじゃ、たぶん死んだんだろう」

「そうかもしれません……」

「俺も、醤油屋では終わらんぞ。せっかく横浜で修業してきたんだ。もっといろんなものを商（あきな）う。ここらにないものを商うからな」

「そりゃいい。このカステイラなんぞも、ぜひ商ってくださいよ」

「おう、カステイラでもガス灯でも、なんでも商ってやる」

話がだいぶあやしくなってきたので、太蔵は失礼することにした。

玄関に出てきた妻女が、

「主人はこちらに戻ることをためらっていましたが、ただ、あなたさまに再会できるのは楽しみだったようです。またおいでくださいませね」

といってにっこり笑った。色白で背の高い、あかぬけた感じの女性だった。

伊作さんも、意にそわぬ帰郷のなかで、おのれの道を探っているのだろう――。

ふと、当斎からもらった西郷隆盛の言葉のなかに、「人は己(おのれ)に克(か)つをもって成り……」という句があったことを思いだした。

己に克つか……。そのあとは何だったたっけなあと、思いながら、夜の雪道を歩く。帰って冊子をひらいてみると、句のつづきは「己を愛するをもって敗(やぶ)るる」だった。

自分を甘やかしていては事はなせぬ。自分をいましめ、いまの自分を超えるよう努力せよ――おそらくそういう意味だろうと、太蔵は理解した。

四　おのれの仕事

明治十四年に入ると、鳥取県再置をもとめる動きはますます盛んになった。

その中心は共斃社（きょうへい）である。共斃社の名は、「民とともに斃（たお）れる」という志を表すものらしいが、その名のとおりの過激な言動に共鳴する者も多く、社員は数千人に膨れあがっていた。

はじめのうち、鳥取や米子など都市部でのみおこなわれていた演説会も、しだいに郡部におよび、由良でも共斃社の社員が熱弁をふるった。

ただその内容は、鳥取士族がいかに困窮し、いかに島根県令から冷遇されているかといったもので、あとはひたすら分離独立を叫ぶばかり——。

太蔵もいっぺん聴きに行ってみたが、内容の空疎（くうそ）さにがっかりした。

もっとも、西南戦争後のインフレで、人々の生活が苦しくなったことはたしかだった。一石五円だった米が、すでに二倍ちかい値段になっている。

そうした生活苦もあって、自由民権運動は盛り上がっているのだが、太蔵には、共斃社の主張がかなり自分本位なものに見えた。「自由民権」や「鳥取県再置」の名をかりた、自己救済運動にしか思えない。

かれらはまた、士族授産のための運動も活発におこなった。官林の払い下げをもとめ、牧場用地の払い下げを要求し――。

あいかわらず、お上（かみ）頼みなんじゃなあ……。

新聞の記事を読むたびに、太蔵はそんな感想をもった。

春をむかえるころ、共斃社の活動は、さらにエスカレートした。県内の豪農・豪商を訪ねて、牧牛購入の資金を貸しだすようせまったのである。

応じなければ何をされるかわからないという恐れから、金を出す家が多かった。


三月、由良宿でも問題が起こった。

共斃社の社員が、由良港に出張所なるものをつくり、津出し（つだし）（米の積みだし）を禁じる行為に出たのである。

維新後、近郷（きんごう）の地主や豪農たちは、かつての藩倉を倉庫として借り受け、集めた米を保管していた。そうして県内にまわす以外の分は、米問屋をつうじて、適宜（てきぎ）大阪方面へ積みだしていた。

それを禁じる共斃社の言い分は、米価引き下げのため、というものだった。外に出すことをやめれば、県内の米の値段が下がるというのである。

「そがな馬鹿なことがあるかいや！」

話を聞いた父の平吉が、布団から半身を起こしていった。弱って口かずも少なくなっていたのに、その語気は太蔵が驚くほどつよかった。

「米はあやつらのもんじゃねえだぞ。百姓が汗水たらしてつくったもんだ。あやつらのいいようにされるいわれはねえ」

そういきまく。かつて藩倉役人だったという矜持もあるのだろう。

「お父さん、まあ落ちついてください」

太蔵は、父の身体を気づかってそういったが、内心では同様の怒りを感じていた。かれらは由良港だけでなく、橋津や泊、鳥取近くの賀露など、主要な港でも津出しを禁じているという。

近郷の地主たちは抗議の申し入れをしたが、「民のためにやっていることだ」とつっぱねられるばかりだった。

たしかに、米価はいくぶん下がった。

しかし、外からの金が入らなくなったため、地主たちの収入は激減し、農家に支払う米代金も減った。

共斃社の言動にあおられ、鳥取近郊では、米屋を襲撃するという事件も起きていた。不穏な空気が広がりつつある。


五月、小地主二十人ばかりが集まって打開策が話し合われる場に、太蔵も出向いた。

――あやつら、米問屋や商人に、売り上げの一部を上納させとるいうが。

――そうよ。外に出すなら売り上げの三割出せ、出さんなら一割でええというとるそうな。まるで博徒じゃ。このままでは、わしら干上がってしまうがな。

――じゃが、役人も巡査もよう押さえよらん。

――あやつらに扇動される者もおるしなあ。いいなりになるしかないのかのう……。

打開策どころか、出るのは愚痴とため息ばかりである。通夜のような重苦しい空気のなか、時間だけがいたずらに過ぎていく。

「みなさん、ちょっとこれを見てください。大阪で出ておる新聞で、少し前の記事ですが――」

たまりかねた太蔵は、ふところから小さな切り抜きを取りだし、それを読んだ。

――先般、島根県からの不審船に大量の米が積まれおりしを、府庁の役人が見つけしが、これは正規米にあらずして、いかなるものか目下調査中なり。

「これはつまり、津出しを禁じるいっぽうで、共甓社が米を横流ししている可能性があるということじゃないでしょうか」

おお、とか、なんちゅうことをしよるんじゃ、といった声があがるなか、「その現場を押さえれば、かれらの非道を示せるはずです」と太蔵はつづけた。

その切り抜きは、訓導の国枝甲介がくれたものだった。大阪で発行される新聞を、月に一度まとめて取り寄せているのだという。国枝もまた、共甓社のやり方を苦々しく思っているようだ。

ただし共甓社にはかかわるな、と国枝からは釘をさされていたが、こうなってはいたしかたない。

「だが、どうやってその現場を押さえるんじゃ」

その場の長（おさ）という老人が訊いた。七十歳くらいだろうか。二十五の太蔵はもっとも若僧である。

「横流しの荷を積みだすのは、おそらく人目のない夜中でしょう。隠れて見張るしかありません」

「現場を見つけたところで、むこうは大勢おるんだぞ。巡査も目をつむっておるのに、どうするつもりじゃ」

太蔵はうなった。だがどうにかするしかない。

「私に考えがありますけえ」

そういって、若手数名の協力をとりつけ、翌晩から張り込むことになった。


五月とはいえ夜は冷える。蓑を着込んでいても、足もとをぬらす水が身体の体温を奪っていくようだ。由良川の葦の茂みにもぐり込んで、太蔵はじっと藩倉を見つめていた。

小さいときから目だけはいい。わずかな月明かりさえあれば、異変に気がつく自信があった。

「しかし、もう六晩目だぞ。本当に横流しなんかしてるのか」

となりでひそむ伊作が小声でいった。太蔵は「しっ」とその声を制する。ほかに五人がひそんでいた。うち一人は、鳥取新報の記者である。

考えがあるといったものの、そのときの太蔵の頭には何も浮かんでいなかった。その場の勢い、口から出まかせ、というやつである。

困って伊作に相談に行くと、「知り合いに新聞記者がいるから、そいつをつれて行こう。新聞に書かれりゃあ、あいつらも観念するだろう」といった。

「なるほど、そりゃ名案かもしれんですね」

「だろう？　俺も行くよ。なんだかおもしろそうだ」

そういうわけで伊作もいるのだが、六夜目ともなると、さすがにつらくなってきているのだろう。太蔵も、学校を終えてからの張り込みだから、疲れがたまっている。交代で仮眠をとるのだが、太蔵はほとんど眠らなかった。

深夜十二時を過ぎたころだろうか、藩倉から二、三人が出てくるのが見えた。

太蔵は、はっとした。同時に、川下から舟が二艘、こちらに向かってくる。舟は、太蔵たちがひそんでいる場所の少し手前で停まり、そこから十人ばかりが降りたかと思うと、藩倉からもばらばらと人が出てくる。ざっと二十人はいるだろうか。

合わせて三十人ほどの者たちが、藩倉から川べりまで一列にならび、米俵を手わたししはじめた。無言で、しかも手ぎわよく舟まで送るようすは、はじめての作業には見えない。おそらく何度かやってきたのだろう。

太蔵は、茂みを出て提灯に火を入れた。ひそんでいたほかの六人もそれにならう。

「もし、こんな夜中に何をされているのか」

突然現れた提灯と男たちに、米俵部隊はざわついた。だれだ！　何者だ！　という声があちこちで起こる。

まとめ役らしい男が太蔵たちの前にやってきて、「どちらさんですか」と慇懃な声を出した。

「豊田太蔵と申す小地主です。父は旧時代、ここの藩倉役人をしておりました。あなた方は共甕社の方々ですか」

そうだ、と男はいった。頭こそ断髪にしているが、浪人ふうのいかつい男だ。

「共甕社は津出しを禁じているのに、この米俵をどこへ運ぶんですか」

訊いたのは、鳥取新報の宮下という記者である。

「と、鳥取方面の米が足りんのでな、賀露に移すんじゃ」

「ほう、なにゆえこのような夜中に」

「夜中に運んで何がわるい」

「いえね、米の横流しがおこなわれているという情報がありましてね、新聞としては事実を調べる義務がある。それで張り込んでおったんですよ。どうです、これを大阪に運んで、闇で売るんじゃないですか」

さすがに新聞記者だけあって、宮下は押しがつよい。

「ば、馬鹿なことをいうな！　わしらがそんなことをすると思うか！」

浪人ふうが一喝したとき、米俵部隊の一角で抜き身がぎらりと光るのを、太蔵は見た。廃刀令が出されたあとも、刀を隠しもっている士族がいると聞く。

「刀だ！　逃げろ、逃げるんじゃ！」

太蔵の声で、仲間たちはいっせいに駆けだした。

夜中の暗い土手を、つまずき転びながら三町（約三百メートル）ほど走ってふり向くと、かれらの姿は闇に見えない。どうやら追ってくることはなさそうだ。

家に帰りつくと、起きてきたたかが、「まあ、どうなさいました」と驚きの声をあげた。

髪はざんばらで、着物ははだけ、葦の穂や草が全身にまとわりついている。さながら、読み本に出てくる落ち武者のようだった。

けっきょく、その夜の出来事は記事にならなかった。かれらの行動が、はたして横流しのためのものだったのか、そうでないのかもわからずじまいだった。

早とちりだったかもしれないといって、太蔵は地主仲間や伊作に謝った。

「昨年の暮れにハッパをかけられたもんで、つい意気込んでしまったようじゃ」

そういうと、「俺のせいか」と伊作は笑い、「疑念が晴れたわけじゃない。奴らは何かやっとると思う」といった。

学校では、国枝が太蔵をにらみつけてきた。だからかかわるなといったじゃないか、という目つきである。新聞には出なくても、噂は広まっているらしい。太蔵は、自分の勇み足を反省した。

ところが、それからしばらくして、由良港や藩倉から共弊社社員の姿が消えた。ひと月たっても変わりはなく、津出しが再開されることになった。

「やっぱり効き目があったんだよ」

伊作はそういったし、太蔵もそう思いたかったが、実のところはよくわからない。

太蔵たちが張り込んだ五月、共立社のなかから「愛護会」という組織が結成された。共斃社の動きをけん制し、穏健なかたちで事をすすめようとする意図からである。

結成に先立つこの二月、愛護会の代表は上京し、内務・大蔵両省へ鳥取県再置を願いでている。それに応えるかたちで、参議・山県有朋が山陰巡視に来たのが、七月なかばである。

あるいは、そういった動きも関係していたのかもしれない。

山県有朋は、ひと月ちかくかけて、鳥取から米子、松江、日野方面まで視察した。

その復命書のなかで山県は、「鳥取の窮乏、極度に迫りたるもの」と書いているが、じっさい餓死した士族もいたことを思えば、決して大げさではなかったのだろう。その原因は、交通の不便によるものだとしている。

さらに、ほかのいろいろな県とくらべても、ものの見方考え方が狭く、教育は遅れていて、産業や商業も興っていない――というようなことも述べている。随行した内務省書記官も同様か、さらにきびしいことを書いているのをみると、鳥取は、よほど取り残された地域と映ったのにちがいない。

共弊社が住民をあおり、治安悪化をもたらしていることも、重視されていた。山県は、以前から鳥取士族を不穏視していたから、〈このままでは暴動の恐れあり〉と考えた可能性もある。

ともあれ、この復命書の出されたのが八月なかばで、それから一ヶ月後の九月十二日、隠岐を島根県に残すかたちで、鳥取県再置が決定する。

鳥取では盛大な祝典がおこなわれた。

いっぽう、米子を中心とする西部地域の反応は冷ややかだった。米子周辺では、島根県に残りたいという希望がつよかったからである。

由良宿のある中部でも、再置反対の声はあったが、おおかたの空気は、もとの鞘におさまってよかったというものであった。

共弊社の動きは沈静化し、共立社とともに、翌年解散した。

その後、鳥取士族の北海道移住がはじまる。生計の道を得るためとはいえ、厳寒の原野に入植した人たちの苦労は、筆舌につくしがたいものがあった。

士族の多い鳥取周辺では、「暗黒時代」とまでいわれた島根県併合の五年間、中部や西部では、新しい学校設立の萌芽（ほうが）があった。

倉吉では、明治十三年から農学校をつくろうという動きがはじまり、翌十四年、倉吉の寺を校舎として農学校がひらかれた。クラーク博士で知られる札幌農学校（官営）の開校が明治九年だから、それからわずか五年後に、住民の手で農学校をつくったのは先進的といえるだろう。

これは、明治十八年に県立倉吉農学校となる。

米子では、明治十三年、中学校開設の動きが始まった。東西に長い島根県時代にあって、中学のないのは伯耆だけだった。そこで西伯と日野の有志が、組合立で米子に中学校をつくってしまったのである。

こちらは、鳥取県が再置されたときに県立となった。

自由民権運動はどうなったか。

この明治十四年、運動はいよいよ盛り上がり、政府内でも国会を開設しなければならないという流れができていた。

ただ、どの国を手本にするかで意見が割れた。

参議・大蔵卿であった大隈重信（おおくましげのぶ）は、自由民権運動に同調し、イギリス型の議院内閣制と、それにもとづく憲法を主張していた。対して伊藤博文（ひろぶみ）らは、君主大権を残すドイツ帝国のビスマルク憲法にならおうとしていた。

十月、大隈重信は突如として政府から追放された。大隈のブレーンであった慶応義塾の門下生たちも、政府内から追われた。「明治十四年の政変」と呼ばれる事件である。

そして十月十二日、十年後を期して国会を開設すること、また欽定憲法を下すことが、天皇の詔として表明されたのである。

下野した大隈は、翌年秋、東京専門学校（早稲田大学の前身）をひらく。


その明治十五年秋は、太蔵にとってうれしいことがあった。

たかが男児を産んだのである。

太郎の死から二年半、どことなく凝固したようだった家の空気は、たかの懐妊でやわらぎ、男子誕生で喜びにとけた。母のはんは丸々とした赤子を抱いて頬ずりし、父の平吉も布団のなかで相好をくずした。

「こんたびは、おまえが名づけりゃあええ。豊田の家は、もうおまえに任せとるけえな。おまえなら大丈夫だら」

老いた父のその言葉は、太蔵の胸をじんわりと熱くさせた。父は自分を信頼してくれているのだ——。

維新このかた、ろくに仕事もせず、大酒飲みがたたって寝ついてしまった父ではあるが、やはり父は父であり、その人からみとめられたことはうれしかった。

収と名づけた子は順調にそだち、年を越したころには、笑ったり寝返りをうったりするようになった。

明治十六年の秋を迎えるころには、ハイハイで動きまわるようになり、

「おーちゃん、まって。おーちゃん、そっちにいったらいけん」

といって、嘉女が追いかけなければいけないくらいになった。

嘉女も、来春には学齢に達する。女子を小学校にかよわせる家はまだ少なかったが、太蔵は行かせるつもりだった。

そんな子どもの成長を喜ぶいっぽうで、二十七歳になった太蔵は、ひとつの決断を迫られていた。しばらく前から、由良宿の村会議員に推す声があるのだ。

村会議員は十四人である。来年の夏に選挙がおこなわれる。

はじめは真に受けなかったが、少しずつ気持ちがかたむいていた。


太蔵を推す声は、地主仲間からあがったものである。共鬻社の〈津出し止め〉を解禁させたことが評価されているらしいが、太蔵としては、あの張り込みが功を奏したかどうか半信半疑だった。

「あれは、若気の至りでやったことですけえ」

呼ばれた会合でそういうと、

「それはどっちでもええんじゃ。おまえの知恵と行動力が見込まれとるのよ」

三十過ぎの先輩格がキセルを使いながらいった。あの夜、いっしょに張り込んでくれた一人である。

「桑村のおじやんも、あの者は度胸があるけえ、やらしてみろというとるんじゃ。この不景気のなか、何かせんだったら、わしらだけじゃのうて百姓みんなが困るけえのう」

五十年配の男がそういう。〈桑村のおじやん〉というのは、寄り合いの長をつとめていた老人だ。

大隈重信にかわって大蔵卿になった松方正義（まさよし）は、徹底した緊縮政策をとった。諸物価は下落し、景気はいっきに冷え込んだ。

米価も大きく下がり、豊田家や仲間の小地主たちは、地租を納めるのに苦労していた。地租は、所有する土地に課せられる税金だから、収入が減っても税額は変わらないのである。

この時代、米は経済の基軸であり、値上がりしても、また暴落しても混乱をまねく。地租が払えず、小作に転落する農家があいついだ。もうけているのは一部の大地主くらいだと、太蔵も聞いている。

商売をしている者にとっても打撃だった。

「醤油が売れんくらいだから、こうもり傘や靴が売れるわけもないか」

伊作は、船便で洋物をとりよせ販売し始めていたが、おりからの不況で出鼻をくじかれた格好だった。どうにもならんよ、と投げやりなことをいう。

太蔵は贅沢だと思いつつも、靴というものを買いもとめてみた。牛の皮をなめしてつくったというそれは、黒く光ってずっしりと重い。履いてみたが、足が鋳型(いがた)にはめられたようでどうにも窮屈なものだから、いっぺんぎりでやめてしまった。

しかし、靴やこうもり傘はともかくとして、かんじんの醤油まで売れなくなっているというのは困るだろう——。

「では、豊田くんに出てもらうということでいいですな」

その声でわれに返ると、太蔵の立候補が決まってしまっていた。

必ずしも、自分の力が見込まれたわけではない。戦国末からつづく豊田の家が背景にあることはわかっているが、「由良宿のためにひとつ働いてくれ」と手を握られると、嫌だとはいえないし、その気にもなってくる。伊作もやってみろといってくれていた。

太蔵は、自分の仕事は教育だと思ってきた。明治五年発布の「学制」を読んだときの感動は、いまもはっきりと覚えている。

――生まれや身分に関係なく、学問をつめばだれでも立身出世ができる。学者、政治家、およそどんな職業につくにも、学問がもとになる。学問は、まったく個人のためにするものである。

それは、どれほど新鮮だったことか――。どれほど希望を抱かせてくれたことか――。

しかし、補助教員を何年かつづけるうちに、自分の限界も見えてきた。国枝のような正規の教員とくらべたとき、力量の差は歴然としている。

由良小学校には、昨年二人の訓導があらたに着任してきた。これからも増えるだろうし、自分のように師範学校を出ていない者は、早晩不要になるだろう。

いっぽうで、一斉授業のような効率主義に、太蔵は違和感をいだいていた。

たしかに、知識を吸収させるにはいいやり方なのだろうが、生徒一人ひとりの特性を見ていない気がするのだ。伊作から買った靴ではないが、なんだか鋳型にはめ込もうとするようで、自分が生徒なら窮屈に感じるだろうと思う。

いずれにしても、新時代の教育は歯車がまわりはじめていて、二転三転しつつも止まることはないだろう。一度、そこから離れてみるのもいいかもしれない。

十一月、太蔵は校長に離職を告げた。

開校したときは士族の屋敷を借りていた学び舎(や)も、五年前、小さいながら校舎が建てられた。近郷の人々が金を出し合ってつくったのである。

生徒たちの音読の声を聞きながら玄関に出ると、そこに国枝甲介が立っていた。

晩秋の長い日ざしが玄関のうちにまで伸びて、国枝の足もとを明るく照らしている。「やめるそうだね」と国枝はいった。

「はい、お世話になりました。私はどうも教員には不向きなようです」

「そうだね。きみは教員には向いていない」

あいかわらずの鋭利な口調でいわれると、わかっていてもがっくりくる。油で固めた髪が、日差しに光っているのも何だかうらめしい。

「だが、僕は寂しいよ」

「えっ……」

「きみは教員には不向きでも、教育には必要な人間かもしれないからな」

「どういうことでしょうか」

「僕にもよくわからんがね、きみは何かを……そう、わが県の教育のために、何かをしてくれそうな予感をもっていたんだ。なにしろ、僕に反抗したのはきみだけだからね」

意外な言葉だった。それをいうために、国枝は自分を待っていてくれたのだろうか。

「きみは村会議員になるつもりだそうだが、こんどはその方面から、教育の充実をはかってもらえるとありがたい」

「わかりました。努力します」

頭ごなしに決めつけてくる、官吏のような人間だと見ていたが、けっしてそうではなかったのだと思う。

国枝に頭を下げて、太蔵は学校をあとにした。

明治十七年七月、太蔵は由良宿村の村会議員に当選した。

議員のなかでもっとも若い太蔵は、村内をまわって実情を聞き、議会が始まる前には、眠る間をおしんで資料を読んだ。

鳥取県は、不況のどん底にあった。零細な農家は小作に転落し、商売も行きづまり、漁民も船や網を買う金がない。

それは全国的なことであって、秩父（ちちぶ）などでは、自由民権運動とむすびついた農民の決起が起きている。職をもとめて都市へ流れこむ者がふえ、東京では「貧民窟（くつ）」と呼ばれる地域が発生した。

政府は「殖産興業（しょくさんこうぎょう）」をとなえ、繊維業などの工場をつくることをすすめているが、鳥取県ではその機運も乏しい。

県令の山田信道は、この年、鳥取・米子間に道路を建設する計画を発表した。交通の不便が、県民の困窮の原因であるという、山県有朋の指摘をうけたものだろう。

じっさい鳥取県の海岸部は、かつて湖沼や砂地であったことから、行き来がかなり困難だった。昔からの街道はあるものの、荷車がとおれないほど狭いし、路面の状態もきわめてわるい。とくに、中部から鳥取にかけては難所が多かった。

広い道路ができれば、かくだんに便利になるだろう。人やものの往来がふえ、産業も興るかもしれない。

ただし、県には道路をつくるだけの金がなく、各町村にその負担をもとめていた。れいの「地方新三法」のおかげで、土木工事も、すべて地方の負担でおこなわなければならなくなったのである。

東京には、去年「鹿鳴館（ろくめいかん）」という名の迎賓館ができて、政府高官たちは西洋人との舞踏会にあけくれているという。不平等条約改正のためらしいが、成果はあがっていない。ばかりか、外国の高官からは、つけ焼刃の洋装やダンスを滑稽視されているらしい。

太蔵は腹が立った。

苦労して納めた地租を舞踏会についやし、外国から笑われるために使っているのか――。それでいて、地方に対しては、おまえたちで勝手にやれというのか――。

しかし、それでも道路はつくらねばならない。停滞と貧困から抜けだすためにはどうしても必要だ。「道路建設をすすめるため、議会が率先して寄付活動をおこなうべき」と、太蔵はその秋の議会で述べた。「むろん、私もできるかぎり負担するつもりです」といった。

しかし、ほかの議員の反応はにぶかった。

道路が必要なことは承知しているが、

「みんながみんな、豊田さんみたいにはいかんだら。大金じゃけえ、そりゃむつかしいわい」

という声が大半なのである。なかには、自分の利益にならない道路に金を出すのはごめんだと、あからさまにそう発言する議員もいる。

「われわれ議員は、村全体の利益を考えねばならんのじゃないでしょうか」

「しかし、このご時勢に金の余っとる家はなかろうて」

「わしもいろいろ聞いてみたが、みんな嫌だといっとったでなあ」

村議会といっても十四人なので、ほとんど寄り合いの態(てい)である。そうこうしているうちに、会期は終わってしまった。

県は、年明けにも工事に取りかかるといっており、このままだと、由良宿が計画路線からはずされてしまうかもしれない。


「まあ、みんな目先のことで精一杯だからなあ」

晩秋の由良川土手を歩きながら、伊作がいった。伊作は洋物の取り扱いをやめ、いまは醤油一本にしぼっているが、売れゆきがわるいので、従業員をひとり減らしたという。

「妻(さい)が帳簿づけをしてくれているよ」

「伊作さんの女房は、才のある人なんじゃやねえ」

以前、玄関に送りに出てくれた、あかぬけた姿を太蔵は思いだした。「妻(さい)」という都会ふうの呼び方も、あの女には似合っている。たかには申し訳ないが、自分はとても「妻」などという言葉は使えないと思う。せいぜい「かかあ」である。

「それで、どうするつもりなんだ」

「どうしてええかわからんので、こがして伊作さんに相談しとるんじゃ」

伊作は、ふふんと鼻をならし、それから急に、ごほっ、ごほっ、と咳込んだ。胸を押さえて草に座り込む。朝晩寒くなったせいか、風邪をひいたようだという。

そりゃいけんのうといって、太蔵も草に座った。すすきの穂が白っぽくふくらんで、秋の深まりを告げている。真っ赤な鶏頭が畑のあぜを彩っていた。

「おまえが、金を集めてまわるしかないんじゃないか？　県はいくら出せといってるんだ？」

「二千円じゃ」

「一軒あたり五十円としても四十軒か……。まあうちも余裕はないが、二十円くらいは出してやるよ」

「そりゃありがたい。そうだ、伊作さんも、いっしょにまわってくれんじゃろうか。一人では心細うて」

「なに甘えたことをいっとるか。おまえは村会議員だろうが。だいいち、俺などいっしょに行っても役に立たんわ」

伊作はそういって立ち上がり、また少し咳込んだ。

前かがみになった伊作の背中を見ながら、たしかに風が冷たくなったな、と太蔵は思う。

翌日から、地主や豪農、廻船問屋などをまわりはじめた。

鳥取・米子をむすぶ道路が由良宿を通るようになれば、どんな利点があるか、太蔵は言葉をくだいて説明した。この時節、出費が痛いのはよく承知しているが、それを上まわる利益が、この地域にもたらされるはずだと――。

たいていの家で断られた。太蔵を村会議員に押した地主仲間でさえ、金は出せないという家が多かった。

「おまえを推しておいて、薄情な奴らじゃのう」

〈桑村のおじやん〉は、そういって百円もの大金を出してくれたが、目標にはまだまだ遠い。同じ家に何度か足を運ぶと、うるさがられるばかりか疫病神あつかいされることもあり、おまえは本当に村会議員かと、うたがわれることもあった。

遅々としてすすまない寄付集めに、不安と焦りを感じていた十一月の末、村会議員のひとりが豊田家を訪ねてきた。松井新吉という、四十過ぎのでっぷりした男である。

廻船問屋のあるじで、第一期からの議員でもあり、篤実（とくじつ）な人柄が村民から慕われていた。

「豊田さんが、ひとりでまわっとんなると聞きましてな、わしも協力さしてもらおうと思って来ましたです」

「おお、そがですか」

「船問屋がいうのもおかしいが、これからは陸路の時代でしょう。新しい道路がこの地をはずれるようなことになりゃあ、由良宿は取り残されてしまう。十年先、二十年先のことを考えにゃいけんです」

「はい、なんとか年内に、八割を集めたいと思っとります」

それができれば、年明けの議会で承認をとりつけ、県に申請することが可能になるだろう。孤軍奮闘の太蔵にとって、松井の申し出はありがたく、また心づよかった。

二人で手分けして家をまわった。太蔵が行ってだめだった家を松井が訪ね、説得に成功する例があり、数は少ないが、その逆もまたあった。

松井のいった「十年先、二十年先の由良宿」について、太蔵は想像をたくましくして語った。

いまは鳥取へ行くのに二日、米子へは一日半かかっているが、馬車や荷車の通れる道路ができれば、日帰りもできるようになるだろう。便利になるばかりではなく、人の行き来も増えて村に活気が出る。産業も興る。子どもらの将来のためにも、どうか考えてもらえないだろうか――。

北風の吹く日も、みぞれの降る日も、おもだった家を訪ねてまわった。ときどき「己に克つ」という言葉を思いだした。

晦日がちかづくころ、ようやく八割ちかい金額があつまった。

「松井さんのおかげです。ありがとうございます」

「なに、豊田さんに根負けしたという家も多かったけえなあ。あんたは、若いのにようやんなさるわ」

松井は、ホテイさまのような福々しい顔をほころばせてそういった。

たしかに自分も努力したが、何よりも松井の人柄のおかげであることは、太蔵もよくわかっている。自分ひとりでは、おそらく半分も集められなかっただろう。

鳥取・米子間に、道幅平均六メートルの道路が通ったのは、それから二年後の明治十九年である。由良宿の街道も、見ちがえるばかりに広くなった。

明治二十年代に入ると、小さいながら製糸工場ができたり、牛馬の売買が盛んになったりして景気がもちなおしてくるが、それは、あたらしい道路ができ、荷車による物資輸送が可能になったおかげでもあった。

明治十八年の春、妹のしなが嫁いだ。

相手は、同じ村内に住む竹蔵元太（げんた）という青年で、太蔵が由良小学校を去る前年に、訓導として着任してきた。もともと書記として学校につとめていたが、師範学校に入りなおして正規の教員になった。

大久保暗殺のおり、抜刀隊が攻め込んでくるのではないかといって、おびえていた少年である。

あのころは、勉強好きな、しかしどこか気弱そうな少年だったが、二十二になった今はれっきとした教員である。真面目な人柄は、太蔵もよく知っていたから、この結婚には一も二もなく賛成した。ときおり、使いで学校に来ていたしなを、元太がみそめたということらしかった。

「子どもたちは、この村の希望ですよ。いや、日本国の希望だ。どの子も可能性にみちています」

元太は、婚礼の宴の場でもそう話し、家を訪ねてくるたびに、教育という事業のすばらしさを語った。その影響もあるのか、十三になった定吉も、いずれ教員になりたいといい出している。

「ほんなら、豊田の身内は教員だらけになるなあ」

そういって笑ったあとで、太蔵はふと、つねはどうしているだろうかと思った。

つねが受験するといっていた鳥取の女子師範は、鳥取県が再置された年に閉校となった。一年後、あらたに開校してはいるが、そうした騒ぎに翻弄されたのではないかと、いささか心配だった。

「鳥取へ出て行ったぎり、福井の家にも便りがないそうで、父や母も心配はしていますが、どうにもなりません」

たかがそういうのを聞いても、受験がうまくいったとは思えない。貸した金も、とっくになくなっているだろう。

「もう、いいんです。姉のことは」

つめたい口調でいい放つ。太蔵が「えっ」と思うほどだ。金を無心された一件が尾をひいているのだろうし、この夏には次女の都留(つる)が誕生したから、姉を心配する余裕などないのだろう。

実際、しなが結婚して女手が減った家のなかで、たかはてんてこ舞いだった。

太蔵も、村会議員として多忙な日々をおくっていた。三つになる収を風呂に入れたり、父の身体を拭いたりするぐらいのことはやっているが、たかにはとうていおよばない。よくやってくれると、感謝するばかりである。


竹蔵伊作の具合がよくないと聞いたのは、夏の暑さがおさまり、空がずいぶん高くなったと感じるころだった。松井新吉が教えてくれた。

「胸の病で、もう長うはないらしいという話だで。あんたは親しくしとられたはずだが」

しまった、と太蔵はほぞをかんだ。

道路建設の寄付集めや、しなの結婚、都留の誕生などが重なって、伊作とはもう一年ちかく会っていない。あのとき風邪をひいたようだといって、咳をくり返していたが、気にとめなかった自分が悔やまれる。

あわてて家を訪ねた。妻女が迎えてくれたが、看病疲れのせいか、少しやつれて見える。

「す、すまんことです。伊作さんの加減のわるいのを知らんで……」

太蔵が頭を下げると、

「いいえ、こちらこそお伝えせず、すみませんでした。豊田さんには知らせるなと、主人が申しておったんです。由良のために走りまわっている豊田さんに、よけいな気をつかわせてはいけないといいまして」

千賀と名のった妻女は、落ちついた声でそういった。

「それで、どんな具合ですか」

「ええ……。熱はありますが、頭ははっきりしているようです。ただ、少し前まではものが食べられていたのですが、このごろは重湯がやっとで……」

「そんなに……」

「じつは、五年前こちらに帰ってきましたのも、ひとつには胸を病んだからなんです。ずいぶんよくなったようで、わたくしも安心していましたが、この半年ほどで病状がすすみまして」

「そうだったんですか……」

病のことなどおくびにも出さず、相談にのってくれたり、演説会に誘ってくれたり、由良川での張込みにつきあってくれたことさえあった。自分は伊作のために何もしていないのに、先に行かれてはたまらない。ぜったいに嫌だ。

「そがなこと、気にするなよ。馬鹿だな」

奥の一室に伏せった伊作は、太蔵の心中を見すかすようにそういった。起き上がろうとするが、その力がないらしく、

「おまえの、一生の仕事は決まったか」

顔だけを、ゆっくりと太蔵のほうに向けて訊く。

「うん……決まった」

太蔵は反射的にいった。もともと細い顎がすっかり尖って、飛びだしたように見える喉ぼとけが痛々しい。

「なんだ？　政治か？　教育か？」

「教育じゃ。わしは学校をつくる」

「学校を……つくる？」

「中学校をな、この中部には中学校がないけえ、わしはそれをつくるために働こうと思うんじゃ」

伊作が「ははァ、そりゃええ」と楽しそうにいう。太蔵も「な、ええじゃろ？」といって笑った。

口から出まかせだったが、まったく考えていなかったわけではない。

道路建設の寄付依頼にまわっていたとき、「このあたりにも中学校があれば――」という声を、何人もから聞いた。

息子が小学校を卒業しても、その先学べる場所がない。倉吉に農学校はできたが、実業をまなぶための学校であって、上級学校をめざすためのものではない。鳥取や米子の中学まで通うことはできないし、あずける親戚がなければ下宿もむりだ。

わりあい裕福な家をまわったからではあるが、地元に中学校をのぞむ声は少なくない。金のない県が容易に応じてくれるとは思えないが、働きかけてみる余地はある。

それでだめなら、自分たちでつくるしかないだろう。倉吉農学校も、米子中学も、そうやって始まったのだ。

「俺は、まだ死なんからな、また話を聞かせてくれよ」

去りぎわ、伊作はそういってニヤリと笑った。笑えるなら大丈夫だと、太蔵は自分にいい聞かせる。

部屋を出ると、廊下に六、七歳とみえる男児が正座していた。かたわらにいた千賀が「長男の万治でございます」というと、男の子は手をついてお辞儀をした。

どちらかというと母親に似たのだろう、色白の顔に澄んだ目が光っている。利発そうな子どもだった。

「学校に行っているのかな」

太蔵の問いに、「はい、この春からかよっています」としっかりした声で答える。

「何がおもしろいかな」

「読本も算術もおもしろいです。唱歌もたのしいです」

「そうか。しっかり勉強して、お父さんを安心させてあげなさい」

「はい」

外に出ると、蔵のほうから、醤油を運びだす従業員たちの声が聞こえてきた。景気は少しずつよくなっているが、主人の病気は、かれらにとっても不安事にちがいない。伊作に残された時間は、あとどれくらいだろう。

そう思うと苦しかった。

伊作に宣言した以上、あれは冗談だったとはいえない。

太蔵は現下の学校制度をしらべ、倉吉農学校や米子中学がつくられた経緯を聞きに行き、年明けの村議会で、中学校設立を提案することにした。

この当時の最高学府は東京大学であり、大学と名のつくものは、それ一つしかなかった。国家をになうエリートの養成機関である。

身分や出自にかかわりなく、学問をつめばだれでも立身出世ができる――そのシンボルが東京大学だったが、そこに入るためには、そうとうに高い学力が必要とされた。中学を卒業し、さらに大学予備門で学んでから受験、というのが通例のコースである。

由良宿近辺でも、優秀な子をもつ親のなかには、ごく少数ながら、その高みを志向する者があったし、そうでなくとも、十三、四で小学校を出たあと、もう少し学問をさせたいという親もいる。

明治も二十年ちかくなって、教育に対する期待はそこまで高まった。もっとも小学校の就学率は、いまだ五割に届くかどうかであったが――。

太蔵は、つくった提案書をもって伊作のもとを訪ねた。

すでに師走である。伊作は高熱がつづくようになり、目を開けているのもつらそうだったが、太蔵が行くと無理にも元気ぶり、「すすんでるのか、おまえの仕事は」といった。

「中学設立の提案書をつくったんじゃや。聞いてくれるか」

「おう……聞いてやるよ」

――国が栄える根本は、人や文化が伸びるかどうかにかかっており、人や文化が伸びるか消えるかは、教育が盛んになるかそうでないかに由来する。

維新このかた、東京はじめ太平洋方面はとみに開けつつあると聞くも、山陰の地は産業も乏しく、商業も活発ならず、人心もまた、上つ方を頼んでみずから動こうとしない。

開化といいながら、これでは半面開化といわざるを得ない。

思えば、当地は幕末に反射炉を築造し、砲台場をつくり、維新への貢献は大であったのに、その後の停滞はいかなることであろうか。

これを、地理的不利によるものとする意見もあるが、私はそうは思わない。教育のおくれ、人材の不足のゆえである。

すでに鳥取、米子には中学があり、当地でも希望の声は高まっている。いまこそ県にうったえて、中学を設立するときである――。

「半面開化か……いいじゃないか」

目を閉じて聞いていた伊作が、その目をひらいていった。

「そがかな」

「そういや……演説会、行ったなあ」

「うん、五年前だったか。岩本廉蔵さんの演説会に、伊作さんが誘ってくれたんじゃ」

岩本の話に刺激を受けたことを、太蔵はよく覚えている。今回の提案書も、その折に聞いた言葉が土台になっているといっていい。

「あのころは、俺も元気で、楽しかった……」

「中学ができるまで、生きとってくださいよ」

「そりゃ……無理だ。まあ……あの世から……おまえの尻を……叩いてやるよ」

ふたたび目を閉じた伊作の手を握り、太蔵は声をころして泣いた。伊作が何かいおうとくちびるを動かすが、声にはならない。

妻の千賀が入ってきて、もうこのあたりで……というふうに頭を下げた。

それから十日後、竹蔵伊作は三十一歳でこの世を去った。

暮れの葬儀は、冷たいみぞれの降るなかでおこなわれた。弔問客に頭を下げる千賀のかたわらに立つ万治は、まだ母親の胸あたりまでしか背がないのに、せいいっぱい腕を伸ばして、母に傘を差しかけていた。親戚らしい者が替わろうと申し出ても、かたくなに首をふる。

その姿はけなげでもあり、また痛々しくもあった。


まもなく明治十九年が明け、太蔵はれいの提案書を読みあげて、中学校設立を村議会に発案した。

松井新吉は賛成してくれたが、ほかの議員の反応はひややかだった。

なるほど、中学をもとめる声はあるが、それはごく一部であって、ほかの町村議会からも話は出ていない、それよりも小学校の就学率を上げるほうが先だ、というのである。

また、中部地区には倉吉農学校があり、これが中学校の役割をになっている以上、あらたな中学校をつくる必要はない、という意見もあった。

「たしかに、倉吉農学校はすぐれた教育をおこなっています。しかし私は、それとは別の上級学校、できうれば大学へすすめるだけの教育をおこなう、普通科中学が必要だと思っております」

　太蔵はそう述べ、

「小学校の就学率を上げることは大きな課題です。しかしそれを待っていては、優秀、かつ向学の志をもつ生徒の芽をつぶしてしまうことになりましょう。先へすすむ者が出てこそ、あとにつづく者の目標となり、小学校の就学率も上がるのではないでしょうか」

　とつづけた。

「豊田くんは若いせいか、ものごとを先へ先へと考えすぎるようですな。新政府ができてから、まだ二十年ですぞ」

「もう二十年です」

　五十年配の議員がひやかすようにいったので、太蔵はついむきになる。

「ははは……それが若いということじゃや。大学などは、ここから見りゃあ雲の上にあるような所じゃけんな、まずは足元を見て、ものごとをすすめにゃいけん。新道路とて、ようやくできたところだけえな」

　その道路建設に二の足を踏んでいたのはだれなのか、といいたくなるが、年配議員たちからはまるで笑い話のようにあつかわれ、議題はあっさり次へ移ってしまった。

　帰り道、松井新吉が寄ってきて、

「豊田さん、助け船が出せんですまんのう」

　と太った身体をゆすっていった。

「いえ……たしかに時期尚早（しょうそう）だったかもしれません」

「このあたりは、県のなかでも就学率が低い。とくに女子は、ほとんど小学校へ行っとらんのが現状だ。それだけ暮らしが大変で、考えが旧弊だということなのかもしれんが」

「はい。しかしそこから抜けだすためにも、より高い教育が必要だと思うんですが……」

「うん、わしもそうは思うが……」

広くなった街道に雪がつもり、その雪に荷車の跡がついている。竹蔵醤油屋の前で、太蔵は松井と別れた。

伊作が亡くなってひと月になる。正月のあいだは控えていたが、久しぶりに線香をあげたかったし、千賀や万治のことも気になっていた。

「醤油屋のほうは、夫のいとこの方が継ぐことになりまして……」

位牌に手を合わせてから向きなおると、千賀が茶を出しながらそういった。

「では、あなたと万治くんは……」

「この家の裏に離れがありますので、そちらで暮らします。生活に要るだけのお金は、出していただけるそうです。あの子が一人前になるまでは、ご厄介になろうと思います」

「そうですか」

聞けば、千賀の生まれは横浜だという。そちらに帰ることも考えたが、実家の世話になるのは肩身がせまいし、亡き夫の故郷で息子を育てたいという気持ちもある。不安はあるが、いとこもいい方なので何とかなるでしょうといって、かすかに笑う。

「私にできることがあれば……」

太蔵がそういったとき、

「母さん、もどりました」

という声がして、万治が部屋に入ってきた。

また雪が降りだしたようで、着物の肩にうっすらと白いものが乗っている。それを払ってもらいながら、「今日は書写をほめられたんだよ。ほら」と用紙を出してみせた。

母を喜ばせようと走って帰ってきたのか、息がはずみ、頬が紅潮している。「ご挨拶が先ですよ」とたしなめられて、あわてて太蔵にお辞儀をした。

「万治くんは勉強が好きなんだね」

「はい、大好きです」

九つになる長女の嘉女とは二つちがいだが、嘉女からも「万ちゃんは頭がいい」という話を聞いていた。万治のような少年のためにも、やはり中学は必要だと、太蔵は思った。

五　中学への道

明治十九年の三月から四月にかけて、政府はいくつかの「学校令」を発布した。

まず「帝国大学令」によって、東京大学は帝国大学と名前が変わった。

「小学校令」では、それまで八年間だった修業年間を、尋常小学校四年と高等小学校四年に分け、尋常小学校の四年間を義務教育とした。

義務教育といっても、親はやはり授業料を払わねばならない。それが無償になるのは、明治三十三年からである。

さらに「中学校令」を出し、文部大臣が管理する高等中学校を全国に五校つくるいっぽう、公費を支出する尋常中学校は、各県一校にかぎると定めた。

尋常中学校が五年なのに対し、高等中学校は本科二年で、これはつまり、廃止された大学予備門に代わるものだった。帝国大学をめざす者のための学校である。

政府がつくった高等中学校は、東京や京都など都市部の五校だったが、山口県と鹿児島県は、旧藩主らが出資して、それぞれ高等中学校をつくった。さすがに薩長の意地というべきか――。

ともかくこの法令によって、鳥取尋常中学は残るが、米子中学は廃止と決まった。

米子では当時、校舎増築のために木材を寄付した人もいたほどで、中学校はトラの子のように大事にされていたらしいが、国の政策の前にはどうしようもない。

米子中学が廃校となったのは、その年の八月だった。

六人の教員は解雇され、七十六人の生徒には退学が申しわたされた。

「これでは、県に願いでるどころではないですなあ」

松井新吉が汗をふきふきいった。夏の村議会が終わったところで、戸外ではセミの声がかまびすしい。

太蔵は、なんと答えていいかわからなかった。中学校設立の夢は、早々についえた格好である。

いや、それだけではない。公費でまかなう中学校を一校に限定し、それを鳥取にしか置かないとは、子どもらの教育機会をうばうことではないか。向学心の芽をつぶす施策ではないか。

落胆よりも腹立たしさがつのった。

明治初年の学制で、学問をすればだれでも立身出世ができるとうたったのは、あれはまやかしだったのか――。

ジュクジュク……ジュクジュク……と泡立つようなセミの声さえうらめしい。

しかし、文句をいっている暇はない。太蔵は、役場を出ると由良小学校へ向かった。

小学校令をうけて、八橋郡内（由良宿は八橋郡に属している）の高等小学校は、西どなりの八橋村に設けられることになった。この春から学務委員というものになった太蔵は、移行がスムーズにすすむよう動かねばならない。

小学校は夏季休業中である。文部省の指示で、真夏の一定期間、生徒に休みを与えることになったのだ。

「豊田くん、久しぶりだね」

校長との打ち合わせを終えて玄関に出ると、国枝甲介に声をかけられた。頭はやはりコテコテだが、身につけているのは、以前とちがって洋装だった。それがまたよく似合っている。白い上着がまぶしいほどだ。

「国枝さんは高等小学校に移られるそうですね」

先ほど校長から聞いたことである。

「うん。今いる上等科の生徒たちも、おおかたは八橋に行くそうだ。ここからは近いからね、まあそれほどの不便もないだろう」

「郡内に一校なので、しかたありません」

「ただ、その先がね。中学へ行きたい生徒もいるんだが、鳥取まではやれないと親がいうそうだ」

「じつは、このあたりにも中学が必要だと思い、村議会で提案したんですが――」

太蔵は、このかんのことを話した。国枝は、うん、うん、とあいづちを打ちながら聞いていたが、話し終わると、「友人との約束をはたしたいというわけか……」といい、「いや、むろんそれだけでないのはわかっているよ」とつけたした。

「僕の友人は、米子中学の教員をしていたんだが、このたびのことで職を失ってね――」

英語も数学も教えられる優秀な男なのに、現状ではどこにも行き場がない、せっかくの人材が惜しいことだと、国枝は嘆く。

その話を聞いていた太蔵の頭に、ある考えが浮かんだ。

「国枝さん、その方を由良に呼ぶことはできんでしょうか」

「呼んでどうするんだね」

「私塾をつくろうと思います。英語や数学を教えてくれるところは、このあたりにはありませんけえ」

「私塾？　きみの家でやるのか？」

「いや、どこか場所を探します。択善学舎のような、中学に匹敵するものをつくりたいんです」

学校ができたあとも、明治のこのころまでは、寺子屋や私塾があちこちにあった。読み書きや漢籍を教えるところがほとんどのなか、となりの北条にある「択善学舎」は、私塾ながら、授業内容を「変則中学科」としていた。鳥取の中学にならぶものをめざしていたのだろう。

由良宿でもそれをやりたいと、太蔵は思った。米子中学の教員が来てくれれば、きっとできる。

「資金や生徒のあてはあるのかね」

「これからです。これから何とかします。ぜひ、その方に来ていただきたいのです」

「やれやれ、なんとも無謀な話だが……。しかしきみは、やはりおもしろい男だね」

国枝はそういって笑った。

ほめられているのか馬鹿にされているのかわからない。おそらく両方なのだろう。

自分はごく単純な人間だと思っている太蔵からみれば、怜悧と情が同居しているような国枝は、少々わかりにくい人物だが、そこが魅力でもある。

話はしてみようといってくれた。

米子中学の二等助教諭だった高宮弥学が由良宿に来たのは、十月のはじめだった。髪の毛に白いものがまじっているため老けて見えるが、国枝と同い年だというから、まだ三十なかばのはずである。

太蔵はほったらかしになっていた離れを片付け、住まいとして提供した。古いが広さはたっぷりあり、高宮は気に入ったようだった。

「米子中学を退学になった生徒のなかにも、勉学をつづけたいという者はいます。当地に中学なみの私塾ができれば、かれらもやってくるでしょう」

高宮は乗り気だった。ほかの同僚は小学校の教員に転じたが、自分は英語が専門なので、やはり中学生を教えたいのだという。

「福沢翁がひらいた慶応義塾も私塾ですが、帝国大学に劣らぬ人材を輩出しています。この地方でも、いや遅れているこの地方だからこそ、志のある私塾が必要でしょう」

高宮の言葉に、太蔵は意をつよくした。

学舎は、松井新吉が船小屋を提供してくれるという。古いし、隙間だらけの建物だが、補強すればなんとかなるだろう。

暮れが近くなったころ、鳥取新報の記者である宮下が訪ねてきた。太蔵が私塾開設のために奔走しているのを聞いて、記事にしたいという。由良川で張り込みをしたとき以来だから、会うのは五年ぶりである。

「竹歳伊作さんは、残念なことでしたね」

宮下は、玄関の上がりがまちに腰をかけてそういった。もともと、伊作の紹介で知り合ったのである。

「この地に中学をつくると、私は伊作さんに約束したんです」

「ほう、そうでしたか」

「このたびの中学校令で、県に頼むことはできんようになりましたが、お上がやらんのなら、私がこの地に中学をつくろうと思っております。そのために、まず私塾をひらきます」

「ほう、なかなかの意気込みですな。倉吉農業学校のような、実業学校ではいかんとお考えですか」

「実業に就くにしても、ものごとの根本を学ばねば、うわっつらだけの仕事になってしまう。どうしても普通科教育が必要です」

「なるほど。それで高宮氏をまねいたわけですね」

宮下は高宮からも話を聞き、それは数日後の紙面に載った。

――米子中学は先般廃止となり、同校の助教諭であった高宮弥学氏は、由良宿に滞在中なり。豊田太蔵・松井新吉両氏は、高宮氏を教員として、同宿に一大私塾を設置せんと、しきりに奔走尽力をなしおるよし……。

「大きく書かれてしまいましたなあ。これでは引っ込みがつきませんな」

新聞を手にした松井が苦笑いした。

「むろん、引っ込むつもりはありませんよ」

太蔵はそういったが、現状はきびしかった。

この数ヶ月、太蔵は松井と二人で、資金集めや生徒募集に走りまわった。しかし、開塾のめどは立たない。なかでも困ったのは、高宮以外の教員が見つからないということだった。中学なみにするならば、歴史や国漢などの教員も必要だ。

教員をもとめて、倉吉はもとより、鳥取や米子まで足を運んだが、できるかどうかもわからない私塾に来てくれる者はいない。

折しも、一種の私塾ブームとでもいうべきものが起きつつあった。それまでの漢籍中心のものから、新しい時代に対応する私塾が生まれつつあり、教員は取り合い状態だったのである。

年が明けて明治二十年の春になるころには、松井新吉も手を引きたいというようになった。

「すまんですなあ。わしも家のことを放っておくわけにはいかんでして……」

「いや、これまで協力いただいたこと、ふかく感謝しております」

陸路での交通が盛んになるにつれ、松井の廻船問屋も、安穏としていられる状況にないことは知っている。めどの立たない私塾開設に、いつまでもつきあってもらうわけにはいかない。

太蔵のほうにも、活動を足踏みさせる要因があった。父・平吉の衰弱がいよいよすすみ、目が離せない状態なのである。

たかは、幼い子らの世話にくわえて、五人目の出産を間近にひかえていた。母のはんもすでに老いている。太蔵は、時間のあるかぎりそばにつき、医者の送り迎えをするなどして父を気づかった。

そうした様子を慮ったのか、高宮弥学は、豊田家の離れから由良川ぞいの借家へ移っていった。私塾の開設が、どうも無理らしいと悟ったせいもあるのだろう。

「わしは……御一新で人生を棒にふった」

平吉がかすかに目を開いていった。維新後酒量がふえ、あげく寝たきりになったことをいっているのだろう。食べ物はもう喉をとおらず、太蔵にできるのは、吸い呑みから水を与えることくらいである。一日の大半を、ぼんやりと父の枕頭に座して過ごすことが多くなっていた。

「わしは、臆病者じゃったが……どうやらおまえも同じじゃのう」

つづけてそういった。

な、何をぬかすか、このクソ親父が！　いかに余命いくばくもない父の言葉とはいえ、これには太蔵もむっとした。

「わしは、臆病者ではありませんけえ！」思わず語気がつよくなる。

「ほんなら、辛気くさい顔してこがなところにおらずと……おまえの仕事をせいや。どがな時代になっても、男は、仕事をせにゃいけん」

「……わかりました」

いって父のそばを離れたのは、腹立ちからではない。それが、父なりの激励だと気づいたからである。中学や私塾開設について話したことはなかったが、父は、息子が何事かをなそうと奔走しているのを知っていたのだろう。それが頓挫(とんざ)して、日々所在なさげに座っている息子の姿は、見るにしのびなかったにちがいない。

それから数日後、平吉は六十四歳で永眠した。

さらに数日後、父と入れ替わるようにして、三男・稔(みのる)が誕生した。

太蔵は村会議員に再選されたが、頭のなかにはつねに学校のことがあった。

私塾ではなく、やはり中学校だ。ちゃんとした中学校をつくりたい。政府は、公費を支出する中学を各県一校しかみとめないというが、私立中学ならばその制限はうけないはずだ。

しかし、資金はどうする。場所はどうする。教員の確保はどうする。

いや、県立中学に劣らぬ給金を出せば、教員は来てくれるにちがいない。そうなると、やはり資金の問題か——。

夏が過ぎ、秋が過ぎても、太蔵は時間さえあればそのことを考えていた。

六つになる収はやんちゃ盛りで、ときおり太蔵の膝に乗ってくるが、それに気づかず立ち上がって、ころげた収が泣きだしたことがある。たかがよそってくれた飯椀を、汁椀とまちがえてずずっと吸ってしまい、都留に笑われたこともあった。

「お父ちゃん、おかしい。へんなの」三つになる都留が無邪気にいう。

「そうだな。お父ちゃんは変だな」太蔵も笑う。

「都留、お父さんにそんなことをいうもんじゃないで」

そうたしなめる嘉女は十一になり、尋常小学校を終えて家のことを手伝っている。年齢よりも大人びていてよく気のつく嘉女のおかげで、たかはずいぶん助かっているようだ。

初冬のある夕暮れ、太蔵は高宮弥学の下宿を訪ねた。高宮が私塾をひらくと聞いたからである。

米子から呼んでおきながら、ついに私塾を開設できなかった負い目が、太蔵にはある。高宮が個人で開塾するのなら、いささかなりとも援助せねばと思っていた。

「いや、気にせんでください。豊田さんらが考えていたのとはちがって、自分のはほんの小さな塾ですから」

高宮はそういったが、太蔵が用意してきた包みを差しだすと、これはどうも、と白髪まじりの頭をかきつつ受け取った。

「ここで教えるわけですか」

「そうです。国枝が生徒を紹介してくれて、七、八人はあつまりそうですが、それくらいならここでもやれるでしょう」

なるほど、十畳ばかりの間はがらんとしていて、火鉢と文机があるくらいだ。書物は畳の上に積み上げられている。太蔵は、かつて教わった水垣当斎の住まいを思いだした。

そこへ国枝甲介がやって来た。

「豊田くん、来ていたのか。ずいぶん苦労したようだが、さすがにあきらめたかね」

さっそく火鉢に手をかざしながらいう。よく来ているのか、勝手知ったる他人の家といったようすだ。

「いえ、あきらめてはいません。私塾でなく、やはり中学校をつくろうと思います。公費を使わない私立中学なら、県や政府も文句をいわないでしょう」

「ほう、懲りないんだね。私塾もつくれなかったのに、どうやって学校をつくるんだね」

あいかわらずの手厳しさだが、しかしまったくそのとおりである。

「いろいろ調べてみたところ、学校をつくるには二万円程度が必要だとわかりました。その資金をどうすればいいか……。私が旧藩主なみの財産家なら、事はたやすいんですが……」

二万円！　と高宮が素っ頓狂な声を出した。教員の給料が十円前後の時代、二万円はケタちがいの、ケタがちがいすぎるほどの大金である。

「西欧には財団法人というものがあるそうだが、これは、ある目的のために個人が金を出し合う仕組みでね――」

国枝によれば、出し合った金で会社や学校をつくったり、またそれを運営したりするのだという。

「寄付とはちがうんですか」

「寄付は出せば終わりだが、財団法人では、出資者が会社や学校の運営に参加する。会社ならば、上がった利益を出資者に分配することもあるそうだ」

「わが国で手本になるようなものはありますか」

「財団法人の話は聞いたことがないが、東京などでは株式会社というものができつつあるそうだ。一株いくらと決め、その株を持ち寄って会社をつくるんだね。これなどは、仕組みとしてはほぼ同じだろう」

「ようは、同じ志をもつ者が金を出し合うということですね」

「そういうことだ」

太蔵は、これだ、と思った。

「国枝さん、私は財団法人をつくって資金をあつめます。どうか知恵を貸してください」

「おいおい、無茶をいわれても困る。僕もくわしく知っているわけじゃない。それに、きみの学校設立に協力するつもりもない」

「そこをなんとかお願いします。この地方のためです。すぐれた人物をつくるには、中学校がどうしても必要なんです！」

やれやれ——。国枝は駄々っ子を前にした大人のそぶりで肩をすくめ、

「すまんが、ひとつ英文を訳してやってくれないか。取り寄せた洋書に、財団法人のことが書いてあったはずなんだ」

と高宮に向かっていった。

「やってみましょう」

ありがとうございます——太蔵は畳に手をついて頭を下げた。

憲法もまだ発布されていないこの当時、財団法人に関する国内法はなかった。それができるのは、これからおよそ十年のちに、明治民法が施行されたときである。

高宮弥学がひらいた私塾・花王学館は、一年あまりで閉じることになった。高宮は、米子にできた角盤(ばん)高等小学校からまねかれ、そちらに移っていった。

太蔵が手本に思っていた北条の択善学舎は、「私立弓原中学校」と名を変えてつづいていたが、これも明治二十三年には消えた。

さらにこの時期、倉吉には、「倉吉私立学校」と「山陰義塾」という私塾ができた。しかしいずれも数年しかつづかず、明治二十三年に廃止されている。

こうした動きは、たんに中学校が一校になった危機感からというだけでなく、教育への志をもつ人たちが、あちこちにいたことを示すものだろう。

だが志はあっても、つづけていくことはむずかしい。できては消えていく私塾を見ながら、太蔵は長期戦を覚悟することになる。

明治二十一年の三月末、太蔵は「育英会」という名の法人組織を立ち上げた。高宮が訳してくれたイギリスのやり方にならって、創立趣旨をしたため、会則をつくった。資本金を二万円とし、一株五円で会員を募集する。それを四千株あつめようという算段である。

会の発起人には、松井新吉、しなの夫である竹蔵元太、それに繊維業で財をなしつつある秋田豊成(とよなり)という人物などが加わってくれた。

「育英」の語を、太蔵は『孟子』の「尽心篇(じんしんへん)」からとった。

「君子(くんし)に三楽あり。父母ともに存し、兄弟故(ゆえ)なきは一楽なり。仰いで天に愧(は)じず、伏して人に愧じざるは二楽なり。天下の英才を得て、これを教育するは三楽なり」

英才を育てることは、人生の大いなる楽しみだというのであるが、これは太蔵の気持ちにぴったりだった。「育英」は使命であり、道楽でもある——これほどすばらしいことがあろうか!

この言葉を見つけたとき、太蔵は自分を天才だと思った。事業は成せると思った。

じっさいには、孟子のこの言葉は広く知られており、「育英」の語も太蔵の発見というわけではなかったが、スマートで、心をつかむ響きがあるのはたしかである。

なお、孟子の言葉のこのあとは、「而(しか)して天下に王たるは与(あずか)り知らず」とつづく。「天下の王となることは、楽しみのうちに入らない」という意味である。

孟子には、「民を貴しとなし、社稷（王朝・国家）これに次ぎ、君（君主・王）を軽しとなす」という言葉がある。民がいちばん大事なのであって、無能であったり暴虐である王は尊重するにおよばないというこの言葉は、革命思想につうじるとして、江戸時代には危険視された。

幕末の吉田松陰は、孟子を深く読み込み、そこから独自の尊王思想をみちびきだしたとされているし、西郷隆盛も、孟子を愛読していたといわれている。

五月、太蔵は自宅の玄関に「育英会事務所」の看板を掲げた。このとき三十三歳である。

「いよいよ、お父さんの事業がはじまるんですね」

看板を見ながら、たかがいう。

「これから苦労をかけるかもしれんが、どうか頼む」

「苦労なら、もうずっとかけられっぱなしじゃないですか。何をいまさら」

「はは、そうだったな。こりゃまいった」

ふふっと笑うたかは、四人の子の母となり、女あるじらしい落ちつきと貫禄がでてきた。

こののち、さらに四人の子が生まれ、夭折した太郎をのぞいても、夫婦は八人の子宝に恵まれることになる。

夕食後、その四人の子らを前に、太蔵は育英会の創立趣旨を読み上げた。

「一本の枝がたとえ強くても、子どもが簡単に折ってしまうこともあれば、弱そうに見える枝であっても、束ねれば大人が折ることのできない場合もある――」

子どもむけに言葉をやさしくして読んだのだが、収がさっそく、「ぼく、知ってるよ。毛利の殿さまの話でしょ」といった。「子どもに矢を折れっていうんだよ。一本だと折れるけど、三本だと折れないんだよね」

尋常小学校の二年になった収は、修身の時間に教わったのだろう、手まねで矢を折るしぐさをしてみせる。

「そうだ。父さんは、みんなで力を合わせることの大切さをいいたいんだ」

収は賢いねえ、と嘉女がほめると、都留が「あたしも、あたしも、かしこいよ」と口をとがらせる。まだ赤子の稔は、たかの背中で眠っているが、三人だけでも充分にぎやかだ。

太蔵は咳ばらいをして、つづきを読んだ。

――国が強くなるか弱くなるかは、人や文化がすぐれているかそうでないかによって決まり、人や文化の程度は、教育が盛んかどうかにかかっている。

それなのに、遅れたこの地方では、教育にお金を使って家が傾いては困るといって、子どもを、ただ家を守るためのものとしか考えない人が多い。これでは、すぐれた才能をもつ若者がいても、世の中にはばたくどころか、ぐれて酒飲みになったり、金を借りて遊ぶような輩になるかもしれない。

明治の新しい世になった今、こうした暗い雲は取り去って、若者が希望をもてるようにしなければならないが、そのためには学校をつくるしかない。みんなで協力し、人類福祉のために、急いで学校をつくろうではないか――。

読み終えると、たかと嘉女が拍手した。遅れて収が拍手し、さらに遅れて、都留がパチパチと手を合わせる。四歳の都留には、まだそれが何なのかわかりようもない。

「収、父さんのいうことはわかったか？」

「はい。お父さんは学校をつくる。学校はとっても大事なもんだけえ」

「そうだ。よくわかったな」

太蔵は、息子のいがぐり頭をなでた。実質的な長男である収への期待は、やはり大きい。

竹歳伊作の遺児・万治は、八橋高等小学校に上がったばかりだが、このあたりではちょっと見ないほどの秀才だという話を聞いている。「あの子は、一を聞いて二や三を知るようなところがある」と国枝はいう。それにつづくようであってほしいと思う気持ちが起きるのは、自分でもどうしようもない。

万治の卒業まであと三年、醤油屋の帳簿付けを手伝いながら生活費をもらっているという未亡人の千賀に、万治を鳥取中学にやるだけの資力はないだろう。それまでに中学をつくるのは、さすがに無理だろうし、さて――。


太蔵がそんなことを考えているところへ、「ただいまァ」という声が響いた。子どもたちが、「おじちゃんだ！」「おじちゃん、おかえりなさい！」といって玄関へ走っていく。

鳥取師範学校に入った弟の定吉は、寄宿舎生活をおくっているが、月に一度は長い道のりを歩いて帰ってくる。すらりとした、いい男ぶりの青年に成長していた。

「おじちゃん、おみやげはなあに」

都留がまとわりついて訊く。子どもたちは定吉が大好きだった。

「亀甲屋のもなかを買ってきたよ。それからほら、途中の海でひろった桜貝だ。きれいだろう」

都留と収が「わーっ!」と歓声をあげる。都留は桜貝、収はもなかに対する声である。

太蔵は、定吉にも育英会の趣旨と会則を読ませた。

「育英会とは、じつにいい名前ですね。しかし四千株もあつめるのは大変そうだ」

「いずれ、鳥取にも同志を募りに行くつもりだ。案内をたのむよ」

「わかりました。僕にできることはやりましょう。兄さんの役に立てるならうれしい」

この弟は、十六はなれた兄を父のように思って育ってきた。兄のいうことは絶対である。

「そういえば、昨年鳥取に女学校ができたんですが——」

「うん、英和女学校だろう。耶蘇教信者がつくった学校だと、新聞にはあったな」

鳥取英和女学校は、女性宣教師イライザ・タルカットが協力者とともにつくった、女子のための中等学校だった。設立趣旨には、「婦女は三従(親、夫、子に従う)を守るべしとされているが、本来の婦人は、その知識才能において男子に劣らない」とあり、敢然と男女平等をうたっていた。もちろん、県内初の女学校である。

「先日、その近くを通ったんですが、ええっと、たか義姉さんの姉さんの……」

「つねさんかい?」

「そうです。その人が、女学校から出てくるのを見かけましたよ」

へえ……と太蔵はつぶやいた。つねがこの家に来たのは、もう七、八年も前である。定吉は十になるかならないかだったはずだが、「きれいな人だったから覚えていますよ」という。こいつも女に対してそんなことをいうようになったかと思うと、うれしいようでもあり、小癪（こしゃく）なような気もする。

「女学校で働いているのかな」

「僕も声をかけたわけじゃありませんが、たぶんそうでしょう」

少し離れたところで子どもに囲まれているたかに、太蔵は目をやった。たかは何も聞いていないのだろう。

「そのこと、たかには黙っておいてくれ」

太蔵はいった。定吉の見た女性が本当につねかどうかわからないし、もしつねだとしたら、なぜ福井家やたかと連絡を絶っているのか、そこが釈然としない。よけいな心配はさせたくなかった。


いま残されている「育英会」の資料を見ると、明治四十一年時点で、八百六十九人の会員名がしるされている。

太蔵が育英会を立ち上げてから二十年後だが、このとき、学校はできたもののまだ中学校にはなっていない。ときの文部大臣に中学校認可をもらうため、提出した書類に添えられたものである。

名簿のなかには、へえ！　と思うような名前もある。

たとえば奥田義人（よしと）。

鳥取変則中学から名古屋の英語学校にすすみ、東京大学に入った奥田は、卒業後に政府の官僚となるが、やがて衆議院議員に当選し、大正二年に文部大臣を拝命する。

その後、乞われて東京市長となり、中央大学の学長もつとめた。

中央大学の前身は、英吉利（イギリス）法律学校といい、奥田は創立発起人のひとりであった。明治初年に貢進生となった岸本辰雄は、明治法律学校（明治大学）をつくったが、すこし遅れた奥田が、やはり法律学校の創立にかかわったところが興味ぶかい。

ちなみにこの二人、というより、この二校は、明治二十三年に公布された旧民法（明治民法以前につくられた民法）をめぐって、激しく対立した。旧民法はフランス法につよい影響を受け、人の権利や平等を重視していたため、イギリス法の学者たちが、「民法いでて忠孝ほろぶ」と反対したのである。

英吉利法律学校は、その名のとおりイギリス法を基盤としており、明治法律学校は、フランス思想に重きをおいていた。

明治の二十年代になると、それまでの欧化主義がみなおされ、復古的な儒教思想が力をもってくる。明治天皇が、「教育に関する勅語」を下賜（かし）するのが明治二十三年——。

そうしたこともあってか、論争は「反対」優位にすすみ、旧民法はけっきょく施行されなかったのである。

名簿にもどろう。

たとえば、遠藤董（ただす）。

広島師範学校の第一期生だった遠藤は、鳥取で高等小学校の校長をつとめていたが、明治四十一年に退職すると、私立の女学校をつくった。さらに、視覚や聴覚に障がいをもつ子どもたちのために、盲唖（もうあ）学校を創設する。

また、校長時代から集めていた図書をもって、私立鳥取図書館を設立。これがやがて鳥取市立図書館となり、昭和六年に鳥取県立図書館となる。

太蔵とは少し方向がちがうが、かれもまた、官がやらない教育事業を、生涯かけておこなった人物である。

もうひとり、大江磯吉。

島崎藤村の小説『破戒』の主人公・瀬川丑松のモデルとなった人である。

大江磯吉は、長野師範学校の教員だった。小説では、被差別部落出身であることを告白した主人公が、長野を去ってアメリカへ行くことになっているが、モデルとなった大江は鳥取に来ていた。鳥取師範学校の教諭となり、かなり重要な地位を与えられていたようだ。

その期間は、明治二十八年から三十三年までの六年間。この期間のどこかで、育英会の会員になったのだろう。

八百六十九人という数は、たんなる寄付や署名ならば、そう大したものではないかもしれない。しかし育英会の規則では、会員が死亡したり病気になったりしてつづけられない場合には、それに代わる者を充当せねばならないとされている。会員は、まさに「同志」だった。

一株五円というが、当時の五円は、現在の十万円くらいにはなるだろう。おざなりな気持ちで出せる金額ではない。

右の三人に対してはもとより、会員になった一人ひとりに対して、太蔵は自分の理念と中学校の必要を説いたはずである。

なかには、何株か出資してくれる会員もいただろうが、会員になってくれない人もたくさんあったはずで、おそらく八百六十九人の何倍かの人たちを、太蔵は説得してまわったにちがいない。

じっさい、会員と資本金獲得の運動をはじめても、賛同してくれる人はほとんどいなかった。

資本金名簿の最初に、秋田豊成が「金五円」を二回書いてくれた。

秋田は綿糸工場をいとなんでおり、これからの商工業の発展のためには、教育の充実が必要だという考えのもち主だった。

「これからは、英語も要る、数学も要る、世の中の動きを見きわめる頭も要る。そういう者でないと、商売を発展させることはできません」

四十になるかならないかという年齢だが、三年前につくった工場を、いまでは二十人以上の従業員がいるまでにしただけあって、いうことが開明的である。身体つきも堂々としている。

そのあとに、「金五円　豊田太蔵」と書いた。秋田が二回書いてくれたのだから、自分が一回というわけにはいかない。

つぎの行にも「金五円　豊田太蔵」と書いた。そのつぎの行にも、さらにつぎの行にも同じことを書いた。

これは予約金であって、今すぐに払うわけではない。だから何回書いてもよかったが、さすがに五回でやめておいた。

それから、松井新吉と竹歳元太に書いてもらった。

しかし、その先がなかなかつづかない。その年の暮れまでに得た賛同者は十人ばかり、資本金の予約額は百円ほどだった。

明治二十二年の年明けそうそう、太蔵は一通の電報を受け取った。

「サダキチキトク　スグオイデコウ」

鳥取師範学校の寄宿舎からだった。

キトク？　なんじゃこりゃ？

キトクが危篤に、すぐには結びつかなかった。師走のはじめにもどってきた定吉は、寒風をものともしないほど元気で、「兄さん、これからですよ。来年は会員も増えますよ」と太蔵を励ましてくれた。正月は雪があるだろうし、試験勉強をするから帰れないといっていたが、わずかひと月ほど前に、その元気な姿を見たばかりでなのである。

何があったんじゃ！

すぐに俥（くるま）（人力車）を呼んだが、雪道を鳥取まで行くのは勘弁してくれという。駕籠屋も同じだった。

「あなた、どうしましょう！」

うろたえるたかに、「いいか、母にはいうなよ」といい置いて、太蔵は材木屋へ駆け込んだ。材木屋には馬車がある。

「そりゃ、えらいことだがな」

事情を聞いたあるじが、使用人に命じて馬車を出してくれ、太蔵は蓑を着込んで荷台にうずくまった。

雪の量はさほどでもないが、吹きつける風は、つめたいのを通りこして痛いほどだ。何百本もの針が、いっせいに頬に突き刺さるような痛みを、しかし太蔵は、痛みと感じる余裕さえない。

城跡にちかい師範学校に着いたときは、もうとっぷりと日が暮れていた。定吉は、顔に白布をかけられて仰臥していた。

「つい、二時間ほど前です。医者がいうには、風邪の菌が脳にまわったということでした」

五十歳くらいの舎監が沈痛な声でいった。

「弟は、苦しんだんでしょうか」

太蔵の問いに、舎監のうしろにいた学友二人が、

「ゆうべは、熱はあったけんど、僕らと話もしよりました。早う起きて、勉強せにゃいけんといいよったのに……」

「今朝がたから、急に意識がのうなったんです。サダやん、サダやん、いうても返事せんで……。すぐに医者を呼んでもらったんじゃけど、もう手遅れじゃといわれて……」

とかわるがわる答えた。そうして涙ながらに、「すんません！」と畳に手をついた。

「同室の僕らが、もっと早く医者を呼んでもらっておれば、定吉くんは助かったかもしれんのに……」

太蔵は、かけられた白布をとった。ひと月前と変わらない定吉の顔は、眠っているとしか見えなかったが、手をあてた頬はすでに温もりを失い、あたかも白蝋のような手ざわりだった。

「きみたちのせいではないよ」

太蔵はうつむく二人に近寄り、家にいても同じだったかもしれない、といって慰めた。

「これまで、一緒に過ごしてくれたことに礼をいいます。定吉のぶんもしっかり勉強して、どうか立派

な教員になってください」

「定吉くんは、いつも夜遅うまで勉強しよられたです。火鉢の炭がのうなっても、掻い巻きにくるまって、机に向かわれよりました」

「お兄さんの話も聞きよりました。僕の兄は村会議員だが、由良に中学をつくる運動をしている、僕も中学教員の免状をとって、いずれ兄の力になりたいんじゃというて……だけん、人一倍勉強せにゃいけんのだというて……」

いいながら、二人はまた涙ぐんだ。

そうか……定吉はそんなことをいっていたのか……。頬を叩いて呼びもどしたい衝動をこらえて、太蔵は、その顔をふたたび白布で覆った。

太郎、伊作、そして定吉――愛する者、頼りにしている者たちが、つぎつぎに自分のそばからいなくなってしまう。

なしてじゃ……。わしは何ぞわるいことをしたのか？　もしや、学校をつくろういうのは罰あたりなことなのか？　おまえには分不相応だと、天に戒められているのか？……。

翌朝、ちかくの宿で待ってもらっていた馬車に定吉を乗せて帰る道々、太蔵は気の弱りからそんなことを思った。

弟が生まれたと聞いて、母の里の福井家まで会いに行った日――それは、ついこのあいだのことだったような気がするのに、いつのまにか立派な青年になり、師範学校に入って教員をめざすまでになった。明るくて努力家だった。いずれは、頼りがいのある片腕になってくれたかもしれない。いや、きっとなってくれただろう。それなのに……。

筵でくるんだ定吉の亡骸に雪が降りかかる。海からの風がそれを吹き飛ばす。

おうっ……おお……おおお……。

激しく揺れる馬車の荷台で、太蔵は亡骸に覆いかぶさって慟哭した。車輪の音と風の音が、その声をかき消した。


定吉の急逝は、母のはんにも大きな嘆きをもたらした。遅くに生まれた末子だったから、長男の太蔵とはちがう可愛さがあったことだろう。葬儀が終わったあくる日から、布団に入って出てこなくなったほどだ。

妻のたかも、赤子だったときから定吉を知っているだけに、「どうして……」と涙するばかりだったし、〈おじちゃん〉が大好きだった子どもたちも、たかと一緒になって泣いた。

家のうちは、囲炉裏のそばにいてさえ冷え冷えとするほど沈み込んでいたが、村議会が始まった太蔵は、一日も休まず出勤した。

正直なところ、家にいるより気がまぎれるからでもあったが、心に大きな洞が開いたような虚しさはぬぐえない。その洞をのぞき込むと、自分のやっていることが何の意味もないもののように思われる。

年明けから励むつもりだった育英会の会員募集も、自然、手つかずの状態だった。

四十九日の法要を終えてしばらくたった、三月なかばの夕刻、太蔵が家に帰ると、茶の間にいくつもの日の丸が吊り下げられているのが目に入った。まるで、祭りのようなにぎにぎしさである。

「どうしたんじゃ……」

子どもたちがつくったんですよ、とたかがいう。なるほど、障子紙に朱で書いた日の丸は、大きさも筆づかいもまちまちで、なかにはかなりいびつな丸もある。

たかは、子どもたちと太蔵を前に、

「帝国憲法が発布されて、日本は立憲君主国になりました。文明国の仲間入りです。そんなときに、私たちがいつまでも泣いていると、定吉おじさんも悲しいでしょう。今日からは、みんなで元気を出してがんばりましょうね」

と明るい声でいった。収と都留が「はい！」と声をそろえる。

子どもたちに聞かせているように見えて、じつは自分に向けていっているのだと、太蔵はすぐに気づいた。たかは、何とか家のうちを明るくしたいと考えて、憲法発布をもちだしたのだろう。

帝国憲法が発布されたのは、ひと月前の二月十一日である。主権者は天皇であり、明治天皇が首相に下賜するかたちの欽定憲法ではあったが、とにもかくにもアジアで初の立憲主義国となったということで、自由民権の運動家たちも、大方がこれを支持した。

人々は祝賀にわき、収も学校から日の丸の小旗をもらって帰っていたが、定吉の忌中だったために、太蔵はその小旗さえすぐに捨てさせてしまった。

ふに落ちない顔をしていた収を思いだすと、すまないことをしたという気持ちと同時に、ほかならぬ自分こそが、この家を暗くしていたのではないかと思いがわいた。

家長として家を率いていく自分がこれでは駄目だ。

たかはやんわりと、そのことを教えてくれたのだ。

「母さんのいうとおりだな。定吉おじさんは天から見ておってくれるからな、定吉おじさんに喜んでもらえるように、一生懸命勉強しよう。父さんも元気を出してがんばるからな！」

わざと胸をそらして、太蔵はいった。

そらしすぎて、どすんと畳に尻もちをついてしまい、収と都留が「わあっ、父さんがころんだァ！」と笑い声をあげる。歩けるようになった稔が、何事かわからぬままに、はしゃいで小さな手を叩く。

久しぶりのにぎやかさに惹かれたのか、布団から出てきた母のはんに、

「お母さんも元気を出してください。この子らが、定吉のぶんも孝行してくれますけえ」

と太蔵はいった。はんが目をうるませてうなずく。

太蔵は、育英会員獲得の活動を再開した。

意外だったのは、定吉の急死を不憫（ふびん）に思い、太蔵に同情して会員になってくれる者が、ぞくぞくと現れたことである。

――いつぞや、わしの荷車を押してくれたことがあった。ええ若い衆だったのに、惜しいことじゃがな。

――師範学校に入って、ゆくゆくは太蔵さんを助けなるはずだったになあ。

――力を落としならんようにな。わしらも協力しますけえ。

村会議員、地主仲間、商店主、そして学校関係者らが、そんな言葉とともに名前を書きつけてくれた。

複雑な思いではあったが、その死とひきかえに中学設立運動を広めてくれた定吉に、太蔵は感謝する

しかない。夏が終わるころには、六十名を超す会員があつまった。

憲法の発布や、翌年には国会がひらかれるという動きも、追い風になったのかもしれない。文明国の国民として、子どもを学校にやらないのは恥ずかしいという気運がひろまり、小学校の就学率も徐々に上がりつつあった。


倉吉へも足を運ぶようになった。

十一月のある日、かねてその名を聞いていた「山陰義塾」という私塾を訪ねてみたが、看板がかかっているだけで、生徒らしい姿は見えない。

変だな、と思っていると、奥から背の高い男が出てきた。年のころは、太蔵と変わらないように見える。男は塾長の山瀬幸人（ゆきと）だと名のり、

「ごらんのとおりですわ。まあ、夕刻になれば二、三人やってきますがなァ、ハハハ……」

と豪快に笑った。どうやら、開店休業といったようすである。

貧乏士族だった山瀬が、五年前に山陰義塾をつくったのは、桑田熊蔵（くまぞう）という若者のためだった。

桑田熊蔵は倉吉の大地主の長男に生まれたが、親や親戚は、熊蔵が学問することに反対だった。跡取りが学問にのめりこむと、家が危うくなるというのである。

どうしても学者になりたいという熊蔵から相談をうけた山瀬は、桑田家にのりこんで談判の末に百円出してもらい、その金で山陰義塾をひらいたという。

「国語や漢文は私が教えたが、問題は英語です。教師を探しまわりましてな——まァ、朝から晩まで、

飯を食うときのほかは、勉強に明け暮れましたなァ。その甲斐あって、桑田くんはね、一回で東京の高等中学に受かりましたよ」

「ほう、高等中学にですか」

「今年、帝国大学の法科に入りました」

「帝国大学に！」

私塾から帝国大学に入ったなどという話は聞いたことがない。これまで帝国大学に入った数少ない者たちは、みな鳥取中学の卒業生で、それも士族の息子ばかりである。

太蔵がおどろいたのも無理はなかった。

こののち、桑田熊蔵は大学院まですすみ、ヨーロッパ留学後、社会政策学会を立ち上げる。そして、女性や子どもの長時間・夜間労働を規制する「工場法」の制定に、大きな役割をはたすことになる。後年は中央大学の教授をつとめ、貴族院議員にもなった。

「まァ、私自身が、北条の岩本廉蔵さんに助けられましたからなァ。幼いころに父が死んで、食うや食わずでおったところを、岩本さんの援助で勉強することができた。口はばったい言い方だが、受けた恩は返さねばならんと思いましてなァ」

「岩本さんの演説を、私も聞いたことがありますよ。もう十年も以前ですが、立派な演説でした」

「ほう、そうでしたか。塾をひらいたころは、生徒も十四、五人おったんだが、桑田くんが出たあとは、私もふっと気が抜けましてね――」

「やめるんですか」

「そう、まァ、塾は閉めて、来年の衆議院選挙に出てみようかと、そんなヤマっ気をもっておるんですよ、ハハハ……」

山瀬はふたたび豪快に笑った。

太蔵は、ただ呆気にとられていた。

自分と同じ年まわりなのに、倉吉にはこんな男がいるのか――。

大地主から百円出させて私塾をつくり、その息子を帝国大学に入れたというのもすごいが、自身が衆議院選挙に出馬しようというのがまた豪傑だ。

気を呑まれつつも育英会の話をすると、山瀬はこころよく会員になってくれた。

ついでに、桑田家にも話をしてくれるというので後からついていくと、いかにも資産家らしい大きな屋敷に、山瀬はずかずかと入っていく。

学問ぎらいだというあるじも、息子が帝国大学に入ったことで気が変わったのか、太蔵の話を熱心に聞いてくれ、二株を出資してくれることになった。

が、そこで山瀬がいった。

「桑田さん、教育は天下を明るくする提灯ですよ」

「まったく、山瀬さんにはかないませんな。熊蔵の件でうちにいらしたときも、たしかそうおっしゃった。『大きな提灯をつくってくれ、天下を明るくする提灯だ』とね。そんなものはつくれないといったら、『では教育のための金を出してくれ』と、こうでしたからねえ」

あるじは太蔵に向いて苦笑いしながら、もう二株追加してくれた。合計二十円の出資金を、その場で手わたしてもらえたのもありがたかった。

山瀬幸人は、太蔵よりひとつ年上である。翌明治二十三年七月の第一回衆議院選挙に当選し、国会議員を一期つとめた。その後、鳥取県議会議長になり、倉吉農学校の校長を長くつとめることになる。

これから数年後、太蔵が県会議員になったとき、山瀬はちょうど議長職にあった。

さらに年月をへた昭和初期、老いた山瀬が熱心に語ったのは、山陰義塾のことだったという。衆議院議員や県議会議長、さらには農学校校長といった要職よりも、若き日に無茶をとおしてつくった私塾のほうが、思い出ぶかかったのかもしれない。

山瀬幸人との出会いは、太蔵の負けん気に火をつけた。

その年の十月、市町村法が施行され、由良宿は近隣の三村と合併して由良村となるが、初代の村長が就任そうそう病気で辞任した。

太蔵が、明治二十三年二月におこなわれた村長選挙に立候補したのには、少なからず、山瀬の影響があった。ライバル心といったほうがいいかもしれない。

育英会の活動で走りまわったこともあり、太蔵の名前は近隣に知れわたっていた。若いが理想をもち、行動力があると見る人も多い。

三十五歳で由良村長に当選した。

こののち、県会に出た二年ほどは町長の座をはずれるが、明治末までのおよそ二十年間という長きにわたって、太蔵は由良村長をつとめることになる。

豊田家跡に残る庭園

六　道けわし

明治二十四年の年明け、太蔵は竹歳伊作の妻・千賀と万治の住まいを訪ねた。

伊作が亡くなって七年、年に二、三度は線香をあげさせてもらっているが、息子の万治と会う機会はなかった。

八橋高等小学校の一年になった収に訊くと、万治の秀才ぶりは校内に知れわたっているという。

去年校長になった国枝甲介も、ぜひ鳥取中学へ進学させたいものだといっていた。

その万治の卒業が迫っている。正月ならば家にいるだろうと思って行ったところ、はたして万治は、鼻すじのとおった美少年に成長していた。伊作の面影がなくもないが、やはり母の千賀のほうによく似ている。

「卒業後はどうするんですか」

単刀直入に尋ねると、茶を差しだした千賀が、「本家の事務員に雇ってもらうことになっています。ちょうど手が足りないとのことで――」と答えた。

本家とは、伊作のいとこが継いだ醤油屋である。万治は、うつむき加減で黙っている。

「それでいいのかい？　中学へ行ってもっと勉強したいんじゃないかい？」

「それは……」

万治は少し口ごもったあと、「……したいです」と顔をあげていった。

「でも、うちにそんなお金のないことは、豊田のおじさんもよくご存じでしょう。僕は、早く母を楽にしたいんです」

「学資は私が出すから、鳥取中学の試験を受けてみてはどうかね。千賀さんは寂しいかもしれんが、きみの将来のためだ」

万治と千賀が、おどろいたように顔を見合わせる。万治が口を開いた。

「それは……おじさん、いえ、村長さんが父の友人だったからですか」

「むろん、それもある。しかしそれだけじゃない。きみのような優秀な生徒を、ここに埋もれさせておくわけにはいかないという気持ちからなんだ。私は、この由良に中学校をつくる運動をしている。それは、きみのお父さんとの約束でもあったんだが、どうも、まだ時間がかかりそうだ」

「育英会の話は聞いています」

「そうか。ともかく、今は鳥取中学しかない。きみなら必ず合格するだろう。千賀さん、どうだろうか」

「ありがたいお話ですけれど、そこまでしていただくわけには……。お返しできるかどうかもわかりませんし……」

「そんなことは考えんでください。私はただ、万治くんにもっと勉強してもらいたい、それだけです。どうか考えてみてください」

そういい置いて辞去した数日後、万治が中学を受験するといいに来た。母もいくらか貯めているようですから、合格できたら授業料だけお借りしますという。

「僕も母も、中学のことは頭にありながら、互いにあきらめていたんです。おじさんのおかげです。精進します」

頭を下げて帰っていった万治からは、二ヶ月後、無事合格したとの報せが入った。

太蔵は喜んだ。


いっぽうで、豊田家次男の収は、学業成績がいま一つかんばしくない。内弁慶というのか、家では活発なのに、学校では「塩をかけられたナメクジのようだぞ」と国枝から聞かされている。ナメクジはひどかろうと抗議したが、学友にまじると萎縮してしまい、試験でも実力が発揮できないようだという。だれに似たのかと太蔵はいぶかしんだが、そういえば自分も、子どものころ気が弱かったことを思いだして、納得した。

ともかく、このままでは中学受験が思いやられる。

五月、藩倉の跡地を払い下げてもらって学校用地にあてようという声が、育英会同志のなかから上がったとき、県への申請の代表者を収にしたのは、村長である自分がその役につくわけにはいかないからだったが、息子に少しでも度胸をつけさせたいという思いからでもあった。

収は嫌がった。

というか、それがどういうことなのか、十歳の収には理解できない。ただ、大勢の大人の前で話をするのだといわれて、納戸に逃げ込んでしまった。

太蔵にひっぱり出された。

「父さんが何のために学校をつくろうとしているか、おまえはわかっているな」

「はい」

「おまえは豊田家の跡取りだ。強くなって、都留や稔の手本にならねばいけん。己に克つ心を持て。いいな」

「はい……」

父親にさからうことなどできない。

太蔵が書いた文章を、収はべそをかきながらおぼえ込んだ。いや、おぼえ込まされた。

そして会合当日、五十人ばかりの前で挨拶した。

なかなか立派だったという声を聞いて、太蔵はほっとしたが、収のほうは極度の緊張からか、帰るなり熱を出してしまった。

「収はまだ十なんですよ。それを代表者にするなんて……」

たかが珍しく不平をいった。

「収は、小さいころのわしに似て気弱じゃ。いまのうちに、度胸をつけさせにゃいけんのだ」

「それにしたって……」

「なに、代表者といっても名前だけだ。心配することはない」

「あなたは、収と万治くんを比べていらっしゃるんでしょう。収に、万治くんのようになってほしいんでしょう?」

「む……」

「その気持ちはわかりますが、収には収の性格があります。万治くんとはちがうんですよ」

「むむ……」

「あんまり無理をさせると、かえって、いじけさせてしまうことになりゃしませんか。長い目で見てやってください」

「お、女のおまえに何がわかる。小賢しいことをいうな！」

太蔵は、ついむきになって声を荒げてしまった。万治と比べているといわれたことが、図星だっただけに胸に刺さった。

ひどいことをいったと後悔したが、たかは怒りもせず、「すみません……」という言葉をのこして部屋を出ていった。

わびる暇もない。

子どもたちが寝ている部屋をのぞくと、収の枕元に座るたかの背中が見えた。

その肩が少しふるえているのは、もしかしたら泣いているのかもしれない。右手が、布団から出た収の手を握っている。

すまぬことをしたと思いながらも、男親が割って入ることのできない光景を見たようで、太蔵は何もいわずに襖を閉めた。

その年の八月なかば、ラフカディオ・ハーン（小泉八雲）が由良に投宿した。

前年、島根尋常中学校の英語講師としてまねかれたハーンは、松江へ赴任する途中で見た下市（しもいち）（大山町）の盆踊りをひどく気に入り、もう一度見たいと思って、鳥取県内を旅していたのである。

太蔵は、ハーンの名を知らなかった。

しかし、外国から来た教師であることには興味をひかれたし、村長として挨拶に出向くべきという声もあり、宿泊先の大谷屋へ向かった。

「ギリシアという国の生まれだが、さまざま苦労して、米国で新聞記者になったそうだ。昨年わが国に来て、松江の中学に職を得たと聞いている」

同行の国枝甲介が、そう教えてくれた。

育英会の会員にはなってくれないが、少し離れたところから見ていてくれる国枝は、太蔵にとって頼もしい存在だった。高等小学校長としての指導力も評判である。

「コンバンハ、ヨロシューゴザイマス」

浴衣姿のハーンは、カタコトの日本語で迎えてくれた。四十くらいだろうか、思ったより小柄だが、鼻梁は高く、異様に大きい両目の片方が白く濁っていた。隻眼（せきがん）らしい。

それは痛々しくもあったが、ある種の威厳のようなものを、この外国人に与えていた。

「マイネーム・イズ・タゾウトヨダ。チーフ・オブ・ユラビレッジ……」

国枝が教えてくれた英語で挨拶するが、緊張していることもあって、舌がもつれてしまいそうだ。

「ダイジョブ。センタロウ、イマス。ニホンゴ、ドウゾ」

旅の供をしている西田千太郎は、島根中学の教頭であり、松江時代のハーンがもっとも頼りにした人物である。

ハーンの前には、夕食の膳が残されていた。日本食もいけるらしく、ほとんど空になった膳の片隅に一切れ残っていた漬け物をさして、「オイシデス」という。

「奈良漬けといいます」国枝が教える。

「ユラヅケ?」

「いえ、ナラヅケです」

「オーケー、ユラヅケ。ユラヅケ、ベリー・グッド」

太蔵と国枝は、顔を見合わせて苦笑した。気に入りの漬け物を〈由良漬け〉だと思ってもらえるなら、それもいいかもしれない。

ハーンは、八橋がとても気に入ったと語った。静かで、海が美しく、人々も親切だったという。

「だれも海で泳いでいないのが不思議だったそうです」

西田が通訳してくれる。

海に入るのは魚や海藻を取る人だけです、と太蔵がいうと、それは残念だ、海で泳ぐと快適だし身体がつよくなるのに、とハーンは答えた。

この時代、海水浴という習慣はまだ広まっていない。子どもが海遊びをすることはあっただろうが、この何年か、またぞろコレラ患者が出ているため、それもなかったのかもしれない。

コレラのせいで、警察が盆踊りを中止させているところもあり、期待していたほど見られなかったことを、ハーンは残念がった。

「しかし、この由良ではいくつか見ました。地区ごとに、踊りがちがうのが興味深いそうです」

「それは何よりでした」

太蔵が喜ぶと、ハーンは立ち上がって盆踊りの手まねをしてみせた。「ミステリアス・アンド・ファンタジック！」とほほ笑む。

子どもの頃には〈夷狄(いてき)〉などと呼び、恐ろしいイメージを植えつけられていた外国人であるが、その意外な人なつこさに、太蔵はおどろいた。おどろくと同時に、親しみをおぼえた。

「ハーンさん、この地方は遅れていると思いますか」

場がくつろいだところで、そう訊いてみた。

アメリカで新聞記者をしていたというハーンに、この山陰はどう映っているのか、さぞや文明から取り残された地域に見えるだろうと思って訊いたのだが、ハーンは首をかしげながら、西田を通じてこういった。

「遅れている、という言葉の意味がよくわからないのですが、ひとまずこう申し上げましょう。この地方の交通は、たしかに不便です。また大きな工場や店もありません。しかし、私の愛するものがたくさんあります。山、海、盆踊り、古いお話……。なつかしく、やさしく、心をなごませてくれるものたちです。もしそれらを遅れていると考えるなら、それはまちがいです」

「しかし、わが国は、西欧に学んで文明国になるべく努力しています。当地も、このままでいいとは思えませんが……」

「私は、日本にあこがれてやってきました。日本は、長いあいだ他国と戦争をしなかった。それは文明国だったからではないですか。他国を侵すヨーロッパのほうが、むしろ野蛮です。学ぶことは大事ですが、わるいことを学んではいけません。便利になるのはよいことですが、大切なものをなくしてはいけません」

意外なことをいわれて、太蔵は口ごもった。他国との戦争がなかったのは国を閉ざしていたからで、それゆえに日本は遅れたのだと思っていたが、ハーンの考えは少しちがうらしい。

大谷屋からの帰り道、太蔵は国枝にそのことを問うてみた。

「ハーンさんのいうことには一理ある。しかし開国した以上、われわれは西欧に追いつくしかないだろう。政府は条約改正に必死になっているが、西欧から二等国だと見られているため、なかなかすすまないのが現状だ」

「そのとおりです。しかし、あのような人物を英語教師にまねくとは、島根中学は大したものじゃありませんか」

「まあ、そうだな」

二人の足もとで、早くも秋の虫が鳴きはじめていた。耳をすましてようやく聞こえる、そのかそけさ――。

ハーンが日本で、なかんずく山陰で見いだしたものは、ヨーロッパやアメリカに失望した者が発見した「美」であったかもしれない。それは川底にひそむ砂金のように見つけがたく、しかしそれゆえに貴重なものであったことを、のちの人々は知ることになる。

藩倉跡地は、育英会員七十名の請願と金二百円で、県から払い下げられた。

村長になってからの太蔵は、以前ほど育英会のために動くことができなくなったが、そのぶん会員たちの熱が上がり、学校用地の取得は、喜びをもって迎えられた。

つぎは校舎の建設だ――。意気込む会員たちのなかにあって、太蔵は逆に冷静だった。

まず、資金がぜんぜん足りない。二百円を用意するのもやっとだったのだ。

それに、県や文部省の認可を得られるだけの内容が、まだできていない。公立中学を一県一校にしたくらいだから、なまなかな計画ではみとめてくれないだろう。

数年前の太蔵なら、とにかく学校という形をつくって突きすすもうとしただろうが、足腰のよわい私塾がつぎつぎに消えていくのを見て、焦ってはならないと考えるようになっていた。いまはもっと会員をふやし、中学設立の気運を高めることのほうが先だ。

村長として、県庁へ出向く機会がふえた太蔵は、鳥取での会員獲得をすすめた。

学校は由良につくるが、生徒は県内からひろく募集するつもりである。鳥取での活動は大事だった。

しかし、反応はにぶい。

というより、まともに相手にしてもらえない。鳥取には尋常中学校があるのだから、しかたないといえばしかたないのだが、県議会議員や県の高官たちをまわっても、県中部に中学校をつくりたいという話に耳をかたむけてくれる者は、ほとんどいない。

――由良に中学などつくっても、生徒が集まりゃせんですわい。

――能力と金のある生徒は、米子からでも鳥取中学に来るでしょう。一校ありゃええじゃないですか。

大方がそんな対応である。

鳥取はつまらんところじゃ、と太蔵は思った。

秋がふかまったころ「鳥取女学校」を訪ねたのは、女子の中等教育機関とはいえ、それが私立の学校だったからである。何か参考になることが聞けるかもしれない。

このころ、鳥取には二つの女学校があった。

ひとつは、四年前にキリスト教徒がつくった「鳥取英和女学校」で、もうひとつが、その翌年にできた鳥取女学校である。政府が高等女学校令を制定するのは、このときから八年後の明治三十二年だから、鳥取に女子教育の道がひらかれたのは、かなり早かったといえるだろう。

鳥取女学校は、英和女学校に対抗してつくられたようなところがある。

英和女学校の男女平等精神にも、自然科学や社会科学を取り入れた授業にも、そしてキリスト教そのものにも、当時は眉をひそめる者が多かった。おりしも、教育勅語が下されて、国粋主義の風潮がつよまっていたころである。

名士の夫人たちが中心となって「鳥取婦人会」が結成された。女学校の設立決議がなされると、鳥取女子師範学校の卒業生たちが募金あつめにまわり、決議からわずか数ヶ月で開校にこぎつけた。

「よく、それだけ早くに資金があつまりましたね」

応対に出た女性教頭に、太蔵はおどろきをもっていった。自分たちは、育英会設立から三年以上たって、ようやく校地を手に入れたばかりである。

「ええ、そりゃあ大変でした。みんな草鞋（わらじ）がけで走りまわったんです。なかなか集まりませんでしたが、その話を聞いた山田信道県令が、ぽんと百円出してくださったんです。そうしたら、県の高官の方々がそれにならって、つぎつぎに高額の寄付をしてくださいました。おかげで――」

なるほど、校舎は小さいが新築だし、場所も、県庁や鳥取尋常中学校にちかい一等地である。

ははあ……と太蔵は思った。県の首脳部がスポンサーになったということである。それならば、短期間で開校できたのもふしぎではない。

「運営は順調ですか」

「おかげさまで、年ごとに入学者が増えております。女子師範の卒業生たちが設立にかかわりましたから、教員も充実しています」

「それはけっこうなことですね。しかし、その、小学校以上の女子教育は、必要なものでしょうか。私などには、そのへんがどうも……」

太蔵が口ごもりながらいうと、女性教頭は、「たしかに、そうおっしゃる男性は多うございます」とほほ笑んだ。いわれ慣れているといった感じだ。

「本校は〈修身・家政学・家庭教育〉を中心課目にすえています。良き妻、賢明な母となるための教育です。家庭人として、殿方を支える婦人を育成します。どこかの学校のように、殿方と同等になろうとするものではありません。ですから、良家の親御さんも、安心して娘さんをお入れになるわけです」

ははあ……と、こんどは声が出た。「いや、よくわかりました」とつけ加える。たしかにそれだからこそ、山田県令はじめ県の高官たちが、高額の寄付をしたのだろう。

その晩は鳥取に泊まることにしていた。

宿へ向かう道すがら、太蔵はさっき聞いた話を思い返していた。

県の首脳部に大金を出させた女性たちの働きは、見事というほかない。女子教育の理念を、そうやってかたちにしたのだ。

しかし、金を出すということは口も出すということだろう。県令以下の庇護と管理のもとで、やっていくということではないか。

それは、何かちがう気がする。少なくとも、自分がめざす学校とはちがう。

だいたい、県令が金を出したからそれにならうという、高官たちの姿勢が気に入らない。鳥取女学校には大金を出しておきながら、自分の話はけんもほろろにあしらったのか、と思うと腹も立つ。

とはいえ、県の協力・支援なしに中学をつくるのはむずかしいことも、わかりつつあった。金はともかく、理解と協力は得なければならんなあ……と思う。

ふと気づくと、太蔵は見知らぬ通りを歩いていた。軒のひくい民家が建ち並んでいるが、その景色に見覚えがない。どこかで道をまちがえたようだ。

あたりはもう薄暗い。まったく、わしという奴は……と思ったとき、

「太蔵さん？　太蔵さんでしょう？」

という声がした。

つねだった。薄暮のなかだし、十年も会っていない相手ではあるが、太蔵はそれがつねだとすぐにわかった。年増ふうに髪をひっつめ、少しやせたように見えるものの、美しさは衰えていないようだ。

「つねさん、なしてこがなところで……。それにしても久しぶりじゃが……」

そこまでいったとき、以前定吉が、英和女学校の前でつねを見かけたと話していたのを思いだした。

もしや……と思って見ると、つねの背後の屋根に、ちいさな十字が乗っかっている。ほかの民家を二つ三つ合わせたほどの質素な建物で、外観からはそれと見えないが、たしかにここが英和女学校のようだ。

「事務と教員の補助に使ってもらっているんです。太蔵さんこそ、どうしてこんなところに？」

太蔵はこれまでのことを手短かに話し、鳥取女学校から宿へ向かう途中、道に迷ってしまったようだといって頭をかいた。

「そう、村長さんになって中学の設立運動を……。ずいぶん立派になられたこと」

「いや、村長はべつに立派でも何でもないです。じつは弟の定吉から、英和女学校の前であなたを見かけたという話を聞いとったが、やはりそうだったんですね」

「定吉さんは鳥取に？」

「師範学校に行っておったんじゃが、おととしの正月に、風邪がもとで亡くなりました」

「まあ……」

つねはおどろきの声を発したあと、しばらくうつむいていたが、

「ここでは何ですから、あたしの住まいへいらっしゃいません？　すぐこの裏の長屋ですわ」

と誘った。

いうなり、さっさときびすを返して、学校横の路地を入っていく。迷う暇さえありはしない。太蔵は

そのあとに従った。

学校裏の長屋は、女性宣教師や教員の住まいになっているという。畑もあり、大根や白菜が植わっていた。

「自分たちの食べるものは、畑でつくっています。生徒が、家からお米をもってきてくれることもあるんですよ」

つねがそういいながら、ランプに火を入れた。暗かった部屋がぼうっと明るくなる。

六畳ほどの室内には、布団と文机、それに小さな本棚と行李があるくらいで、女性の部屋という印象はうすい。

とはいえ、上がり込むのはためらわれる。上がりがまちに腰かけた太蔵に、もっとこちらへ、とつねはいうが、「いや、私はここで」と太蔵はことわった。

「そういえば、以前にお借りしたお金、まだ返せそうにないの。……すみません」

「いや、それはいいんじゃが、たかに便りのひとつもないのはどうしてです。福井家の方たちも心配しとられるでしょう」

つねはしばらく黙り、何事かためらっているようすだったが、「あたし、入信したんです」といって、首もとから十字のついた首飾りを取りだして見せた。

「耶蘇教に、ですか」

「ええ。もう五年になるかしら。この女学校をつくるときには、あたしもお手伝いしました。おかげで、質素ながらも満ちたりた暮らしを送っていますけど、たかや福井の者たちは理解してくれないでしょう」

「しかし、元気でいることくらいは……」

太蔵はそういったが、たしかにつねのいう通りかもしれないとも思った。教会もなく宣教師もいない県の中部では、鳥取以上にキリスト教への偏見がつよい。

くわえてこの一月、東京第一高等中学校の教員である内村鑑三が、天皇真筆の教育勅語に最敬礼しなかったという出来事があり、各新聞は「不敬事件」として書きたてた。内村がキリスト教徒だったことから、信者が不敬者あつかいされることもあるらしい。

「たかも福井も、あたしのことなども忘れているでしょう。それでいいんです」

「忘れるなんて、そんなわけないでしょう！」

太蔵はむきになって反論した。

「つねさん、耶蘇教などやめて、福井の家に戻ってください。福井に居づらいのなら、由良に来てもいい。住むところは、私がいくらでも探しますけん！」

つねは、ふふっ、と笑い、「二十年前に、その熱心さであたしをもらってくれたらよかったのに」といった。

「えっ……どういうことじゃろうか」

「太蔵さんがなかなかもらってくれないから、あたしは鳥取にお嫁に行くことにしたのよ」

「そんな……。わしはあのころ、まんだ十六かそこらじゃ」

思いがけないことをいわれて、太蔵はうろたえた。言葉づかいまでおかしくなる。つねが嫁ぐと聞いてショックをうけたのは自分のほうだったのだ、といい返したい気持ちが起こるが、いずれにしてもはるかな昔のことである。

冗談よ、とつねはまた笑った。

「太蔵さんがあんまり真剣にいうもんだから、ついからかってみたくなったの。太蔵さんが変わったように、あたしも、昔のあたしじゃないわ。だから福井には戻りません。ここには、信仰をともにする仲間がいるし、この女学校はすばらしい教育をしています。女学校のために働くのが、あたしの生きがいなんです」

十年前、女子師範学校の受験がうまくいかず——というより、鳥取県再置にともなっていっとき廃校になったからなのだが——途方にくれていたときに出会ったのが、キリスト教の演説会だったのだと、つねは語った。

「神の前に人は平等だという話を聞いて、救われた気がしたわ。あのころ、自由民権を説く人たちがたくさんいたけれど、やはり男の自由や男の権利しか求めていないんだと思いました。キリスト教の教えではね、男も女も平等なの」

鳥取に教会ができると通うようになり、親しい信者のすすめで入信した。生活費は、岡崎平内（へいない）という士族の家の女中仕事で得ていたが、英和女学校ができるのと同時に雇ってもらったのだという。

「太蔵さんからお借りしたお金、半分は残していたんですけど、女学校をつくるときに寄付してしまったの。ごめんなさいね」

「いや、私は耶蘇教のことはよくわからんが、つねさんがいまの暮らしに満足しているなら、もう何もいいません。私も中学をつくるために苦労しているから、寄付をされた気持ちもよくわかります」

「中学の見通しはどうなんですか」

こんどは、つねのほうが訊いてきた。県の理解が得られなくて、鳥取での活動が行きづまっていることを、太蔵は話した。

「そう……。学校をつくるのは大変ですものね」

「つねさん、先ほど、岡崎平内の屋敷で働いていたといわれたが……」

「ええ、共立社におられたころ、嫁ぎ先によくお見えになって、かわいがってくださったので、その縁で使ってもらっていたんです」

「その岡崎さんに、紹介してもらえんじゃろうか」

岡崎平内は、上級士族で共立社の社員だった。自由民権運動に参加し、鳥取県再置運動では、愛護会の先頭に立って政府にはたらきかけた人物である。

鳥取県議会がひらかれると初代の議長になり、市制がしかれると初代鳥取市長になり、さらに昨年の第一回衆議院選挙に出て、当選していた。業績といい、人望といい、鳥取ではまず右に出る者がいないだろう。

その人の協力が得られれば、と思ったのだが、

「おことわりします」

さらりといわれてしまった。

「お金もお返ししないで、失礼なことをいうようですけど……あたしたちの道は、もう分かれてしまっ

たんです。あたしなどあてにせず、太蔵さんが、ご自分で会いに行かれたらいいでしょう。いま地図と所番地を書きますから」

「そう……たしかにそうじゃな……」

「国会に出てからは、東京におられることが多いようですから、あらかじめ文を出して、問い合わせたほうがいいと思います」

つねは文机に向かうと、さらさらと筆を走らせた。

カランカランと鐘の音が響き、「夕方の礼拝の時間だわ」とつねがいう。もう立ち去らねばならない。

「すまんが、ついでに若桜(わかさ)街道までの道を教えてもらえんかな。宿は街道ぞいだったはずなんじゃや」

「まあ、ずいぶん方向ちがいなところまで来られたのね。でも、そのおかげで太蔵さんに会えたんだから、迷ったことに感謝しなくちゃ」

つねは笑いながら表に出て、街道までの道順を示してくれた。すっかり暗くなった道に、煮炊きの匂いが流れている。

太蔵はつねに一礼すると、家々からもれるランプの灯を頼りに歩きはじめた。


岡崎平内に会えたのは、年があけた明治二十五年の三月だった。

このとき、岡崎はもう国会議員ではなかった。暮れもおしつまったころに衆議院が解散され、この二月におこなわれた第二回の選挙に、岡崎は出なかったのである。太蔵より八つ年上の四十五歳だが、痩(そう)身(しん)で目つきがするどく、たくわえた顎(あご)ひげにも威厳が感じられる。

「育英会か——。由良に私立中学をつくろうというわけですな」

「はい、この地方発展のためには、人を育てるしかありません。人こそが、国や地方の屋台骨です」

太蔵は、育英会の主旨について、ひとしきり熱弁をふるった。うなずきもせず黙って聞いている岡崎の、どこか猛禽類を思わせる目を前にして、ひるみそうになる自分を懸命にはげます。

子どものころの気弱さが、まだどこかに残っていることを知るのは、こんなときだ。まったく、収をとやかくいえないなと思う。

「けっこうではないですか。官に頼らず、おもねらず、理想の教育をおこなう。その志を買いましょう。およばずながら協力させてもらいますよ」

「ほんとうですか。助かります」

太蔵は手をついて礼をいった。ほっとしたとたんに喉の渇きをおぼえ、出されていた茶をがぶ飲みした。熱い！

そのようすを見た岡崎が、口もとをほころばせた。するどかった目が柔和になる。

「じつは、福井つねさんからも便りをもらいましたよ。力添えをお願いします、とあった。豊田さんは、つねさんといとこ同士だそうですな」

「はい、子ども時分は一緒に遊んだ仲です」

つねが口ぞえしてくれたのか——。道が分かれたのだから、あてにするなといっていたのに——。

「つねさんは、明るく自立心のある女性で、私は好ましく感じていました。婚家とうまくいかなかったのは気の毒でしたが、いまは充実した暮らしを送っているようで、まあ何よりです」

「英和女学校のために働くのが生きがいだと、私にもいっていました」

「いとこだからかもしれないが、つねさんとあなたは、どこか似たところがありますな」

「えっ、そうでしょうか。顔かたちはまるでちがうと思いますが……」

「顔かたちではありませんよ。つよい信念をもち、その信念のために、あえて困難な道を行こうとする。そういうところが似ているんじゃないですか？」

「はあ……」

考えてみたこともないことをいわれたので、太蔵の口からはそんな声しか出なかった。

岡崎は、自分も国のために働きたいと思って国政に出たが、議会が政争の場になっている現実を見て、すっかり幻滅したのだといった。

「それで、このたびは出馬されなかったんですね」

「ああ、国会はもういいよ。これからは、郷土のためにはたらこうと思います」

岡崎は、国会についてそれ以上話さなかったが、政府が選挙で選ばれた政党を無視して事をすすめ、それがうまくいかないと見るや、わずか一年で衆議院を解散してしまったことは、太蔵も新聞で知っている。第二回の選挙では、政府系の立候補者を当選させるべく、露骨な介入があったという記事も読んだ。

自由民権運動にかかわっていた岡崎が幻滅するのも、無理からぬことかもしれない。中部地区から当選した山瀬幸人も、一期かぎりでやめていた。

始まったばかりの国会がそんな具合でいいのか、という思いはあるが、元議員を前に口はばったいことはいえない。それに、岡崎が鳥取の地で活躍してくれることへの期待もあった。

岡崎平内の助力のおかげで、その年、鳥取での育英会会員は百名ちかくに達した。出資額も、二百株・千円を超えた。これまで耳をかたむけてくれなかった県議会の議長や副議長、県庁の官吏などが、一株、二株、ときには三株と、名前とともに書きつけてくれた。

そうなると市中へも広がりがあり、学校関係者や医者、事業者なども会員になってくれる。さすがに鳥取じゃ、教育への意識がたかい――。

一年前とはまるで逆のことを思いながら、鳥取に出向くたび、太蔵は夢中になって駆けまわった。そのぶん、どうしても地元の同志たちとかかわる機会が減る。村長としての仕事も怠るわけにいかないから、「育英会の会合はいつあるんじゃ」と訊かれても、もう少し待ってくれ、ということが多くなった。

少なからぬ不満の声も耳に届いたが、太蔵はその声に応えられないほど多忙だった。

のちに、そのツケがまわってくることになるのだが――。

明治二十六年十月中旬、鳥取県を大暴風雨がおそった。

〈台風〉という言葉はまだない時代であるが、あるいは季節はずれの、しかもかなり強力なそれだったのかもしれない。県内の死者・行方不明者は、合わせて三百人を超したという記録が残っている。

暴風雨は丸二日間荒れくるった。由良村でも屋根瓦が飛び、木々が倒れたが、なんといっても大変だったのは、由良川の氾濫だった。

ふだんは穏やかな流れが、みるみる水かさを増し、家々や田畑を呑みこんだ。

人々は家財道具を持ちだす余裕もなく、山がわの高地へと避難した。それもできなかった人たちは、自宅の屋根に上がって身を寄せ合い、嵐が過ぎるのを待つしかない。

救けをもとめる声、泣き叫ぶ声——風雨にまじって届くそうした声を聞きながら、太蔵は救助の指揮をとった。

たかと子どもたち、それに母は、早めに高台へ避難させたが、逃げ遅れた村民たちが、濁流のなかを歩いてくる。

役場の吏員や若い衆が、縄を手にかれらを助けに行った。縄で身体をしばっておかないと、年寄りや女は流されてしまいそうなほど、濁流の力はつよい。提灯をともすこともできないため、夜になると、もはやなすすべがなかった。

ようやく風雨がおさまってみると、由良川ぞいの一帯は水につかり、どこが川やら道やらわからないありさまだった。由良川に架かっていた橋も、すべて流された。

由良村の死者二名、浸水家屋約三百戸、田畑の被害、全滅——と記されている。

それからの一年ちかく、太蔵の頭と身体は災害復旧で占められていた。

みなで助け合って壊れた家をなおし、道路を修復し、田畑の改善につとめた。

豊田家も床上まで水につかり、畳や家財道具が泥にまみれてしまったが、太蔵が村の仕事にかかりきりなので、家の片づけや修復をしたのは、たかと子どもたちだった。刈り入れのすまない田んぼが全滅したため、地主としての収入も激減したが、農民たちはもっと大変である。商売人たちも、売りものが流されて大打撃をうけている。

　太蔵にとってひとつ良いことがあったとすれば、十二歳になった収が、この水害を通してずいぶんたくましくなったことかもしれない。

「家のことは、ぼくに任せておいてください。ぼくは豊田の長男だけえ」

　そういって、畳干しや屋根の修繕などを率先してやってくれた。

　また、母の千賀を心配して鳥取から帰ってきた竹歳万治が、豊田家を訪れたさいには、万治から中学の話を聞き、あこがれを抱いたようである。

「自分も中学にすすみたいと、だから勉強に身を入れんとだめだと、そんなことをいっていましたよ」

　たかが、三女のむめに乳をふくませながら教えてくれた。水害の前年に生まれた娘である。長女の嘉女は十七になり、嫁ぎ先を探さねばと思うが、このたびのことでそんな余裕もない。

　たかは、ひと月ほどたってから、むめをつれて倉吉の福井家へ出かけていった。天神（てんじん）川やその支流が氾濫した倉吉でも、大きな被害が出たと聞いていたからだった。

　たかの父が三年前に亡くなり、福井家の戸主は兄の覚造に移っている。家は大きな川から離れた地区にあるとはいえ、太蔵も気になっていた。

「どうだった。だいぶひどかったんじゃないか」

　十日ほどして帰ってきたたかに訊くと、

「裏山が少し崩れて、母屋と離れに泥が入り込んだそうです。それも、わたしが行ったときにはもう片づけられていましたけど」

ということだった。

これまでは、実家に行くといってもせいぜい二日か三日だったのに、十日も帰ってこないので心配していたのだが、所有する田畑も、水に浸かったところは少ないという。

「そうかい。大したことがなくてよかったよ」

「ええ……」

「みなさん、元気だったかい」

「え、ええ……」

「道中のようすはどうだった」

「無残なものでした」

「そうか……」

被害は広範でかつ深刻であり、みなで力を合わせるといっても限界がある。もとに戻るにはまだまだ時間がかかりそうだし、その目途（めど）も立っていない。

それでも、育英会のことはいつも頭のどこかにあった。復旧のための相談や陳情に県庁を訪ねるたび、時間を見つけては、育英会の話をしてまわった。

鳥取でもかなりの被害が出たと聞き、暮れが押しつまったころ、つねのいる英和女学校へも行ってみた。身も心も疲れており、つねの顔を見たいという気持ちも、どこかにあったかもしれない。

　いちばん日のみじかい時季とあって、前回同様、あたりはもう薄暗い。長屋を訪ねるのも気が引けて、太蔵は学校の前をウロウロしていたが、ちょうど教員らしき女性が出てきたので、声をかけてみた。

「あいすみません、福井つねさんという方を訪ねて来たんですが」

「福井さん……」

「こちらにおられるでしょう」

「ええ……ええと……」

　口ごもっているところをみると、つねとは、ふだん接触がないのかもしれない。さてどうしようと思っていると、太蔵さん……というつねの声が聞こえた。

「ああ、おりました。ありがとうございます」　頭を下げると、女性は一礼して去って行った。

　もう顔も定かに見えないほど黄昏が濃くなっているが、つねの立つ場所だけほんのり明るんで見えるのは、校舎からもれるランプの灯りのせいなのか、会えたことへの安堵感からなのか——。

「無事でよかった」

　太蔵が近づこうとすると、こちらへは来ないで、というふうにつねが手で制す。

「なしてですか。心配して訪ねて来たというのに」

　二年前に会ったときは長屋にまで招じ入れてくれたのに、と思うと、太蔵にはその変化が解せない。道は分かれてしまったのだから、もう訪ねてくるなということなのだろうか。

　それならそれでしかたがないが——。

「そうだ、先には岡崎さんに口ぞえしてもらって助かりました。おかげで事がすすんじょります」

太蔵がそういうと、つねの顔に笑みが浮かんだように見えた。しかし暗がりの中なので、それも定かではない。

カランカラン——と鐘が鳴った。礼拝の時間らしい。

遅れてはいけないと思うのか、つねの姿は校舎に吸い込まれるようにして消えてしまった。

なしてじゃ。なして口をきいてくれんのだ。

たとえ道が分かれても、どこかでつながっていられるはずだと思っていただけに、太蔵の胸中に一抹(まつ)の寂しさがよぎる。

同時に腹立たしくもあった。もう訪ねたりはすまいと思った。

七　東京へ

水害から一年後の明治二十七年十月、政府への陳情団の一員として、太蔵は上京することになった。復旧は徐々にすすんでいるものの、流された橋の架け替えや河川の補修などは、村だけではできかねた。被害の大きかった市町村長がまとまって、復旧事業の補助を要請することになったのである。

県庁にあつまった十五人ばかりは、中国山脈を越えて神戸へ出た。そこからは鉄道の旅である。駕籠や人力車を使っても、神戸に出るまで三日要したのに、神戸から東京までは二十時間しかかからない。もうもうとした黒煙や汽笛のうるささに閉口しつつも、太蔵はそのスピードにおどろかざるを得なかった。

東京に着くと、もっとおどろいた。

宿舎から近い銀座というところには、レンガや石づくりの洋館がならび、ガス灯のおかげで夜でも明るい。レールの上を箱型の馬車が走り、人力車が駆け、おおぜいの人が行き来して、まるで縁日のようなにぎやかさだ。

むかし、伊作が横浜の様子を教えてくれたことがあったが、まったく異国にまぎれ込んだような気がする。

すべてが動いている。どこもかしこも普請(ふしん)中だ。

地方との、思い描いていた以上の差を目の当たりにして、太蔵は衝撃をうけた。

東京とくらべると、わが郷土は、残念ながら時が止まっているのも同然だ。大志をいだく青年は、この都会に出て来ざるを得ないだろう。

そう思いながら、官庁へ向かった。


「清国との戦争中であるによって、財政的には厳しいところがあるが、できるかぎりのことは考える」

内務省、大蔵省などをまわって、そのような回答をもらった。満額とはいかなくとも、補助はするということだろう。無駄足にならなかったことに、一同はほっとした。

陳情団の団長である県知事は、赴任してきたばかりの野村政明である。

かつての「県令」から「県知事」へ、呼称は変わったが、県のトップが中央政府から派遣される点は同じである。中央の意向を押しつけてくるという悪面のいっぽうで、こうした陳情のさいには、やはり顔がきく。

その晩は、宿舎で酒宴がもたれた。

野村政明は薩摩の出身で、西郷隆盛とともに、西南戦争を戦った人物である。

「生き残るつもりはありもはんじゃったが、残ったからには、世のため、人のために尽くさにゃならんとですたい。ばってん、それが南洲先生に報いることですけん」

酒が好きらしく、酔うとお国なまり丸出しでそんなことをいった。

南洲先生——なつかしい響きだと、太蔵は思った。西郷隆盛は賊軍とされていたが、憲法発布と同時に名誉回復がなされ、いまでは上野の森に銅像が建っていると聞く。

「おはんらも気張られよ。陳情が終わったばってん、わしは従道先生のお屋敷ば伺おうと思うちょる。従道先生は海軍大将じゃけん、今は留守やが、ばってん、清子夫人にお会いするのもひさしぶりたい」

ばってん、ばってん、ばってん、がおかしいのか、忍び笑いをもらす者もいるが、太蔵はそばに寄って酒を注ぎつつ、

「私も同行させてもらえんでしょうか」

といってみた。

「おはんはだれやったかな」

「豊田太蔵です。由良村長をしております」

「豊田くんか。由良村も大変やったなあ。よかよ。鳥取に来たのも何かの縁たい。先生の側近に紹介しよう」

酔うと陽気になるたちらしく、野村知事は簡単に承知してくれた。

隆盛の弟の西郷従道は、兄が下野した際にも政府にのこり、薩摩閥の重鎮として君臨している。いまは海軍大将であるが、文部卿や内務大臣など政府の要職を歴任していた。

本人が留守でも、側近につないでおいてもらえれば、のちのち中学認可を申請するさいに有利かもしれない……というのは、太蔵の心の声である。

――しかし、本気で清国と戦をするとは思わなんだが。

――わが連合艦隊は北洋艦隊をやぶったんじゃから、大したものだがな。新聞は、連戦連勝だと大騒ぎ

しておるしな。

――清国も、案外大したことない国だったということか。このままいけば、日本は勝つんじゃなかろうかね。

酒宴のざわめきのなかから、そんな声が聞こえてきた。太蔵は酒を飲まず、もっぱら食い気専門なので、人の話はよく聞こえる。

清との戦争がはじまったのは、三ヶ月ほど前だった。

大国の、しかも多くの文物を輸入してきた隣国との戦争には、国民の多くがおどろきをおぼえたが、日本軍の快進撃がつづくと一転わき立った。新聞は戦争報道一色だし、男の子は戦争ごっこに興じている。

先月、大本営（陸海軍の最高指揮機関）が広島に移され、天皇も移動した。西郷従道が東京にいないのもそのためである。

ほんの十五年ばかり前までは、国内で戦をしていたのだが――と太蔵は思う。その変化が頼もしくもあり、恐ろしいようでもある。

勝てば、西欧は日本を一等国とみとめてくれるだろうか、と思ったとき、ラフカディオ・ハーンの「わるいことを学んではいけません」という言葉がよみがえった。

しかしその言葉は、酒宴の喧騒にまぎれて、すぐに太蔵の脳裏から消えた。

翌日、西郷従道の屋敷がある目黒へ向かった。

もともと、太蔵は半月ばかり東京に滞在し、県出身者をまわって育英会の話をする予定でいた。岡崎平内をつうじて、旧藩主・池田家幹部との面会もとりつけてある。陳情が思いのほか早く終わったので、多少の余裕があった。

西郷邸は、木立ちに囲まれた白亜の洋館だった。銀座や官庁街で、洋風の建物はさんざん目にしたが、それらと比べても目のさめるような鮮やかさである。

野村知事が夫人と会っているあいだ、太蔵は別室で三人の側近と面談した。

女中さんが、取っ手つきの茶碗に入った飲みものを置いていく。紅茶というものらしい。苦みに顔をしかめると、「こん砂糖ば入れて飲みんしゃい」と教えられた。

「従道先生は兄上のことを、ほんのごつ慕って、尊敬しておられた。十六も離れた兄弟じゃもんで、大西郷先生は親のような存在でしたろう」

ひとりがそういった。〈大西郷〉とは隆盛のことで、従道は〈小西郷〉と呼ばれることがあった。

十六ちがいといえば、自分と定吉もそうだったと太蔵は思う。弟を失ったことが、いまさらのように悲しかった。

隆盛とともに明治政府に参画した従道は、明治六年、兄とともに下野しようとしたが、それを止めたのは兄自身だった。おまえは政府に残って、これからの日本のために働け、といわれたという。兄によく似た、豪放磊落な人柄らしい。

「なんしろ、ほんとうは隆興ちゅう名なんじゃが、太政官に出仕するさい〈リュウコウ〉といわれたのを、係が〈ジュウドウ〉と聞きまちがえて〈従道〉になってしまった。先生は、よかよか、と笑ってすまされたそうじゃからなあ」

　太蔵は初めて聞いたが、三人は以前から知っていただろう。それでもやはりおかしいのか、ガハハ……と声を合わせて笑うので、太蔵もガハハ……と笑った。

「おはんの風貌は、なにやら薩摩人と似たところがあるのう」

　いわれて、「私は根っからの鳥取者ですけえ」と答えたが、そのことが親しみを感じさせたようだ。三人はいずれも太蔵と年がちかく、聞けばうち二人は「私学校」の生徒だったという。

「水垣当斎という先生が、私学校におられたはずですが、知られんでしょうか」

　太蔵は、もしやと思って訊いてみた。多くの教員・生徒がいたはずだから、無駄だと思ったのだが、

「水垣当斎……その人なら、何年か前までこの屋敷におられたです。庭番をしたり、子どもに勉強を教えたりして、従道先生も信頼しておられたはずやが」

　と聞いてびっくりした。

　生きていたのだ。しかも、隆盛の弟の屋敷にいたとは――。教えてくれたのは、三人のなかで一番年かさらしい男である。

「ほんとうですか！　それで、いまはどこにおられるんでしょうか」

「大西郷先生の名誉回復を熱心に訴えておられたが、それが成ったあと、屋敷を去られたようですな。四谷鮫ヶ橋（さめがはし）の細民街におられると聞いたことはありますばってん、さあ今はどうやろうか」

「四谷鮫ヶ橋……とはどのあたりでしょうか」

「赤坂にある、もとの紀州藩江戸屋敷の近くやが、食うや食わずの貧民が寄り集まっておるところです

たい」

当斎はもう六十が近いはずである。高齢といっていい。それが、そんなところで何をしているのだろう。身体は大丈夫なのだろうか。

どうにも解せなかったが、野村知事が部屋に入ってきたので、話はそこで打ち切りになった。


西郷邸を辞した午後、太蔵は俥をたのんで四谷鮫ヶ橋へ行ってみた。

紀州藩の江戸屋敷は、いっとき天皇の仮御所が置かれたところでもあり、なるほど高台には立派な家が並んでいるが、その崖下の一帯には、壊れかかった家屋や長屋が密集していた。

当時の東京には、〈貧民窟〉と呼ばれる地域が三ヶ所あった。四谷鮫ヶ橋は、そのうちでもっとも大きく、千四百戸ちかくが住んでいた。

住民の多くは、地方から東京に流れ込んできた人たちである。人力俥夫(しゃふ)や左官の手伝いなどを生業(なりわい)としているが、日銭(ひぜに)稼ぎゆえに〈貧民殺すにゃ手間暇いらぬ、雨の十日も降ればよい〉を地でいくような暮らしだった。

狭い路地に汚水が流れ、ボロをまとった子どもや犬が走りまわっている。悪臭もひどい。

洗いものをしている女や、仕事にあぶれてぶらぶらしている男などに、太蔵は当斎のことを訊いてまわった。

「当斎先生なら、その路地のいちばん奥だよ」

小一時間ほどののち、赤子をおぶった若い女が教えてくれた。

先生？　ここでも〈先生〉と呼ばれているのか？　と太蔵は思う。

長屋に寄りかかるようにして建つあばら家に、「三銭学校　水垣当斎」と看板がかかっていた。たしかにここらしい。なかから子どもたちの声が聞こえる。

声をかけて戸をあけると、当斎はそれがだれだかわからなかったようだが、しばらくして、「ああ……」と気の抜けたような声を出した。

太蔵も、一瞬ちがう人かと思った。なにしろ、最後に会ってから二十年である。髪はすっかり白くなり、皺だらけの顔にやせた身体がくっついていた。

「しばらく自学していなさい」

当斎は子どもらにそういい置いて、杖をつきながら外に出てきた。右脚を引きずるようにしている。

「いや、おどろいたな。どうしてここがわかった」

「西郷従道さまの屋敷で聞きました。生きておられて喜びました」

「ほう、あん人（ひと）の屋敷へ行ったのか」

二人は、つみ重ねられたレンガの上に腰を下ろした。幸い天気がよく、この低地にも、高台と平等に秋の日が降りそそいでいる。

太蔵はまず、自分のこれまでを話した。当斎から見せられた「学制発布の辞」が、中学設立運動の根底にあること、西郷隆盛の「克己（こっき）」に励まされてきたことも語った。

「そうか――。その熱情は尊いな」

言葉とは裏腹に、当斎の声には熱がこもっていない。

せっかく探しあてたのに、再会を喜ぶようすもないことに拍子抜けしたが、そういえば昔もこんな人だったかもしれない、と太蔵は思う。世間から、一歩も二歩も引いているようなところがあった。それが突然、南洲先生をお援けしたいと鹿児島へ行ったので、おどろいたのだ。

「先生は、なぜ従道さまの屋敷を去られたんですか」

「南洲先生の名誉が回復された。政府の者らが、そのほうが都合がいいからそうしたまでだが、それでもいい。俺のなすべきことは終わった。いや、結局なにもできなかったということだがな」

当斎は、西南戦争には加わらなかったが、最後に鹿児島が戦場になったとき、隆盛らを逃がそうとして銃を手にした。そのときの戦闘で右腿(もも)を撃たれ、一時は人事不省(ふせい)におちいったものの、なんとか命をつないだ。その後、私学校の生徒らとともに上京したのだという。

「南洲先生は、戦をするつもりなどなかった。たしかに、薩摩は政府に従順ではなかったが、焚(た)きつけたのは政府のほうだ」

「しかし、盟主でした」

「はじまってしまったからには責任をとる、そういうお方だった」

「それにしても、先生はどうしてこんなところに――」

「ここの子どもらは学校に行けない。すぐそこに陸軍士官学校があってな、そこから出る残飯を買って、食いつないでいるような親たちだ。月に二十銭もかかる小学校へやる者などおらん。だから、月三銭で読み書きを教えている。それも払えんという者からはもらわん。病人が出れば診てやることもある。薬などないゆえ、まあ、気休めのようなもんだがな……。子どもはよく死ぬな。虫けらみたいに死ぬ」

「………」

「こんなところとおまえはいうが、俺はここが気に入っている。性（しょう）に合うんだ。残りの人生は、この掃（は）きだめで終えるつもりだ」

「そうですか……」

太蔵はそれしかいえなかった。強がりや負け惜しみなどではなく、それが本心だと感じたからである。

当斎が由良にいたころ、診療代がわりに食いものをもらっていたことを思いだした。

この人は変わっていない。たぶん、何ひとつ変わっていないのだ。

「せんせー」

あばら家から顔を出して、七つくらいの男の子が当斎を呼んだ。垢で顔が黒く光っている。そろそろ自学に飽きてきたのだろう。

「おお、いま行く。待っておれ」

当斎は腰をあげ、「あの子らにも将来はある。崖の上に住む子どもらと同じようにな」といった。

「はい」

「もう会うことはない。おまえは、おまえの熱情に従ってすすめ」

そういい残し、右脚を引きずりながら、当斎はあばら家へ入っていった。戸を閉める前に太蔵のほうを見て、「由良はいいところだったな、おまえとも会えたしな」といって笑った。

太蔵は胸の奥がじんと熱くなって、少しのあいだそこに立っていた。低地はすでに日が陰り、夕暮れの気配がちかづいている。

——今日は豊作だよー！　白米の焦げに煮しめ、タクアン、芋の入ったみそ汁もあるよー。さあ、早い者勝ちだー！

路地の向こうから聞こえてくるのは、当斎がいっていた残飯売りの声だろう。

——アラ、今日はたくさんあるようだよ。

——早くしないと上物（じょうもの）がなくなっちまう。

小桶や丼を手にした女たちが、声のするほうへ駆けていく。その女たちと一緒に、太蔵は路地を抜けた。

翌日からは、県出身者をまわりはじめた。

政府の官吏（り）、学者、事業成功者——かれらは、功なり名をとげているぶん、郷土への思いがつよかった。

郷土に恩義を感じている人も多く、自分が育ててもらったように、これからの若者を育てたいという思いから、育英会に賛同し会員になってくれる。「県に金がないというのなら、私ら有志で金を出し合って、ぜひ私立中学をつくりましょう！」と、太蔵以上に熱弁をふるう人もいた。

太蔵が思うに、政府の中心は薩長閥が占めているとはいえ、そのまわりには地方出身者が大勢おり、かれらは、自分の同郷者がふえることを望んでいるのだろう。〈身内〉をふやしたいという気持ちがあるのかもしれない。

そういうこともあってか、東京での活動は、思った以上に反響があった。温かい励ましに、太蔵は感激した。十日ほどで、三十人を超す人たちが会員になってくれた。

先に書いた奥田義人が会員になったのも、おそらくこのときだろう。

訪ねた人たちの仕事場や自宅は、おおむね立派だった。当斎がいる貧民街とは雲泥の差だ。

当斎にはいえなかったが、あそこに住む子どもたちに読み書きを教えたところで、貧しい暮らしから抜けだせるとは、太蔵には思えなかった。ましてや、社会の上層部に加わることなどありえないだろう。

当斎がなぜあんなところに骨をうずめようとするのか、正直、そのときの太蔵には理解できなかった。


十一月のはじめ、向島というところにある池田侯爵家の屋敷を訪れた。

元藩主・池田慶徳は、廃藩置県後に侯爵となったが、明治十年に没した。あとを継いだ息子の輝知も明治二十三年に亡くなり、いまは輝知のいとこの池田仲博が、十四代目の当主となっている。

仲博はこのときまだ十八歳で、学習院に通っていた。

向島は大川（隅田川）にちかく、江戸時代には徳川将軍の別邸があったと伝えられている。前時代のおもかげを色濃くのこす一画に、屋敷はあった。

内務省や文部省に勤める三人が同行してくれた。いずれも県出身者で、育英会に賛同してくれた人たちである。

「なにより必要なのは資金でしょう。あなたの話を聞いて、われわれは、さっそく池田家の顧問役に申し入れをしておきました。感触はよかったですよ。旧時代には藩校・尚徳館をつくるなど、教育熱心な家柄ですからな、すくなくとも半額は出してくれるでしょう」

道々、同行のひとりがそういった。

「半額といえば一万円ですが、そんなに援助してもらえるものでしょうか」

太蔵は、なかばおどろきつつ訊いたが、

「なに、池田侯爵さまにとっては、一万円などさしたる金額ではありませんよ。東京府内のあちこちに所有地があるし、宮城（きゅうじょう）（皇居）の近くにあった江戸屋敷を政府にゆずった際にも、かなりの見返りを受けているはずですからね」

と、もうひとりが口をそえた。

「……なるほど」

と答えてみたものの、やはり半信半疑である。これまでは、一口五円の出資を必死に集めてまわっていたのだ。

ところが、それはほんとうだった。

太蔵も、額に脂汗がにじむほど懸命に話したが、岡崎平内の手紙や、同行してくれた三人の口ぞえが功を奏したのだろう、

「学校設立事業が実行にうつされるあかつきには、費用の半額以上を出資することを約束いたそう」

と、老年の顧問がいってくれたのである。慶徳のころから、屋敷のあれこれを取りしきっている人物だという。

「ほ、ほんとうですか。しかし、ご当主さまは――」

「仲博さまのお耳にも入れております。自分は鳥取を知らないが、当家が世話になったところであり、

その青年を育成する事業ならば、協力しないわけにはいかないと、こうおっしゃっていました」

「ありがとうございます！　痛み入ります！」

太蔵は、畳に額をすりつけんばかりして礼をのべた。

「今宵は激励するように、と仰せつかっておりますので、別室に酒肴の用意をととのえています。仲博さまも、まもなくお戻りになるでしょう」

そこまでしてもらえるとは――。


その晩は、ふだん飲まない酒もすこし口にした。焼き魚、松茸の吸い物、蕪のあんかけなどの馳走がならび、そのどれもが、田舎では味わえないような洗練されたものである。

「あなたが豊田さんですか」

若い当主は、ととのった顔だちに笑みを浮かべてそういった。最後の将軍となった徳川慶喜の五男である。先代当主・輝知の娘と結婚して、池田家を継いだ。

「東京には私立学校がいくつもありますが、みな創立者の深い思いが生かされています。あなたがつくられる中学も、ぜひそうであってほしいと願っています」

「はい、必ず……必ずご期待にお応えします」

太蔵は胸がつまってしまって、ようやくそれだけをいった。

上京する前は、こんなことが起ころうなど、よもや夢にも思わなかった。

東京で同志が得られただけでもうれしいのに、池田家から大金を出資してもらう約束ができ、あまつさえ当主じきじきの励ましをもらえるとは――。

　頭がくらくらするようだった。かなり肉付きがよくなった身ではあるが、いまなら帝都の空を飛べる気さえする。


　その高揚感は、帰りの汽車のなかでも、神戸からの山越えの道中でもつづいていた。

　東京滞在は、けっきょくひと月近くにおよんだが、それだけの、いやそれ以上の成果があった。

　この報告をしたら、鳥取でも由良でも、同志たちは大喜びだろう。育英会は、財団法人として正式に名乗りをあげ、県に対して中学設立の申請をおこなう日もちかいだろう。なにしろ、元藩主・池田侯爵家のお墨付きをもらったのだ。

　順風に帆をはる――とは、いまの太蔵のためにあるような言葉だった。

　鳥取に着くと、県庁で会員たちが出迎えてくれた。東京から報せが届いていたようで、みな一様に喜び、労をねぎらってくれる。

　さらには、自分の出資額をふやそうという者、新たに会員になりたいという者なども現れた。

　岡崎平内の屋敷へ礼にあがると、

「たしかに、東京在住者のほうが期待が大きいかもしれないな。かれらは、優秀な若者が東京に来てくれるのを望んでいるだろう。それにしても、池田家をくどき落とすとは大したものじゃないか」

　といって相好をくずした。

　必ずしも太蔵がくどき落としたわけではないが、そういわれてわるい気はしない。

その晩は県庁の吏員たちと飯屋へ行き、鍋をつつきながら気炎をあげた。

ところが――。

由良へ帰ってみると、なんだか様子がちがう。

出迎えがないばかりか、役場の吏員たちの態度も素っ気ない。「お疲れさまでした」の言葉もなければ、「どうでしたか」と訊く者もいない。

報告のために会を開いても、集まった育英会員はごくわずかだった。

いったいどういうことなんじゃ？

その場に来ていた松井新吉と竹歳元太に、太蔵は訊いてみた。松井新吉は古くからの協力者だし、竹歳元太は、妹・しなの夫である。

「留守中に、八橋の郡長と仲間が、太蔵さんの悪口をふれてまわったんですじゃ」

人のいい松井新吉が、いいにくそうに答えた。

「悪口……どんな悪口ですか」

「わしも直接聞いてはおらんが、ほかの村長は、じきに東京から帰ってきたのに、由良村長は私益のために村を留守にしている。災害復旧などよそ事で、私立中学設立っちゅう私欲のために動きまわっとる。村長としてあるまじきことだ、とまあ、こがな調子らしいですわ」

「たしかに、予定より長引いてしまったが、しかし育英会の活動をしてくることは、村議会でも了承してもらっておったんですよ」

「それはそうなんじゃが……」

「それに、なんで郡長が私の妨害をするんじゃろうか」

「さてなあ……」

「じつは、不満は以前からあったんです」

こんどは、竹歳元太が口をひらいた。

「二、三年前から、鳥取での活動を活発化させたでしょう。地元をないがしろにしているといって、怒っている会員がけっこういたんですよ」

いわれて、太蔵ははっとした。水害が起こる以前だが、会員の声に耳を傾ける暇さえなく走りまわっていたのはたしかだ。

「し、しかし、鳥取のおかげで会員は二倍になったし、東京でも望外の成果をあげることができた。中学設立が、目に見えるところまで来たんじゃないか」

「そのとおりです。しかし、かれらはそう思っていないようです。太蔵さんは鳥取の奴らにいいように使われている、中学も鳥取につくるつもりじゃないか、と、そんなことをいう者もいます」

「ばかな。中学は由良につくると、育英会規則にもちゃんと書いてある！」

太蔵は語気をつよめたが、味方である二人に反論してみたところでどうしようもない。いうべき相手は、姿を見せない会員たちなのだ。

しかしその後も、かれらと話すことはできなかった。道で会っても避けられてしまったり、家を訪ねても応対してもらえない。

肝心の足もとが見えていなかったことを後悔したが、変わってしまった空気はどうにもならなかった。

わるいときには、わるいことが重なるものなのだろうか。

年があけた明治二十八年の二月、水害復旧の補助金は出せない旨の政府通達があったと、県庁から連絡が来た。清国との戦費がかさんだこと、ほかにも災害をうけた県があり、鳥取県を特別扱いできないことなどが、その理由だという。

日清間の戦争は日本軍優位にすすみ、清国の降伏も間近いと、新聞は書いている。

八ヶ月あまりにわたる、それも初の対外戦争だから、多大な戦費がかかったのはたしかだろう。それで日本が勝利するなら、喜ぶべきことだ、と太蔵は思う。

しかし——がっくりきた。いや、途方に暮れた。

補助金をあてにしていた、橋の架け替えや由良川の補修工事は、めどが立たなくなってしまったのだ。

村議会での追及もきびしかった。

復旧工事をどうするのか、ということだけでなく、村長が一ヶ月ちかくも村をあけたことも非難の的になった。

以前は太蔵に協力的だった議員たちが、手のひらを返したように攻撃する。議員の多くは、育英会の会員だった人たちである。

それがつらい。

そんな折も折、倉吉に県立中学をつくる運動がすすんでいるという話を、太蔵は聞いた。

教えてくれたのは国枝甲介である。

「踏みつぶされた蛙のような顔をしているな」

家に訪ねてくるなり、国枝はそういった。あいかわらず、いうことが辛らつだ。

「まあ、無理もないか――。つぶされた蛙に小便をかけるような話かもしれんが、八橋の郡長たちが、県立中学設置の必要をうったえて活動している。おまえの私立中学構想は、かれらにとっては邪魔だろうな」

あ、と太蔵は思った。留守中、郡長の仲間が悪口をふれてまわっていたというのは、そういう理由からだったのか――。

三年前、中学校令が一部改正されて、公費を支出する中学を一校にかぎらなくてもよくなった。米子でも、中学復活の運動が起きていると聞く。

「育英会の会員だった者たちも、そっちに寝返ったということじゃろうか」

「まあ、県立中学のほうがいいだろうからなあ。おまえも、由良や私立学校に固執せず、そっちと一緒にやったらどうだ」

「国枝さん、私の中学設立は、昨日今日思いついたものではないですけえ。伊作さんとの約束からかぞえれば十年、育英会規則をつくってからでも七年になります。その志を曲げることは、できん。私立学校でないといけんのです」

「おまえはまったく、一途というか頑固者だな。まあ、そういうだろうとは思っていたが、いちおう耳に入れておいたほうがいいだろうと思ってな」

国枝は笑って帰っていったが、しばらくのち、その国枝自身が県立中学設置運動にかかわっていると知った。松井新吉が見せてくれた「倉吉ニ県立中学ノ設置ヲ望ム」というチラシに、郡長らとならんで〈八橋高等小学校長・国枝甲介〉の名前があったのだ。

全身から力が抜けた。

家庭内では、四女の加津が誕生し、昨年は受験に失敗した収が、晴れて鳥取中学にすすむなど良いことがあったが、太蔵の周囲と心の内には、暗雲がたちこめていた。

矛先は、池田侯爵家から約束された支援金にも向けられた。

――豊田太蔵などという、一個人の思いつきに大金を出されるのはおかしい。県全体の教育を考えていただきたい。

――ご当主はまだお若いから、鳥取県の実情を知らぬままに、豊田にまるめ込まれなさったのだろう。

――まったくおかしな話だ。考えなおしていただかねばならん。豊田などは、たかだか由良村長にすぎんじゃないか。ほんとうに私立中学がつくれると思っているなら、じつにおめでたい男だ。

そんな声を、太蔵が直接聞いたわけではない。

ただ、逆風は由良近辺だけでなく鳥取でも吹きはじめ、県庁へ行っても、かつての会員がそばへ寄って来なくなった。話をしようとしても、「いやちょっと……」とか「その件はもう……」などとかわされてしまう。

そんななかで、親しい者が耳に入れてくれた声である。

東京から戻ったときには歓呼の声に迎えられたのに、わずか一年後には、その声が罵倒と冷笑に変わってしまった。

「時期を待つしかないだろうな」

相談に行った岡崎平内からは、そういわれた。

「じつは池田仲博さまは、北海道に農場をつくる計画を立てられていて、三百万坪の土地を、ちかぢか政府から払い下げてもらわれるようだ。原野とはいえ、三百万坪となれば安い金額ではないだろうな」

「それは、移住した鳥取士族のためですか」

「真意はわからんが、むろんそれもあるだろうな。県としては、だから大賛成だ。育英会に出資されるより、はるかにそっちを望んでいる。正直にいえば、私もそうだ」

「そうですか……」

八方ふさがりだ――太蔵はがっくりとこうべを垂れた。これまでの活動は、すべて水泡に帰してしまったと思った。


暮れに鳥取から帰ってきた収を、太蔵は由良川土手につれだした。

水害から二年あまりがたち、川土手はいちおう修復されたが、金がないために、あくまで仮復旧といった格好だった。つぎに大水が出れば、また氾濫してしまうだろう。

「中学はどうだ。うまくやっているか」

「はい、勉強はやはり大変ですが、何とかついていっとります」

十四歳になった収は、すらりとした少年に成長していた。どことなく、死んだ定吉に似ていると太蔵は思う。親の目から見ても、なかなかの男前だった。

「竹蔵万治くんは、たしか最上級学年だったな」

「はい、万治さんはずっと首席をとおしておられてすごいです。来年は、東京の一高を受験したいと、先日もいっとられました。万治さんなら、きっと合格されるだろうなあ」

「そうか、一高か」

去年、高等学校令が出されて、それまでの高等中学校は高等学校になった。全国に七校あるうち、東京の第一高等学校はもっともむずかしく、帝国大学の予備門のような存在である。

太蔵は授業料の援助をつづけてきたが、万治の秀才ぶりを目のあたりにした伊作のいとこが、これからは学資を出すといったそうで、しばらく前に母親の千賀から、礼かたがた断りがあった。

「これまでのご恩は決して忘れません。お借りした分はいずれお返しいたします」

千賀はそういって、ふかぶかと頭を下げた。貸したんじゃない、援助させてもらったんですというと、千賀はうっすらと涙を浮かべて、また頭を下げた。

万治が合格すれば、千賀も一緒に上京することになるだろう。

伊作とつながる人がいなくなるのは寂しいが、二人の新しい門出になる。辛いことばかりがつづいたこの一年のなかで、それは小さな慰めだった。

「父さん、ぼくに何か話があるんじゃないですか」

師走の川土手は風がつめたい。たかと子どもたちが大掃除にはげむ家から、収を呼びだしてきたのだった。

「収、人の心とはいかにも移ろいやすいものだな。わしは、この一年でそれを痛感した」

「育英会のことですね」

「わしの代で私立中学をつくるのは、無理だろう。おまえが、いや、もしかしたらおまえの子どもの代になるかもしれんが、この事業を引きついで、成し遂げてくれ」

「父さん……」

「かつて、あれほど熱情を持っていた者たちが、そがなことはなかったような顔をして、わしが育英会の話をすれば、はなから無理だったのだと、破天荒な企てだと、冷笑するありさまだ。……県立中学ならいいのか……お上のつくる学校はそんなにありがたいか……。人ひとり立ち上がって奮起するのは、そんなに滑稽か……」

いっているうちに、涙がにじんできた。この一年、ため込んでいた悔しさがあふれた。

枯れた草にしゃがみ込んで、太蔵は泣いた。

ふだんは強くて恐い父が子どものように泣くのを見て、収はどうしていいのかわからなかったのだろう、しばらく太蔵の大きな背中を見下ろしていたが、

「父さん、大丈夫ですよ」

といって、その背中をなでた。

「ぼくは父さんの味方です。母さんや稔や都留だって、父さんの味方です。もしも父さんが学校をつくれなかったら、ぼくがつくるけえ、安心してください」

「収……たのむぞ」

太蔵は立ち上がって、息子の肩に手を置いた。背は、もうほとんど変わらない。

「ぼくが中学受験に失敗したとき、母さんがいってくれたんです。失敗して終わるわけじゃない、何べんでも失敗すればいい、おまえは大丈夫だって」

たかがそんなことをいったのか――。太蔵はそのころ昇り調子に忙しく、収のことはたかに任せっぱなしだった。いや、息子の出来のわるさに、こっそり腹を立ててさえいた。

「ぼくは万治さんのように頭がよくないけど、そのぶん努力します。努力して、ぼくが学校をつくるけえ、心配せんでください」

「そうか……ありがとうな」

いつのまに、これほど頼もしい息子になったのかと思うと、太蔵はさっきとは別の涙がわいてきそうだった。

自分はいま四十だ。まだ時間はある。ここで引き下がるわけにはいかない。

そんな気持ちがわいてきた。

「寒いから帰りましょう。母さんがきっと文句をいってますよ、忙しいときにいなくなったって」

「そうだな、帰ろう」

薄日のさす土手を、二人ならんで歩く。竹やウラジロなど、正月飾りを積んだ荷車がとおり過ぎる。

翌年おこなわれた県会議員選挙に、太蔵は出馬し、当選した。

由良川

八　育英黌（こう）

十年がたった。

中学はまだできていない。見通しも立っていない。

明治三十七年十月、太蔵は通算五回目の由良村長に就任した。県議会に出ていた期間をのぞいても、足かけ十年以上の村長生活である。

この二月、日本はロシアとの戦争を始めた。

清国以上に大国であるロシアと戦って勝てるとは、国民はともかく、政府や軍の上層部は考えていなかった。

それでも開戦に踏み切った。日清戦争後に得た遼東（りょうとう）半島を、ロシア主導の三国干渉で手放さざるを得なくなったことへの恨みがあったし、満州から朝鮮半島をねらうロシアの南下政策は、日本にとって非常に危険なものとして映ったのである。

いつかはロシアとぶつからざるを得ない、という空気はずっとあったから、世論の大方もこれを後押しした。

満州での陸戦は、やや日本軍有利にすすみ、秋がふかまるころには、旅順（りょじゅん）（遼東半島の突端にある都市）をめぐって激しい攻防が展開されていた。

主戦場は、旅順港が一望できる二〇三高地――乃木希典大将のもと、多大な犠牲をはらいつつくり返される総攻撃の報を、太蔵もハラハラしつつ見守っていたのだが、

「うっ……うう……」

十一月下旬のある日、激しい腹痛におそわれて、新聞を読むどころではなくなった。下腹がぎゅうぎゅう絞られる痛みは、自分がまるで雑巾か何かになってしまったようだ。下痢もひどく、発熱もある。

医者の見立ては「腸カタル」だった。大腸が炎症を起こしているのだという。

これといった治療薬はないといわれ、太蔵は間歇的に起こる痛みに耐えるしかなかった。喉をとおるのは薄い粥くらいだが、それさえ食べるのがつらく、布団のなかのイモムシ状態である。

たかは大いに心配して、腹をさすったり、湯たんぽで温めたり、腹痛に効くという煎じ薬をつくったりしてくれるが、いっこうに改善しない。身体はどんどん衰弱していく。

わしは、もういけんかもしれん……。

ついには、そんな不安が脳裏をかすめるようになった。

長女の嘉女と次女の都留はすでに嫁ぎ、次男の収と三男の稔は家にいない。いるのは、三女のむめ（十三）と四女の加津（十）、それに五女の満津子（六）と四男の保（三）である。

「上の子たちに報せましょうか……」

たかが遠慮がちにいったが、呼び寄せたらそれこそ不安が現実になってしまいそうな気がして、太蔵はかぶりをふった。

まだ死ぬわけにはいかない――。

もうろうとしがちな意識のなかで、それだけをつよく思う。やり残したことがあるとか、成さねばならぬことがあるといった思いからというよりも、そのときは、ただ、ただ、死にたくなかった。生きていたい。

つねが突然やって来たのは、発病から半月がたち、太蔵がそんなふうに〈死〉を意識し始めたころだった。

「倉吉に来たら、太蔵さんが大病を患っていると聞いて、あわてて駆けつけたのよ。いったいどういう病気なの」

たかを問いつめる声が聞こえる。たかはよくやってくれているとかばってやりたいが、太蔵にはそれをいう力さえない。

いったん辞去したつねは、翌日、炎症に効くという粉薬をもって現れた。

「宣教師の方に分けてもらったの。前にもこういう病気の人がいて、この薬で治ったのよ。きっとよくなるわ」

いいながら、湯に溶かした粉薬を、匙(さじ)で口に入れてくれる。

老けても美人だなあ……。若いころと変わらん気がする……。

つねの顔を間近に見つつ、太蔵はぼんやりとそんなことを思ったが、薬の効能については半信半疑だった。こんな粉で、半月におよぶ苦悶が解消されるとは思えない。

ところが、やはり効いたのだろう。日に三度、溶かした粉薬を飲んでいるうちに、まるで潮が引くように下腹の痛みが消えていった。熱も下がり、飲みはじめて五日目には米の飯が食べられるようになった。太蔵は生き返った気がした。いや、実際生き返ったというべきだろう。

「ほんとうに助かりました」

襖の向こうで、礼をいうたかの声が聞こえた。いいのよ、ちょうど倉吉に来ていてよかったわ、とつねは答えていた。

「倉吉へはどんな用で？」

「ええ、倉吉にできた教会のお手伝いをしに」

音信不通だった姉妹を再会させたのが、自分の病気だったと思うと複雑な気分のいっぽう、太蔵は、つねとの不思議なつながりを感じないわけにはいかない。

大洪水のあとに女学校を訪ねたときは、ろくに口もきいてもらえず腹を立てたりしたが、長く会わずとも、こうして病気を聞いて駆けつけてくれたのだ。しかも命を救ってくれた。やはり、どこかでつながっていると思うしかない。

つねが一身を賭(と)すといっていた英和女学校は、二年前に廃校となった。鳥取女学校が県立となり、生徒がそちらへ流れるなか、経営をつづけていくことができなくなったのである。

「じゃあ、これからは倉吉に住まわれるんですか」

「いいえ、数日したら鳥取に帰るわ」

「そうですか」

姉がキリスト教徒になったことについて、たかはおどろいていないらしい。おそらく、福井家から洩れ聞いていたのだろうし、キリスト教がかつてほど異端視されなくなったからでもあるだろう。このあたりでも、入信者がぽつぽつ出はじめている。

それにしても、たかの口調はなんだか他人行儀である。どうやって暮らしているのかとも訊かない。二十年を越す歳月の溝は、そう簡単に埋まるものではないようだ、と太蔵は思った。

病は峠を越えたものの、衰弱した身体がもとに戻るにはしばらくかかりそうだった。役場には年内いっぱい休養する了解をとり、家で休むことにした。五十歳を目前にした太蔵は、ひとむかし前ならもう年寄りの部類だろう。

たまっていた新聞に目をとおすと、太蔵が伏しているあいだに、日本軍は二〇三高地を占領していた。旅順が陥落するのも間近だろうと書かれている。

やった、と思った。

そのすぐあとで、つねとたかの会話がよみがえった。

「あんな小山を取るために、何千人もの若い兵が命を落としたのよ」

つねの言葉に、

「でも、お国のためでしょう。占領できたのはめでたいことじゃありませんか」

とたかが答えていた。

「それはそうだけど、これからという若者がたくさん死んだのよ。先の見えない戦争だから、これからも死ぬでしょう。それを思うと、喜んでばかりはいられないわ」

「もしかして、非戦論者なんですか」

「非戦……。ええ、そうかもしれないわね。戦争は嫌だわ」

「よくないでしょう、そんな考えは。だいいち、戦地の兵隊さんに申し訳ないですよ」

「そうかしら」

太蔵はまだ具合がわるく、目を閉じたまま聞くだけだったが、いま思いだすと、姉妹の溝はそんなところにもあるのだと気づく。

太蔵は新聞をたたみ、布団に仰向けになった。

つねがいったことは、わからないでもなかった。清国との戦争のときとはちがって、このたびは非戦を唱える論者も少なからずいた。対外戦争がいかに大きな犠牲を強いるものか、わかったからである。

しかしこれは、ロシアの侵攻に対する防衛戦争だ――政府はそういい、ほとんどの国民もそう思っている。さらにもし勝てば、領土や賠償金を得、工業が発達し、国力が増すという見返りがある。

この十年、「富国強兵・殖産興業」のかけ声はいよいよ高まり、昨年には西から伸びてきた鉄道が上井（あげい）駅（現倉吉駅）まで開通した。つねも、それに乗って由良まで来たはずなのだ。

教育事情も変わりつつある。

障子ごしに入ってくる淡い冬日のなかで、太蔵はこの十年を思い返した。

太蔵の県会議員生活は、二年で終わった。

ちょうどその時期、倉吉の山瀬幸人が議長をしており、太蔵は消えかかった育英会の活動を復活させられるかもしれないという望みを持った。

しかし、議員になってそうそう持ち上がったのが、倉吉農学校の廃止問題だった。明治十八年に県立になってから、多額の県費が支出されてきたが、それに見合うだけの効果が上がっていないというのである。学校経営の費用を、農業改良事業に使ったほうがよいという意見が、多数を占めた。

新米議員の太蔵はびっくりした。これでは私立であれ県立であれ、中学設立など口にできる状況ではない。それに、学校に性急な結果をもとめる議員たちにも失望した。

議長の山瀬幸人はついに、

「日本に数少ない農学校を経営しておきながら、その価値がわからないなら、廃止してしまうがよかろう」

という主旨の演説をぶった。山瀬はむろん農学校擁護（ようご）の立場だが、議員たちの無理解に堪忍袋（かんにんぶくろ）の尾が切れたのだろう。

こうして倉吉農学校はいったん廃止され、定時制をもつ簡易農学校として再スタートした。

山瀬が新生農学校の校長兼事務長になったこともあり、太蔵は経営に関与する委員をひき受けた。

「豊田くん、これがわが県議会の実情だよ。かれらは、学校を工場かなにかだと思っている」

「ええ……。残念なことです。しかしともかく、農学校を軌道に乗せましょう」

二年間、太蔵は山瀬を支えるべく力をつくした。さまざまな工夫や努力をして農学校を立てなおした山瀬は、以後明治四十四年まで校長をつとめることになる。

太蔵は一期で県会議員を辞めたが、このかんの経験は決して無駄ではなかった。なにより学校経営を学ぶことができたからである。

ふたたび由良村長となった太蔵は、明治三十二年秋、私立中学設立のための負債（ふさい）を由良村議会に起こした。負債とはつまり、中学をつくる資金を由良村から借りるということである。

このころには、かつての会員たちも育英会に戻りつつあった。太蔵が地道に働きかけてきたからでもあるし、

「県立中学はやっぱり無理のようじゃなあ」

という見方が広がったからでもある。

この年の二月、第二次中学校令が公布された。それまで各県一校としていた中学校を、複数みとめるというものである。

これを受けて、鳥取尋常中学校は鳥取県立第一中学校となり、五月には米子に県立第二中学校が開校した。

明治十九年に廃止されてのち、長いブランクをへて実現した米子中学の再開校は、県西部の人々にとって、悲願達成ともいうべき出来事であった。

倉吉に第三中学校を、という声は当然のようにつよまったが、倉吉農学校でさえいったん廃止の憂き目に遭う状況のなか、県は「そんな金はない」の一点張りである。ならば、育英会による私立中学を――と考える人が増えてきた時期であった。

太蔵はそうした声を受けて、由良村に負債を起こし、内務大臣・西郷従道ならびに大蔵大臣・松方正

義に対して、中学設立の許可申請をおこなった。

あっさり退けられた。

本来なら文部大臣あてに申請するところ、西郷従道を頼みにしたのだが、

「無鉄砲だなあ。天下の内務大臣が、会ったこともない者に温情をかけるわけなかろう」

国枝甲介に一笑された。

「しかし、屋敷にうかがった折、側近とは親しくなって頼んでおいたんだが……」

「おそらく伝わってないだろうよ。陳情に来る者はゴマンといるだろうからな」

「そういうものか……」

「それに私立学校令が公布されて、中学認可の基準がきびしくなった。申請書には、それを満たすだけの内容がなかったんだろう」

そういわれれば、たしかにそうだと太蔵は思った。

私立学校令は、この年の八月に公布されたが、それによれば、まず中学校令の要件を満たし、しかるのちに、私立学校令の条件に従わねばならぬという。中学校は、高等学校への接続機関であるから、教科内容、教員の確保など、要件はかなりきびしいものだった。

「官尊民卑」の風潮のなか、私立学校を公立なみの地位に引き上げようという意図ではあろうが、政府による縛りがきつくなったことはたしかである。

「こうなったら、県立も私立もそう変わらんのじゃないか。いずれにしても、国家に奉仕する人材をつくるわけだ。私立学校にこだわる必要はなかろう」

国枝の言葉に、太蔵は頑として首をふった。

「やれやれ、きみはあいかわらずだね」国枝が笑いながらいう。

八橋郡は近隣と合併して東伯郡となり、国枝は郡の視学をつとめていた。視学とは教育長のような役職であり、県立第三中学校の設立運動にかかわっている。

というより、国枝はその運動の先頭に立っている。太蔵とは、いわば敵対関係にあるわけだが、こうして気にかけてくれるのは、長年のつきあいによるものなのか、太蔵の一徹さをおもしろがっているのか――。

太蔵も、国枝が嫌いではなかった。お互い年齢を重ねたが、若いころの気持ちのままに話せる相手は、そうそういるものではない。

それから五年、村長をつとめながら育英会の活動をつづけてきた。

そのあいだに、五女の満津子と四男の保が生まれた。

次男の収は山口高等学校にすすみ、ここでも二度の落第を経験したが、今年の夏、東京帝国大学法学部に合格した。

帝大に入ったこともうれしいが、頭がよくないぶん努力する、といったことを実践してくれたのが、親としてうれしい。竹歳伊作の息子・万治は、三年前に帝大法学部に入っており、収はそのあとを追いかける格好になった。

三男の稔は鹿児島高等学校で学んでいる。おとなしく真面目な性格で、どうも兄より勉強ができるようだ。

まだ死ぬわけにはいかない、と念じたのは、息子たちや万治の行く末を見ないうちは――という気持ちもたぶんあったのだろう。病が癒えたいま、そう思う。

三つになる保が、手に雪を握ってやって来た。冷えると思ったら、どうやら外は雪になっているらしい。

「とうちゃ、こんこ、こんこ」

太蔵は雪を捨てさせ、保の手をとって火鉢にかざした。小さくやわらかい手を握っていると、どの子にもこんなときがあったと思いだすが、年とってから生まれた末子の保は、とりわけ可愛かった。長女の嘉女とは二十五、次男の収とでも二十のひらきがある。この子が大人になるころには、日本は、鳥取県は、この由良は、どうなっているだろうかと思う。

「おお、つめたいな。ほら、火鉢で手をぬくめなさい」

四年前に、尋常小学校の四年間が無償になり、就学率は飛躍的に上がった。

高等小学校へすすむ生徒も増えたため、八橋高等小学校から分離して、組合立の育良高等小学校が由良につくられた。村長である太蔵は、その管理者をつとめている。

しかし、まだまだこの地方は貧しい。小作農やちいさな自作農は食っていくのがやっと、といった状態だ。東京のような都会で、役人になったり実業界に入ったりする者とは、生活において雲泥の差がある。

学校への期待は、これからますます高まるだろう。教育は一人ひとりを豊かにし、幸せにするものだ。

この国と、この地域を豊かにし、発展させる事業だ。

　それは、国枝がいう「国家に奉仕する人材をつくる」こととは、似て非なるものだと太蔵は考えている。個人が発展するからこそ、国や地域が発展するのであって、その逆ではない。だからこそ、私立中学でなければいけないのだ。生徒一人ひとりを育てる学校でなければいけないのだ——。

　音もなく降りつもるらしい雪のように、静かな気力が満ちてくるのを、太蔵は感じていた。


　明治三十八年の年明けとともに、旅順は陥落（かんらく）した。三月初め、陸軍は奉天（ほうてん）（遼東半島の北部にある都市）に総攻撃をかけ、ここを占領した。

　五月末の日本海海戦では、日本の連合艦隊が、ロシアのバルチック艦隊を圧倒した。わずか二日で、ロシア艦艇のほとんどを葬り去ってしまったのである。一方的な圧勝だった。

　これには世界がおどろいた。国内は歓喜の声にわきたった。

　そんな日本と対照的に、ロシア国内には厭戦（えんせん）ムードがみちみち、革命前夜ともいえる反乱や暴動がつづいていた。

　戦争をつづけることができなくなったロシアは、九月、アメリカの仲介で講和条約に調印し、日露戦争は、実質的な日本勝利で終わった。

　とはいえ、病死をふくむ戦死者は八万八千人を超え、ロシアのそれの約二倍にのぼった。戦傷者がともに十五万人くらいであったことを考えると、とくに陸戦において、いかに無謀な作戦が多く、いかに疾病（しっぺい）対策がなされていなかったか、わかろうというものである。

また、ロシアから賠償金を得られないことがわかると、怒った民衆が、各地で集会をひらいたり暴動を起こしたりした。

東京では、日比谷公園にあつまった人々が暴徒化し、内務大臣官邸や新聞社、交番などに火をつけた。事態は容易におさまらず、東京では九月から二ヶ月あまり、戒厳令がしかれるほどだった。

じつは、日本もぎりぎりだった。戦費は底をつき、国力も低下していた。もしも日本がごねて戦争を長引かせていたら、形勢は逆転していたかもしれない。

国民はそうした事実を知らされず、戦費調達のための増税に苦しんでいたから、賠償金が取れないことへの不満が爆発したのである。

太蔵は、東京にいる収の身を案じたが、

「大学のあたりでは、これといった騒動もありませんから、ご安心ください」

と便りには書かれていた。

「大学は、さすがに各地方の秀才があつまっており、日々砥石で磨かれる日本刀の気分です。おかげで、なまくらなわが刀身も、少しは磨かれてきたかもしれません。

竹歳万治さんには、このかん、じつによくしてもらいました。何不自由なく学究生活を送れるのも、万治さんに負うところ大であります。

さて、万治さんは先ごろ高等文官試験に合格され、逓信省鉄道院に奉職されるとのことです。鉄道はこれからますます発展します。このたびの露国との戦争で、わが国は南満州鉄道の権益を得ましたから、満州での鉄道網もひろがるでしょう。

鉄道こそは、この国発展の一大基軸です。私も卒業後は、万治さんにつづきたいという望みを持つようになりました」

高等文官試験とは、国家上級官僚の登用試験である。そうか、万治が……と、太蔵は感慨深かった。母の千賀も、どれほどか喜んでいることだろうと思う。

鉄道は、たしかに地方を変えつつあった。かつて、道路を新設したときとはくらべものにならないほど、人やものの行き来が増えている。いま開通しているのは米子から青谷までだが、鳥取までつうじるのも時間の問題だろう。

それにしても、収は鉄道に行きたいのか、と太蔵は少々意外だった。

山口高等学校にいる時分、収は政治家になりたいといっていた。太蔵は、できれば医者になってほしいと思っていたのだが、

「人の病をなおす医者よりも、僕はこの国の病理をただす医者になりたいのです」

などと大口をたたいていた。

「この国の病理とは何じゃ」

「藩閥政治です。いまのように、薩長が内閣を牛耳るという状態では、議会政治はあってなきがごとしでしょう」

藩閥批判は、自由民権運動のころからずっとなされている。憲法が制定され、国会がひらかれて以降も、それはほとんど変わっていない。若者らしい収の正義感を、世間知らずだと思う反面、頼もしくも感じていたが、帝大に入って現実的になったのか。あるいは――。

太蔵は、久しぶりで伊作の墓に詣でた。

大病から一年ちかくたち、身体はすっかり健康をとりもどしている。むしろ最近は食がすすんで、病気前よりも一まわり肥えたような気がするほどだ。

風のない小春日和で、墓石に晩秋の日が降りそそいでいる。もってきた小菊を供え、太蔵はしゃがんで手を合わせた。

——伊作さん、万治くんは立派に育ったけえな、安心してくださいよ。うちの収もな、万治くんの入った鉄道院に行きたいというとるんだが、それはたぶん、万治くんへの尊敬の念からじゃと思う。気弱だった収をみちびいてくれたのは万治くんじゃ。ほんとに感謝しとる。

伊作さんに中学をつくるというてから、もう二十年になるかいなあ……。まだめどは立たんが、育英会員は六百人を超えたんじゃ。わしが死ぬまでには必ずつくるけえ、見とってくださいよ。

それにな、わしはまだまだ死なんような気がするんじゃ。大病を乗り越えたせいかもしれんな。もう五十になったが、おのれの目標に向かって山を登るのみだと思うとる。その山は、大山さんより冨士山より高そうだが、なに、登ってさえおれば、いつか頂に着くじゃろう……。

目を上げると、赤く色づいた紅葉(もみじ)が二枚、墓石に貼りついてる。取り去ろうとして伸ばした手を、太蔵は思うところあって引っ込めた。仲よく並んだ紅葉が、伊作と自分のようにも、また万治と収のようにも見えたからである。

長い年月、山の登り口をうろうろしていた太蔵に、ようやく一合目らしきものが見えてきたのは、明治三十九年の春だった。

「いよいよ来年からは、小学校が六年制になりそうだ」

役場に訪ねてきた国枝甲介が、そう教えてくれた。業務が終わった夕刻で、ちょうど松井新吉が話をしに来ているところだった。

「そりゃ、まことですか」

松井が国枝を見ていった。もう二十年ちかく、つかず離れず応援してくれている松井は、六十を過ぎて隠居の身となり、育英会の裏方をつとめている。家業は、廻船問屋から旅館業に転じた。

「ああ、文部省の役人から聞いた話だから、まちがいはあるまい。日露の戦役に勝って、ようやく教育に本腰を入れる気になったようだね。来春には公布されるらしい」

義務教育である小学校を、四年から六年に延長する構想は、六年前の無償化のときからあった。時期尚早（しょうそう）ということでひき延ばされてきたが、欧米からも〈一等国〉とみなされつつある今、それにふさわしい教育体制を整えなければならないということなのだろう。

「高等小学校はどうなるんじゃろうか」太蔵は訊いた。

「各小学校に、二年制の高等科を併設すべし、ということのようだ。まあ、高等科は有償だがな」

「では、育良高等小学校は不要になるということじゃなあ」

「まあ、そうだな」

管理者として、その経営に力をそそいできた育良高等小学校がなくなるのか――。

出されてから時間がたち、もうすっかり冷めてしまった茶を、太蔵はひといきに飲んだ。茶葉のかけらが舌に貼りつき、口のなかがざらざらする。小学校が延長されるのは喜ぶべきことだが、やはり一抹の寂しさはぬぐえない。

春とはいえ、夕刻ともなると冷え冷えとする町長室に、しばしの沈黙が降りたときだった。「そうじゃ！」と松井が頓狂な声を上げたので、太蔵はもっていた湯呑みを落としそうになった。国枝も、なんだ？という顔をして松井を見ている。

「育良がいらんようになるなら、その校舎を育英会の学校に使えばいい。まだ新しい校舎じゃけえ、壊すには惜しい。それに太蔵さんが管理者だ。いやあ、こりゃ我ながら名案じゃや！　なあ、太蔵さん！」

笑みを浮かべて同意をもとめる松井に、「育良の校舎で、中学を開校するということですか？」と太蔵は訊いた。

「そがです、そがです。校舎を建てる費用と手間がはぶけるちゅうことです」

「おいおい、そんな簡単なもんじゃないだろう。たわ言もいいところだ」

いったのは国枝である。油で固めている頭髪は半分方白くなったが、歯に衣きせぬ物言いは、若いころから変わらない。

なしてですか！　と松井がくってかかった。

「いいかい。このかん、豊田くんが中学をつくれなかったのは、金や校舎の問題もあるが、なにより国や県の認可がもらえなかったからだろう。明治のはじめのころならともかく、いまは国家の体制がととのって、教育体系もほぼできあがっている。私立学校令も出た。それに見合う内容がなく、かつ必要性のない学校に認可は出さないよ」

「必要性はあるじゃろう！　この中部に中学をつくってくれという声は、高まる一方じゃないですか」

「そう。だからつくる。県立第三中学をな――。県にはもう何度も申請を出しているし、県議会でも議題として取り上げられている」

あ――。松井はそのときようやく、相手が県立中学設立運動の先頭に立つ人物だということに気づいたようだった。

「では、今日はこれで失礼するよ」

国枝が去ってしまうと松井はさっそく、

「なんちゃあ嫌味な男じゃな。郡の視学だからってえらそうに。国や県の代理人のつもりかや」

と悪態をついた。ふだんは温厚な松井だが、国枝の口調がよほど癇(かん)にさわったらしい。「太蔵さんは、なしてあがな男と親しくしとるんじゃ」とも訊かれた。

「長いつきあいだけえな。わしが由良小学校に補助で入ったとき、国枝さんは師範学校出の訓導だった。わが県の教員の草分けでな……」

ほんとうは情のある人なのだといいたいが、それを語るのはむずかしい。どんなときにも怜悧な態度をくずさない国枝は、たしかに官僚のように見えるだろうと思う。

椅子から立ち上がって窓辺へ寄った太蔵に、「それで、さっきの話だがな――」と、松井は話題を変えた。

「国枝さんはたわ言だといいよったが、学校をつくってしまえば、こっちの勝ちじゃ。時間はかかるかもしれんが、県や国だってみとめざるを得んじゃろう。絶好の機会じゃないか、なあ太蔵さん」

「うん、それはそうかもしれんが……」

「歯切れがわるいのう。太蔵さんらしゅうないで。県立運動の奴らに負けてはおられん。こっちは実力行使じゃ」

どうやら、国枝の言葉が松井の闘争心に火をつけたようだった。これから育英会の者に話をするといって、松井は帰っていった。

数年前、役場の窓にもガラスというものがはめ込まれた。透明な板のむこう、暮色のなかに、遠ざかっていく松井の姿が見える。白いものがチラチラしているのは、日露の戦勝記念に植えられた桜の若木が、早くもいくつか花をつけたらしい。

きれいなものだな、と太蔵は思った。


廃校になる育良高等小学校を私立中学に――という話は、春先の強風のごとく育英会員のあいだを駆けめぐり、口伝えで会員でない者へもひろがり、署名や嘆願なども役場にとどくようになり、夏が近づくころには、地域の一大要望といえるまでになっていた。

太蔵はおどろき、困惑した。

学校をつくったからといって、すんなり認められるはずのないことは、このかんの経験で知っている。国枝のいうとおりなのだ。

しかし、

――息子は立身したいといっている。小学校から先、もう何年か本式に学問させたい。

——中学にやるほどの金はないが、かといって小学校で終わらせてしまっては、世の中に出て通用せんのじゃなかろうか。

——わしは百姓だが、いつまでたっても貧乏だ。息子は勤め人にしたい。学歴をつけさせたい。

等々の声を聞くうちに、それらに応えねばならぬと思うようになった。そうでなければ、この二十年あまり、「中学、中学」といいつづけてきたことが嘘になる。それに、いいつづけてきたからこそ、時代がすすんだいま、要望の声が高まっているのだろうと思えば、二の足を踏んでいるときではない。

そう腹をくくって、まず、校地・校舎をゆずり受ける交渉をはじめた。

育良高等小学校は、鳥取—米子道路と鉄道線路にはさまれた、小高い丘の上にある。由良駅からも近く、立地としては申し分なかった。

幸い、交渉はうまくすすんだが、むろんただで、というわけにはいかないから、費用の算段もしなければいけない。

そのかんに、太蔵は書類をととのえ、七月、「育英黌」の認可申請を県知事に提出した。五年制の、中学に準ずる内容をもつ学校である。

週に一度は県庁へ出向き、認可を願いでた。県議会の議長や議員にも頼んでまわった。

ところが県の担当官は、書類が不備だという。

「校長も決まっておらんし、教員の数も足りておらん。こんなんじゃ話にならん」

「認可を出してもらえれば、校長や教員はすぐに探す。できるかどうかもわからん学校に来いというわけにはいかんでしょう」

太蔵は反論した。相手は三十前後のまだ若い男だが、これがいやに横柄で、

「それではだめだ。一等国であるわが国の学校をつくるにあたっては、その申請書類は、法令にきちんと従ったものでなければならん。不備はみとめられん。出なおしてもらおう」

といって、野良猫でも追いはらうようなしぐさまでする。太蔵はだんだん腹が立ってきた。

「申請には、育英会員名簿七百人と、住民の嘆願署名五百人をつけておる。その声を無視するちゅうんか」

「そんなことは知らん」

「知らんということはなかろう。きみたち公僕は、県民の意向を聞くのが仕事じゃないか」

若い官吏はむっとした表情をかくさず、「とにかく、この書類では上にあげられんということだ！」と、太蔵をにらみつけてきた。

「では、校長・教員をそろえれば認可してくれるんじゃろうな」

「そりゃまた別の問題だ。知事が決めなさることだからな」

「では知事に会わしてくれ。私は由良村長だ。村長として頼みたい」

「だめだ、だめだ。書類が先だ」

この石頭のわからず屋めが！

口には出さないが、若い官吏の居丈高な態度に、太蔵ははらわたが煮えそうだった。

なにが書類だ。なにが法令だ。

だいたい、一等国、一等国とえらそうにいうが、欧米諸国からそう見られるようになったのは、露国

との戦争に勝った、この一年ほどのことじゃないか。おまえが生まれたころまでは、国内で血みどろの戦をしておったのを知らんのか。異国に攻められるかもしれんと思って、砲台場や大砲をつくったことを知らんのか。どれほどの人間が、血を吐くような思いでこの国をつくってきたか、知らんというのか。

この国はな、書類や法令がつくったんじゃない。人間がつくってきたんじゃゃ――。

とはいえ、規定に合う申請書はつくらねばならない。

太蔵はあちこち声をかけ、探しまわったが、校長適任者はなかなか見つからなかった。本音をいえば、国枝甲介になってもらいたいのだが、国枝が県立中学設立運動の雄（ゆう）ではどうしようもない。国枝本人はもちろん、育英会員も承知しないだろう。

教員のほうも、あらたにめどがついたのはひとりだけだった。書類は再提出したが、案の定なしのつぶてである。

秋がふかまるころには、周囲の熱も冷めてきていた。まこと、人の心は移ろいやすいものだと思わざるを得ない。

松井新吉の提案を聞いたときには、あまり気のすすまないながら、山の一合目になるかもしれないという思いがあった。しかし、やはり無駄骨になりそうだ。

さらにわるいことには、その松井が秋に脳卒中を病み、寝たきりになってしまった。身体が動かなくなって、出る言葉も「アア……ウウ……」といった意味をなさないものばかりである。

見舞いに行くたびに、太蔵がその手をにぎって励ますと、松井は「アア……アア……」とうなずきながら、皺だらけの頬に涙のすじを伝わせる。

「隠居してからの親父の生きがいは、育英会でしたけぇ」

跡取り息子がそういうのを聞いても、なんとか良い報告をしたいと思うのだが、いかんせん、その見込みは薄い。人々の熱が冷めてきたのも、旗ふり役だった松井が病に倒れてしまったからかもしれなかった。


ところが、である。

師走に入ったころ、突如として「育英黌と称する学校の設置を認可する」という通知が、役場にとどいた。認可者は、県知事・山田新一郎である。

なんじゃこりゃ……。

うれしさよりも、不可解な気持ちのほうが先に立った。担当官からはケンもホロロにあしらわれ、再提出後も音沙汰なしだったのに、いつのまに知事が検討してくれていたのか――。

しかし、とにかく認可されたのである。

むろん、中学校ではなく私立学校としてであるが――。

確認と礼のために、太蔵はすぐさま県庁におもむいた。

知事からは、「本県教育のため、よろしく励んでほしい」といわれただけで、認可に至った理由は告げられなかったが、それが事実であることはまちがいないようである。官吏たちのなかの育英会員からは、祝いやねぎらいの声がかけられた。

かといって、かれらが動いてくれたわけでもなさそうだ。

「岡崎平内さんが働きかけられたらしいですよ」

薄暗い廊下を歩いていると、県会議員の男が小声でそう教えてくれた。太蔵が議員だったころから、つづいて県会に出ている男である。

「岡崎さんが？　それなら礼にうかがわねば」

「いや、自分はもう県政から身を引いた者ゆえ、表には出さんでくれといわれているらしい。行っても、おそらく知らぬ顔をされるでしょう」

「そうですか……」

岡崎平内は、西伯郡長や岩美郡長、鳥取市の参事などを歴任したが、いまは退いて、自邸で剣術道場をひらいていた。

「それと、東伯郡視学の国枝甲介氏も――」

えっ、と太蔵は息をのんだ。

「国枝さんがなんで……。かれは県立第三中学の設立に動いている人ですよ」

「そうそう。県会でも何度か議題になっています。だが、県には金がないので見送られている。このたびの育英黌の認可は、中部地区の教育要求は無視できないが、金はないという県首脳部が考えた、苦肉の策ではないかと、われわれは思うとります。私立学校なら、県費を支出せずにすみますからな」

なるほど、いわれてみればそうかもしれない。しかし、なぜ国枝が認可のために動く必要があるのか。

「豊田さんとは、長年の付き合いだそうじゃないですか。よくいえば友情から——。裏を読めば、私立学校をつくらせて、それがうまくいかんのを待っているのかもしれませんな。やはり県立中学でなければだめだ、と示すために——」

低く押しころした声でそういうと、男は暗い廊下を影のように去っていった。

ひとりになっても、太蔵はしばらくその場に立ちどまっていた。

育英黌をつくらせて、それがうまくいかないのを利用する——。

そんなことがあるだろうか。国枝がそんなことを考えているとは思えない——。

思いたくはないが、自分とちがって深謀遠慮のあるあの男なら、それくらいのことは考えるかもしれないという気もする。

負けられん！

ほとんど初めてといっていい対抗心を、太蔵は国枝に対して燃やした。

育英黌は、かならず成功させてみせる！　県立中学なんぞよりも、はるかに立派な学校にしてみせてやる！

鳥取からもどると、まず松井新吉に報告した。地元の育英会会員たちに集まってもらい、開校に向けた話し合いをもった。

翌年四月の開校をめざすことになった。もう四ヶ月あまりしかない。

「お父さん、よかったですねえ。二十年来の努力が実をむすびましたね。今夜はお赤飯を炊きましょう」

たかはそういって喜んでくれたが、

「ありがたいけどな、赤飯は、まあちょっと待ってくれ。これからが大変なんでな」

と、やんわりことわった。

「そうですか。もう小豆も水に浸けとりましたのに……。これ、むめや、小豆を水から上げておいておくれな」

はい、と答えて、三女のむめが養蚕場から出てきた。冬場のいま蚕はいないが、来春にそなえて蚕棚の掃除をしていたようだ。

明治のなかごろから、県内でも盛んになった養蚕を、豊田家でも少し前から始めていた。女や子どもでもできることから、農家の重要な副業となりつつあるが、春から秋にかけては、一日に何回も桑の葉をつんできて蚕に与えねばならず、実際のところはなかなかの重労働である。

豊田家では、三女のむめと、四女の加津がそれをやってくれていた。

「むめ、ご苦労さんだな。蚕さんでもうけたら、新しい着物を買ってやるけえなあ」

太蔵の言葉に、むめは小さくうなずいて、炊事場のほうへ駆けていった。

「お父ちゃん、ほんと？　ほんとに着物を買ってくれる？」

いいながら養蚕場から出てきたのは、四女の加津である。むめにいったのが聞こえたらしい。

「ああ、ほんとうだとも。むめも加津もようやってくれるからなあ」

「わぁい、お姉ちゃんたちがお嫁入りしたときみたいな、うーんときれいな着物を買ってよ。花や蝶々が縫い込んである、きれいな着物だよ」

「ああ、わかった」

太蔵はいって、加津の頭をなでた。

十五になるむめはもちろんなのだが、十二になった加津も、このごろめっきり娘らしさが増してきた。きれいな着物や帯がほしい年ごろだろう。

長女の嘉女と次女の都留が嫁いだときには、箪笥や布団など家財道具をひととおりそろえ、嫁入り衣装も恥ずかしくないだけのものをあつらえた。

さすがは豊田の嫁入りだと、見に来た近隣の者たちにもいわれたほどだ。

しかしその後、収と稔の学資や、育英会の活動などで出費がふえ、いまの豊田家は決して余裕のある状態ではない。養蚕を始めたのも、そんなところに理由があった。

それでも、むめや加津が嫁ぐときには、姉たちに劣らないだけのことをしてやらねばと思っているが、

「お父さん、あのな……」

炊事場から出てきたむめが、もじもじしたようすで太蔵に声をかけてきた。

「なんじゃ。話があるならこっちに来なさい」

太蔵は、読んでいた新聞から顔を上げ、座っている囲炉裏端を手で示した。

「念願の学校ができること、おめでとうございます」

隣に座ったむめが、殊勝な口ぶりでいう。

「おお、ありがとうな」

「それで、あのな、うちは新しい着物は欲しゅうない。着物よりも学校に行きたいんじゃやけど……」

「学校？　わしがつくるのは男子の学校だぞ」

「わかっとります」

「それにおまえは、高等小学校を出てから三年もたつ。そろそろ嫁入り修業をせんといけん年ごろだがな」

「わかっとります。わかっとるけど……うちは女子師範に行きたいんです」

「女子師範？」

「はい。学校の先生になりたいんです」

むめの真剣なまなざしは、それが今日や昨日の思いつきでないことを告げているが、太蔵には、娘がなぜ突然そんなことをいいだしたのかわからなかった。

たしかにむめは勉強が好きで、またよくできた。しかし、上の娘たちと同様、女は良き妻、良き母になることがいちばん大事だと教えてきたつもりである。大人しいむめは、それを受け入れていると思っていただけに、「なしてまたそがなことを――」と訊くしかない。

「納戸に、つね伯母さんの本があって、うち、それを読んで勉強しとったんです。勉強はおもしろい。もっと勉強したい。合格できるかわからんけど、来春の試験を受けてみたいんです」

「つねさんの使った本が、納戸にあったのか？」

「はい。うちは伯母さんのこと知らんけど、母さんに訊いたら、そりゃつね伯母さんの本だよって」

そうか――。どういう理由でかは知らないが、つねが女子師範を受ける際に使った本を、たかが預かったのだろう。

それをむめが読むのはいいとしても、女子師範に行かせるつもりは、太蔵にはない。かりに教員の資格がとれたとしても、女子教員の働き口は少ないし、婚期も遅れる。家庭との両立も困難をきわめるだろう。

太蔵は、あらためてそう話したのだが、

「なしてですか。嫁いで、子どもを産み育てるばかりが女の仕事じゃとは、うちは思いません。兄さんたちは、中学へも高等学校へもすすんだのに、女だと、なして勉強がつづけられんのですか」

と、むめは食い下がった。頬が上気し、大きな瞳がうるんで、まるで泣いているように見える。

「男は身を立てねばならん。だけえ、勉強せにゃいけん。女の立身は、家を支え、子どもを立派に育てることだ。おのずと使命がちがうんじゃ。賢いおまえならわかるだろう」

「わかりません。男も女も同じ人間じゃありませんか。女は、世の中に出てはいけんのですか……。なして女だというだけで、望みを捨てにゃいけんのですか……」

ついにその瞳から涙のつぶが落ちたのを見て、太蔵はうろたえた。むめが、かってのつねと重なって見えたせいもある。

つねの本を読んだせいで似てきたのだろうか。そういえば、顔だちもどことなくつねに似ている気がする――。

その動揺が、つい声を荒げさせることになった。

「おまえは、いつからそがな偉そうな口をきくようになった！　わしのいうことが聞けんというなら、どこへでも行くがいい。豊田の娘とは思わん！」

むめは泣き顔のまま立ち上がり、きっと太蔵をにらみつけると、草履をつっかけて炊事場のほうへ走っていった。

これ、むめや！

姉ちゃん、どこ行くん！

たかや加津が慌てているところをみると、むめは裏口から出て行ってしまったらしい。外はもうとっぷりと暮れ、冷たい雨が降っているというのに――。

「おまえが、つねさんの本など読ませるからだ。そがなものがあったこと、わしは知らんかったぞ」

すみません、とひとこと謝ると、たかは娘を探しに外へ出て行った。

「お父ちゃんに口ごたえするなんて、姉ちゃんは、馬鹿じゃ」

加津がそばに来ていう。

「おまえは、勉強より着物のほうがええか？」

「うん、きれいな着物のほうがずっとええ。早くお嫁さんになりたいもん」

「そうか」

「でも、お父ちゃんもわるいんで。姉ちゃんが心配だけん、あたしも探してくる」

加津もそういって出て行った。幼い満津子と保は、老いた母が自室で相手をしてくれているらしく、出てこない。囲炉裏端にひとり残された太蔵は、ちろちろと燃える炎を見つめていたが、その心の内は、さっき見たむめの泣き顔に揺さぶられていた。

このあたりからも、鳥取女学校へ進学する子が出はじめている。女子師範へ行く子もいる。今年の春には米子にも女学校がつくられ、来年には、それが西伯郡立女学校になると聞く。

むろん、そうした学校へすすむ女子は一部だが、しかし特別なことではなくなりつつある。

それを頭ごなしに否定した。女が学問をつむと、かえって不幸せになりはしないかと思っているからだが、

——もしかしてあたしのせい？　あたしは、そんなに不幸に見えたかしら？

どこからともなく、つねの声が聞こえてきた。

——ほんとうのところは、女子に勉強させるのは、お金の無駄だと思っているんでしょう。男の子三人の学資に加えて、これからつくる学校のことを考えると、いくら豊田家でも、娘たちを上の学校にやる余裕なんてないわよね。かわいそうに、むめちゃんは太蔵さんの犠牲になるのね。

いやつねさん、それは……と声に出しかけて、太蔵はわれに返った。

それは、つねの声などではなく、太蔵の心の声であった。おのれの心の内の、表に出さない部分を、つねならこういうかもしれないとなぞってみた声である。

お金の問題はたしかにあった。

しかし、つねの人生を垣間見てきたせいもある。

子ができぬことで離縁され、そこから勉学に励んだつねが、しかし女子師範には入れず、ようやく仕事を得た女学校もつぶれてしまった。五十を過ぎたいま、どうやって暮らしているのかもわからない。キリスト教に救われたというが、妹のたかにも他人行儀な口をきかれるくらいだから、実家の福井とも行き来はないだろう。

それでもつねならば、きっと自分を不幸せだとは思わないはずだ。たとえ端からどう見えようと、自分が選んだ道を歩いているというだろう。

だがむめは——むめはそんなに強い娘ではない。つねさんとはちがうんじゃ……と太蔵は小さくつぶやく。

その晩、とうとうむめは家に帰ってこず、太蔵もたかも、まんじりともせず迎えた翌朝、福井家から電報がとどいた。

「ムメ　コチラニイル　アンシンサレタシ」

どうやら飛びだした後、鉄道に乗って倉吉まで行ったものらしい。それくらいの銭はふところに入れていたのだろう。

安心するやら、その行動力におどろくやらだったが、ともかくたかが迎えに行った。

しかしたかは、その日のうちにひとりで戻ってきた。

「いまは帰りたくないといいますし、母や弟も年内は預かるといいますので、置いてきました」さらりとそういう。

太蔵は「そうか……」としかいえない。お父ちゃんもわるいで、と加津にいわれるまでもなく、少々口が過ぎたと思っている。

「福井にしばらくおれば、あの子も落ち着くでしょう。学校熱も冷めますよ」

「どうしてそう思う」

たかはそれには答えず、

「姉が使っていた本は、福井に持って行って処分してもらうよう頼みました。むめが読むとは思わずに置いていたんですけど、すまないことをしました」

といって軽く頭を下げた。

「いや、処分までせんでもよかったんだが……」

「とにかく、むめのことは福井の母に任せましょう。高齢で足もとはおぼつかなくなりましたけど、頭はしっかりしています。きっといいようにしてくれますから」

そういうもんかなあ――と太蔵は思ったが、はたして正月過ぎにもどってきたむめは、

「お父さんが、うちのことを心配してくれる気持ちも考えず、勝手なことをいってすみませんでした」

と、太蔵の前に手をついて謝った。

「いや、わしも声を荒げてすまんかったな。おまえがどうしてもというなら、女子師範の件、考えてもいいと思っておったんだが……」

それは嘘ではない。むめが福井家にいるあいだ、折々考えてきたことだ。

「ううん、もういいんです。うちは、これまでどおり家の手伝いをして、炊事や裁縫もしっかりできるようになります」

「いいのか、それで」

「はい」

福井の義母がどうやってなだめ、説得してくれたのか、むめは以前のような大人しい娘にもどってい

た。心なしか、その顔に寂しげな陰の差すのが気になるが、もともと感情を表に出すことの少ない娘である。

とにもかくにも、太蔵はほっと胸をなで下ろした。

九　私立と県立

明治四十年三月、政府はあらたな小学校令を出し、義務教育を六年に延長した。

かねての予定どおり、育良高等小学校は廃止となり、その校舎をゆずり受けるかたちで、四月一日、私立育英黌が開校した。


「おとうちゃん、はよぅー！」

四つになった保が、坂道をトットッと駆け上がって呼ぶ。

「おうおう、転ばんように気をつけぇよ」

答える太蔵は、肉づきのよくなった身体と紋付き袴という正装のせいで、身軽に動けない。坂の上に建つ見なれた校舎が、いよいよ今日から育英黌になるのだ、という感慨もある。

認可をうけてからの四ヶ月あまりは、まさにてんてこ舞の日々だった。校長や教員探し、生徒募集の告知、教科書の選定、机・椅子など備品の調達——それらの準備を、地元の育英会員たちとともにすすめた。

資金の問題もあった。

出資金を払ってくれる会員もあったが、まだ中学校ではないから、集めてまわるわけにはいかない。

太蔵自身がだいぶ支出した。

　さらに由良村からは、毎年千円出資することを、議会で承認してもらった。この当時の千円は、現在の三百万円くらいだろうか。

　村長の太蔵が、教育になみなみならぬ熱意をいだき、学校づくりに奔走してきたことは、全村民の知るところとなっていたし、村民の子弟が育英黌に入るさいには、学費を格安にするという方針でもある。育英黌が存続するかぎり出資をつづけるという、ありがたい契約となった。

　そうしたもろもろが整ったのは、開校日の直前だった。われながら、よくこぎつけたと思う。

　その感慨を、一歩一歩噛みしめるようにして坂を登った。すぐあとを、たかと娘たちがついてくる。よく晴れた日だった。空気はまだ冷たいものの、降りそそぐ日差しは、思わず目を細めてしまうほどにまぶしい。

　新しい着物はまだ買ってやれていないが、父の宿願だった学校の開校日とあって、一張羅（いっちょうら）を身に着けたむめや加津の顔も、四月の光のせいばかりでなく、誇らしさに輝いているように見える。

　むめに差していた寂しげな陰が消えたのは、結婚話がもち上がっているからかもしれないと思う。

　つい半月ほど前のことだが、竹歳元太から、長男・敏夫の嫁としてむめをもらえないかという話がもち込まれた。妹・しなの息子だから、むめとはいとこ同士ということになる。

「むめはまだ十六だで。ちと早いわい」

　太蔵がそういうと、

「いや、二、三年先でええんです。息子がどうもな、むめさんを気に入っておるようで、話だけでもしておいてくれというもんで――」

元太は、軽く頭を下げた。

「そういえばおまえさんも、学校へ使いに来たしなを見初めたんだったなあ」

「はい、昔のことですが――」

照れて笑う元太は、もう二十年以上も由良小学校の教員をしているが、二十一になる長男の敏夫もまた、この春から父と同じ学校に勤めることになったという。子どものころから知った相手でもあり、話を聞いたむめは乗り気のようである。

いい話だと、太蔵は思う。教員一家に嫁げば、むめの向学心も満たされるかもしれないし、それを生かす場もあるだろう。なにより、同じ村内で気心の知れた家だというのがいい。

太蔵にとってむめは、可愛い、というより気になる娘である。できれば近くに嫁がせたいという気持ちがあった。


校庭の、木と木のあいだに紅白幕が張られている。校舎から持ちだされた椅子には、すでに何十人もが腰をかけていた。来賓や育英会の会員たちだ。

国枝甲介の姿もあった。燕尾服というのだろうか、ツバメの尾っぽのような上丈の長い服をまとって、それがまた細身によく似合っている。

太蔵は家族を席につかせ、国枝のほうへ歩み寄った。

「やあ、ようやくここまで来たね。お祝いをいうよ」

差しだされた国枝の手を、

「いろいろ世話になって感謝しとります」

といって握りかえす。

相手は、「なんだか他人行儀な挨拶だね」といって薄く笑った。

国枝の本心がどこにあるのかはわからないが、設立認可に動いてくれたと聞いていたし、校長探しでも結局世話になった。国枝と師範学校の同期だった、佐々木菊若という人物を紹介してくれたのである。

「なんにせよ、きみの奮闘が実をむすんだわけだ。もっとも、これからが勝負どころだがね」

「県立中学の見通しはどうですか」

「まあ、当分は無理だろうね。それもあって、きみの育英黌には期待がかかっているわけだ。新入生は何人だったかな」

「五十三名です。高等小学校の新卒者が四十名、既卒者が十三名……」

「ほう、大したものじゃないか。どうりで校庭が狭く見えるよ」

その新入生たちは、すでに校庭の真ん中に整列し、式典が始まるのを待っていた。下は十二歳から、上は二十歳ちかい者までいる。制服などないから、真新しい小倉袴を穿いた者もいれば、古びた着物をまとった子もいて、いで立ちもさまざまだ。

その多くは、中部地区の生徒たちだが、鳥取や米子方面から志願してきた者も少なくない。由良以外から来る生徒についても、県立中学より安い学費にしてあるから、決して裕福ではない家の子もいるはずだ。

それでもみな、期待と緊張でひきしまった顔をしている。その一人ひとりの顔を見ながら、太蔵は学校設立者として挨拶に立った。

「諸君、育英黌によく来てくれた！　諸君は、年齢も境遇もさまざまだと思うが、大いなる未来に大望をいだいてる点は同じだろう。

わが山陰地方は、オオクニヌシ以来の長い歴史をもち、江戸時代の池田家は、三十二万石の大藩であった。幕末から明治の変革期には、志ある者たちが時代のさきがけとなった地方である。

しかるに今日、文化・産業がおくれているのは何ゆえであろうか。太平洋方面は、着々と発展しつつあるのに、裏日本はいまだ未開の地にひとしい。これでは半面開化だと、私は思う。国の半面しか、開化の光がおよんでおらんのだ」

五十人からの男子生徒の目が、いっせいに太蔵に向けられている。気持ちが高揚してきた。

「この地を開化させるのは諸君たちだ。諸君は、この育英黌で大いに学び、さらに上級学校へすすみ、どんな仕事に就くにしても、必ず第一線の活躍者になってほしい。この国を、またこの地方を背負う気概をもって……」

そのときだった。見つめる生徒たちの顔がゆるみ、どこからともなく忍び笑いの声がもれた。

ん、なんだ？　何かおかしなことをいったか？

そういえば、下半身がスースーするが……。

と目をやれば、なんと袴が足もとまでずり落ちているではないか！

それでも、本来ならば着物で隠れるはずなのだが、今日にかぎっては、歩きやすいようにと帯でたくし上げてしまったため、下帯が丸見えになっている。

なんじゃ、こりゃあ！

走り寄ってきたむめが、さらうようにして保をつれ去ったところを見ると、どうやら保が袴の紐をほどいてしまったらしい。話に夢中になって、幼い息子が近くに来ていることさえ気がつかなかった。

目を戻すと、噴きだしそうなのを懸命にこらえている顔、顔、顔――。むすんだ唇がふるえている者もいる。

落ち着け、と太蔵は自分に声をかけた。あわてて袴を引き上げたら負けだ。ここは度胸の見せどころだぞ。

「諸君もみなフンドシをつけておろう。今日からは、このようにフンドシをぎゅっと絞めて――」

太蔵は下帯に手をかけて、その端をぐっと引っ張ってみせ、

「――緊褌（きんこん）一番、学業に励んでもらいたい」

いい終えると、ゆっくりと袴をつけて壇上から降りた。

わーっという声と拍手が、生徒たちのなかから起こった。太蔵は内心冷や汗たらたらだったが、思いがけず設立者の人柄に接したことで、生徒たちは大盛り上がりだ。

「お父さん、すみません。ちょっと目を離したあいだに……」

「ごめんなさい。晴れの開校式なのに……」

むめと加津が二人して謝る横で、当の保はニコニコしながらたかの膝に乗っている。

「いいよ、いいよ。保のおかげでいい挨拶ができた」

太蔵は幼い息子の頭をなでた。

興奮がおさまったのか、静かになった校庭では、来賓の挨拶がつづいている。国枝の燕尾服をちいさくしたようなツバメが一羽、生徒たちの頭上を突っきって海のほうへ飛んでいった。


村長としての職務があるため、育英黌にかかりきりになるわけにはいかない。気にはなるが、由良村の仕事が優先だ。

毎日夕方になると、太蔵は待ちかねたように学校への坂道を登った。下校する生徒たちとすれちがう。

「あ、フンド……いえ、豊田先生さようなら」

ああ、気をつけて帰りなさいよ、と答えながら、太蔵は苦笑する。開校式でのハプニングは、二ヶ月たっても尾を引いているが、太蔵の顔は生徒たちの脳裏に刻みこまれたようである。ほとんど学校にいない太蔵に挨拶してくれるのは、そのおかげといってもいいだろう。

小柄な生徒がいきおいよく坂を下ってきた。いがぐり頭の大きな目をした少年だが、その目の下に紫色のアザをこしらえている。

「おお、急いでおるなあ」

「早く帰って、田んぼの草取りをせにゃいけんですけえ」

少年はぶっきらぼうにそう答えると、また駆け足で去っていく。アザのことを訊く隙はなかった。

その日の出来事や授業のようすを、佐々木校長や教員たちから聞くのが——みな忙しいから、机のそばに行ったり、廊下を歩いているのを呼び止めたりしてだが——太蔵の日課だった。

生徒たちはおおむねよく勉強しているようだが、血気盛んな年ごろだけにケンカもよく起こるらしい。窓ガラスが割れたこともあるし、壁に穴があいたという話も聞いた。

その日も、

「年上の生徒を殴った子がいましてなあ。殴られたほうは鼻血を出すし、当人も殴り返されてアザをこしらえとりましたが――。さっきまで説教をしておったところです」

という報告を佐々木校長から聞いた。ははあ、さっきの少年だな、と太蔵は思った。

「原因は何でした」

「先に殴ったのは新井寿道(としみち)という子ですが、三日ほど前の英語の授業で、ＭＯＯＮを〈モオン〉と読んで笑われたそうでしてね」

「わしも、ＡＢＣＤをはじめて見たときは〈アブクド〉と読んだものですわい」

ははは、そりゃ新井よりひどいかもしれませんな、と佐々木校長が笑う。

「その後も、何人かが新井のことを、『モオン、モオン、牛が鳴きよるぞ』などといってからかったそうでして、まあ腹に据えかねて、いちばん年長の、十五になる子を殴ったと――」

聞けば、新井寿道の家は小さな農家だという。本人のたっての希望で育英黌に入ってきたが、農家を継がせるつもりの親は心よく思っておらず、一年か二年でやめさせたいらしい。家に余裕がないこともあって、身につけているものも粗末だし、放課後ほかの生徒が居残って勉強するなか、かれは農作業の手伝いのためにすぐ帰る。

そういうことも、からかわれる理由かもしれないと、佐々木はいう。

「ほんなら、学科はあまりできんのですな」

「いやいや、数学や国漢はひじょうによくできますよ。どうやら、授業で教わったことはその場で覚えてしまうようですな」

「ほう」

「身体が小さいくせに、年長者に向かっていったところなぞは、なかなか意地のある子のようですしな」

「たしかに」

太蔵は、その新井という生徒に興味を抱いた。性格はちがうようだが、かつての竹蔵万治を思いだしたせいもある。

つぎに会ったのは、夏休み直前の夕方だった。休み前におこなわれた試験でも、新井はトップクラスの成績だったと聞いている。ただ、英語だけが今ひとつふるわないようだ。

やはり坂道を駆け下ってきた少年を、「新井くん」と太蔵は呼びとめた。

相手は、学校の設立者が自分の名前を知っていたことにおどろいたようで、「はい、なんでしょう」とかしこまった。

「きみはよくできるそうだね。英語さえ伸びれば、一番になれるそうじゃないか。英語は学ぶのに時間がかかるだろう。夏休みに補習を受けたらどうかね」

「……夏は、田んぼや畑が忙しいですけえ」

「一日中やるわけじゃない。二時間か三時間だ」

「でも……」

「勉強する時間さえあれば、きみはもっと伸びるはずだ。私から親御さんに頼んでもいい」

「それは、せんでください。僕は、上の学校に行くわけじゃないですけえ」

「高等学校に行きたくはないのかい」

「そりゃあ……。でも無理なんです。僕は考えんようにしとりますけえ」

きっぱりいって一礼すると、新井はまた坂道を駆け下っていった。

ふう——と、太蔵はため息をつく。

人は、家や場所を選んで生まれてくるわけではない。ましてや、生まれる時代など選べるはずもない。家が農家だからといって、貧しいからといって、教育の機会が与えられないのはまちがっている、と太蔵は考えてきた。学問への志があるなら、どんな子にも上級学校への道がひらかれなければならない——そう思ってつくった育英黌である。

新井も、ほんとうは高等学校にすすみたいと思っているようだ。なんとかしてやりたいが、本人があのようすではとりつく島がない。

夕方になっても衰えない蒸し暑さのせいもあって、太蔵は首の汗をぬぐいながら「ふう」ともう一つため息をついた。


その年の十二月、鳥取県議会は「東伯郡に第三中学校を設置すべし」との意見書を、県に提出した。同時に、鳥取市に商業学校、西伯郡に高等女学校を設置することを進言している。

その話を聞いたとき、太蔵は佐々木校長とともに、次年度の生徒募集広告をつくっていた。

文面はほぼできあがり、
一、第一学年約五十名、第二学年若干名を募集する。
一、本校は中学校令の細則にのっとっており、学科などは県立中学と異なることなし。
一、学業優良にして、卒業後高等学校にすすむ者には、学費を貸与、もしくは贈与する。
などの文章がならんでいる。

進学者への学費援助は、新井のことが頭にある太蔵にとって、どうしても募集広告に入れたかった項目である。

佐々木校長は、「経営が安定するまでは……」と消極的だったが、最初の卒業生を出す四年後までには、その財源をつくるといって押しきった。毎年五十名の入学者があれば、それはできるはずだった。

そんなところへ飛び込んできた、意見書提出のニュースである。第三中学設置が県議会の総意となれば、県としては動かざるを得ないだろう。

太蔵の脳裏に、国枝甲介の勝ちほこった顔が浮かんだ。

いや、国枝は感情を表に出す男ではないから、そんな顔はしないだろうが、内心ではほくそえんでいるにちがいない。開校式の日に聞いた、「まあ、当分は無理だろうね」という言葉がよみがえる。

あれから八ヶ月しかたたんというのに——。

育英黌ができたばかりだというのに——。

いつのまにそこまで話がすすんでいたのかと思うと、歯噛みしたいような気分だ。

わしはやっぱり国枝さんにかなわんのか——。

国枝さんに足もとをすくわれるのか――。

そんな思いでながめると、つくったばかりの生徒募集広告がむなしくさえ感じられる。

ところが、県会議員に話を訊いてみると、〈東伯郡の第三中学校〉があらたな県立中学を指すのか、育英黌のことなのかは曖昧（あいまい）だという。すでに育英黌が開校している以上、これを中学にすべきだという意見もあり、県議会としては、どちらとも決められなかったらしい。

太蔵はほっと胸をなで下ろした。


「しかしこのままだと、やはり県立中学新設ということになるでしょう。東伯郡の郡長や視学は、ずっとその方向で動いてきましたからね」

明治四十一年の正月、挨拶にやってきた竹歳敏夫が、囲炉裏端でくつろぎながらいった。

結婚はまだ先ということにしてあるが、むめと約束を交わした敏夫は、家も近いことから、すでに家族の一員のようになりつつあった。収や稔がいない豊田家の正月を、若い敏夫が埋めてくれている。

「もしそうなったら、育英黌はどうなるのかしら」

むめが、敏夫に酒を注ぎながら訊く。敏夫は、答えにくそうに「うーん……」とうなった。

「お義父さん、なにか手をうったほうがいいんじゃないですか」

いや、まだ〈お義父さん〉じゃないだろう――内心毒づきながら、太蔵は「そうだなあ……」と答えた。むめと婚約したせいばかりでなく、義父となる男の教育にかける熱意に共鳴して、育英黌のことを案じてくれているのだということは、太蔵もよくわかっている。

「お義父さんは、以前、西郷内務大臣に認可願いを出されたと聞きますが、このたびも政府に直接認可申請をしてはどうですか。育英黌が中学に認定されれば、県立中学の新設はなくなるでしょう」

「うーん、しかしあれはうまくいかんかったからなあ」

「だから、こんどは文部大臣ですよ。牧野文部大臣に頼みましょう。以前とちがって育英黌ができているんだから、きっとうまくいきます。そうなったらこっちのもんですよ」

酒が入って気が大きくなったのか、敏夫はひとりで気勢をあげる。ふだんは小学校の教員らしく、真面目で温厚なのだが、ぐいぐい杯をあける酒豪ぶりはいったいだれに似たのか——。

太蔵にとっては甥（おい）にあたるわけだから、酒飲みだった親父の血が流れ込んだのかもしれないな、などと思う。

太蔵は酒を飲まない。正月であっても、屠蘇（とそ）をほんの少し口にするくらいである。食べることはめっぽう好きで、餅など五つや六つはぺろりといってしまうが、酒で人生を棒にふった父親を見ていただけに、それだけは自分に禁じてきた。

そういうところは、小心というかストイックである。

そうだ——わしはもともと気の弱い子どもだったな——。

そんな自分を克服したいと頑張った昔が思いだされた。「克己」という言葉に出会ったころが、ふとよみがえる。

文部大臣に認可申請か——。

酔って寝てしまった敏夫の横で、太蔵はさっきいわれたことを考えてみた。

文部大臣の牧野伸顕は、明治十一年に暗殺された大久保利通の次男である。とうていツテなどないが、東京には、育英会員の奥田義人がいる。

憲法作成にもくわわった奥田は、伊藤博文の信を得て、明治政府の官僚を歴任し、いまは衆議院議員として政界入りしていた。創立者のひとりとして名をつらねた英吉利法律学校は、二年前に中央大学と名を変えている。

奥田さんなら、牧野大臣への道をつけてくれるかもしれんな――。

そう思った太蔵は、さっそく奥田へ手紙を書いた。会ったのは、十四年前に上京したときの一回きりだが、こころよく会員になってくれたことを思いだすと、見通しは明るい気がする。

しかし、二月のはじめに返ってきた手紙の文面は、厳しいものだった。

大臣は多忙で、地方からの申請や陳情は受けつけないというのである。

「私も協力したいのは山々ですが、明治政府も大きくなり、いちいちの事柄に大臣が付き合うという状況ではありません。なにとぞご容赦ください」

と書き添えられていた。

やっぱり無理か――。

しかし、それで引き下がらないのが、太蔵の太蔵たるゆえんである。立ちふさがる壁が厚ければ厚いほど、闘志がわいてくるという一面がある。

大臣にお会いできるまで日参する覚悟なので、どうか要望だけでも伝えてほしいと、再度書き送った。

引き下がれない理由もあった。

敏夫がいったように、年が明けてから、県は県立中学新設の方向で動いているようである。決まってしまう前に、なんとしても育英黌を中学にしなければならない。

紙を何枚も反故（ほご）にしながら申請書をつくりあげた太蔵は、三月下旬に上京することにした。

十四年前は三日かけて神戸に出たが、明治四十一年のいまは、福知山から京都まで鉄道が通っている。米子―鳥取間も、昨年の皇太子（のちの大正天皇）行啓（ぎょうけい）に合わせて開通した。

それでも鳥取から福知山までは、丸一日かけての山越えである。そこから列車に乗り、東京に着いたのは、由良を出てから三日目の夕方だった。

〈帝都〉とも呼ばれる東京には、山手線という、主要な町をぐるりとむすぶ鉄道ができていた。しかも日露戦争時に輸送量がふえ、そのほとんどが複線化されている。

それに乗って、収の下宿がある渋谷（しぶや）へ向かう太蔵の目に、十四年前にはなかった建物が次々に入ってくる。前回来たときもそう思ったが、東京という都市の発展ぶりはすさまじい。

もっとも渋谷は、この当時まだ田舎だった。すり鉢の底みたいなところにある駅のまわりには、店舗や民家がならんでいるものの、ちょっと歩けば田畑や雑木林がひろがっている。大学のある本郷（ほんごう）からは離れているが、家賃が安いし落ち着くといって、収は渋谷に小さな家を借りていた。

「大臣に会えるまで何日かかるかわからんが、その覚悟で来たけえな、世話になるよ」

「もちろんかまいませんよ。僕は昼間はいませんが、晩飯は帰ってきて何かつくりますよ」

「おお、そがか。じつはそがが思ってな、干物やら山の芋やら持ってきたんじゃ」

太蔵は荷物のなかから、それらを取りだして畳にならべてみせた。

「カレイの干したのに干し大根、干し柿もあるぞ。やあ、これはご馳走だなあ」

学生とはいえ、二十六になった収はもう立派な大人だが、故郷からやってきた食べものを一つ一つ手にとって、子どものように声をはずませた。

「東京には、牛鍋やらライスカレーやら、ハイカラな食いものがいっぱいあるだろうがな」

「子どものころから食べなれたものが一番うまいですよ。それに、学生の身分で牛鍋なんか食えません」

「そがか――。で、おまえは、卒業したらやはり鉄道院に奉職したいのか」

「ええ。竹歳万治さんとはときどき会うんですが、鉄道はやりがいがありそうです。お父さんは、山手線に乗ってここまで来たでしょう」

「おお、複線になっておったな」

「来年には電化されるんですよ。電気の力で列車を走らせます。速度が格段に上がりますよ。もっとも、路面電車はすでに電気で走っていますがね」

「電気で列車をなあ……」

収が立ち上がって、天井からぶら下がっているものに手をふれた。薄暗かった部屋がぱっと明るくなる。

それが電燈というものであり、電気の力で明かりを灯すのだということは太蔵も知っているが、列車まで走らせることができるとはおどろきである。

「山陰本線も、あと少しで京都から出雲まで開通するでしょう。伯備線の計画もすすんでいます。東京のみならず、地方の発展をになうのは鉄道ですよ」

「そがだなあ……まったくその通りだ」

太蔵は内心、収に育英黌を継いでもらいたいと願っていた。むかし、自分の代で中学をつくるのは無理そうだから、おまえか、おまえの子の代で成し遂げてくれと、収に頼んだこともあった。

そのとき「わかりました」と答えた収は、しかしまだ十四かそこらだった――ことを思えば、いま帝国大学でまなび、鉄道への夢を語る息子の言葉に水を差すことはできない。

となると、稔か保か――。しかし、保が収の歳になるまであと二十年かかるが、それまでわしは生きておられるかいなあ――。

そんなことを思う父親をよそに、収はさっそく七輪に火をおこし、干しガレイを焼き始めた。


このころの文部省は、宮城（皇居）の北がわ、麹町区竹平町にあった。お堀に面した、モダンな洋風二階建てである。

東京に来た翌日から、太蔵は路面電車を乗り継いでそこへかよった。

一日目、大臣は約束のない方とはお会いになりません、と入り口で断られた。奥田代議士をつうじて申し入れはしてあるというと、申し入れは約束ではありませんと、つれない返事である。

では、出てこられるまで待たせてもらいますといって、太蔵は入り口の石段に座り込んだが、まもなく警備の者に排除されてしまった。しかたがないのでお堀の端まで下がり、夕刻まで玄関を見張りつづけたものの、大臣の姿を見つけることはできなかった。

二日目も同じだった。

三日目、四日目もまた然り。

堀端から見ていると、一日に何度か、黒塗りの馬車が玄関に横づけされる。牧野大臣が、それを使って出入りしていることはわかったが、敷地内に入るとつかみ出されてしまうため、どうにもならない。太蔵はすっかり不審者扱いだった。

おまけに四日目の午後から雨が降りだし、全身濡れネズミで渋谷に帰ってきた太蔵は、悪寒と発熱から寝込んでしまった。

「もう若くはないんですから、無茶はしないでください」

大学からもどってきた収が、粥をつくりながらいう。

ああ……と太蔵は布団のなかから答える。

「コネクションのない者が大臣に直接頼むのは、やはりむずかしいですよ」

「コネクリなんとか、とは何のことだ」

「コネクション。まあツテのことです」

「しかしな、育英黌はようやっとつくった、わしの子どものような学校だ。中学の認可が得られねば、立ち枯れになる。愛しいわが子の窮地を救わんのは、親ではない」

「それは前時代的な考えですよ。学校は私塾じゃない。いくらお父さんが苦心してつくったとはいえ、親だの子だのというのはおかしいでしょう。僕は中学ができるなら、それが県立でもいいと思いますよ。無理して育英黌を残す必要はないじゃありませんか。そのほうがお父さんだって楽に……」

「わ、わしは楽をしようなどとは思わんわい！」

太蔵は、思わず布団に身を起こして声を荒げた。どなった途端に咳き込んで、布団に倒れてしまった。

粥を運んできた収が、

「まったく頑固だなあ——。僕はただ、お父さんの身体が心配なんですよ」

とやんわりいう。まるで、駄々っ子をいさめる親のような調子だ。いつのまに親子が逆転してしまったのかと、太蔵は腹立たしいような、くすぐったいような気分になる。

そういえば、自分が収の年ごろには、亡くなった太郎も含めてすでに三人の子の親だったし、村会議員に出馬することもあって、寝たきりの父親を〈時代の敗残者〉扱いしていた。父のいうことを、前時代の考えだといって批判したこともある。

こうやって、世代はめぐっていくのだろうと思う。新しい世代が、古い世代を超えていくのは世の道理だ。

しかし、育英黌から引き下がるわけにはいかない。半生をかけてつくった学校だからというだけでなく、それが地方の将来にとって必要なものだと確信するからだ。

制度が人をつくるのではない。人が人をつくるのだという信念は、曲げられない。

体調がもどった二日後、太蔵が文部省へ行くと、受付の対応が少し変わっていた。面会の確約はできないが、もし大臣の時間ができたら呼ぶから、入り口で待てという。

はてな、と首をかしげたが、なにしろ喜ぶべきことである。奥田義人が働きかけてくれたのかもしれないと思った。

牧野文部大臣に会えたのは、それからさらに二日後の夕方だった。重厚なカーテンが下がる面会室に呼び入れられ、待つこと一時間あまり、

「あなたが熱心な陳情者ですか」

といって入ってきた牧野伸顕は、額の広い、聡明そうな男だった。背後に二人の官吏をしたがえている。

牧野はこのとき四十八歳。太蔵より五つ若い。

そのせいもあってか、緊張することはない。ようやく面談にこぎつけたという高揚感があるばかりだ。

「中学校認定申請書には、先ほど目を通させてもらいました。要件は満たしているようですね。それから、育英会ですか、ずいぶん会員がおられる。地方にあって、これほど熱心に教育活動をしておられるとは、まったく頭の下がる思いです」

「では、認可をいただけるのでしょうか」

太蔵は、思わず唾を呑みこんで訊いた。

「いや、そういうわけにはいかんのです」

「な、なぜでしょうか」

「中学校は上級学校をめざすための機関、いわばエリート候補生のための学校です。ところが、現在わが国には約三百の中学校があり、約十二万人の生徒がおります。これ以上の中学校は必要ないと考えているのですよ」

明治十九年に中学校令が出されたとき、その数は四十八校、生徒数は約一万人だった。

その後、中学校令が改正されたことや、私立中学ができたことによって、学校数は約六倍、生徒数は十二倍に増えた。もはや、国家をになうエリートは満ち足りているというのが、大臣のいいぶんなのだろう。

「しかし、都会はともかく、わが鳥取県には二校しかありません。私の住む県中部には一校もないのです。県民は、あらたな中学ができることを、つよく望んでおります」

「鳥取県の事情はお察しするが、私は日本国の文部大臣です。国としては、これ以上中学校を増やすつもりはありません。ただし、実業学校なら考えましょう。商業、工業、そういった方向に変えられてはどうですか」

そう来たか、と思う。

しかし、それは呑めない提案だった。実業学校を否定するつもりはないが、小学校を出てすぐに商業や工業を学ぶというのは、産業のための人材育成であって、人間を中心に考えたものではないというのが、太蔵の持論である。

「将来、技師になるせよ商売をするにせよ、高い学力と良識がなければ立派な仕事はできないと、私はそう思っています。それゆえ、郷土の発展のためには、どうしても中学校が必要なのです。実業学校は考えておりません」

「ほう、あなたはなかなかの理想主義者ですね」

「いいえ、ちがいます。私は現実的に考えて、それしかないと思っておるのです。どうか、認可をお願いします」

　太蔵は立ち上がって頭を下げたが、

「こちらも現実を見て、もう中学はいらないと申しているのでしてね――」

　牧野は、やわらかい笑みを浮かべてそういうと、懐中時計に目を落とした。面談時間は十分以内だと、あらかじめいわれている。牧野の態度に威圧感はないが、話し合いに応じるつもりもないことが、その笑みに表れていた。

　これ以上は無理だ――。

　そう悟った太蔵は、時間をとってもらった礼を述べた。

　牧野が立ち上がって部屋を出ていく。緊張はしていないつもりだったが、外に出ると、首すじにつよいこりを感じた。

　大臣に会いさえすれば何とかなる、熱意でくどき落とせる――そう意気込んでいただけに、太蔵の失望感は小さくなかった。

　失望、というより無力感といったほうがいいかもしれない。国家という大きな牛の前には、自分は蝿か虻のような存在でしかないのだと思った。容易に近づくことすらできず、近づいたとしても、尻尾の一振りで追い払われてしまう。

「いや、牧野大臣が会ってくれただけでも大したことですよ。正直、僕はとうてい無理だと思っていたんですから」

その晩、肩を落とす太蔵に、収はそういった。慰めではなく、本心から感心したようすである。

「それに、文部大臣が中学校はもういらないといっているのなら、県立中学だってつくれないわけでしょう」

「なるほど――たしかにそがだな」

「だから育英黌は大丈夫ですよ。まあ、政府の方針は変わるかもしれませんが、そのときはまた認可申請すればいい」

「おまえはさすがに大学生じゃなあ。ずいぶん気が楽になったよ」

「そうそう、帰りにサイダァを買ってきたんです。面談が叶った祝いに、これで乾杯しましょう」

瓶に入った透明な液体を、収は湯呑みについでくれた。小さな泡がシュワシュワと浮き上がってくるそれを一口飲むと、ピリッとした刺激のあとに、さわやかな甘みがひろがる。

「こりゃ、なかなかうまいもんだな」

「そうでしょう。東京じゃ、今すごく人気があるんですよ。そのうち由良でも売りだすでしょう」

「ほう、こりゃあええわ」

初めて飲んだサイダーは、このの後ち酒をたしなまない太蔵にとって何よりの好物となる。

翌日、太蔵は四谷に向かった。十四年前、水垣当斎と再会した鮫ヶ橋の貧民街である。

もうあそこにはいないかもしれないと思う。いやそもそも、あのときすでに六十ちかい老体だったのだから、もう亡くなっていると考えるのが自然だろう。

それでも、東京を去る前に一度訪ねてみたかった。

路面電車で四谷見附（みつけ）まで行き、そこからは記憶をたどって歩く。やがて陸軍士官学校と練兵場が見え、崖下には以前と同じく家や長屋が密集していたが、その規模はずいぶん小さくなっていた。汚物の臭いも薄まっているし、残飯売りの声も聞こえない。

路地から路地をめぐって当斎のことを尋ねた太蔵は、しかしその人がまだ生きていることを知った。ただし、一年ほど前から寝たきりで、今では生きているのが不思議なくらいだという。

「まあ、あの人もここが長いらしいし、死んだとなれば耳に入るはずだからねえ」

そういって四十がらみの女が教えてくれたのは、廃材を集めてつくったとおぼしきあばら家だった。十四年前に訪ねた家よりも、またいっそうみすぼらしい。

一間しかない、いっそ小屋といったほうがいいようなその家のなかで、当斎は薄い布団に眠っていた。頬骨が浮きでた皺だらけの顔に、伸びほうだいの白髪——たしかに、生きているのが不思議なくらいの衰えぶりである。

「先生、当斎先生、私です、豊田太蔵です」

耳もとで話しかけると、当斎はゆっくりとまぶたを開けたが、その目はうつろで、太蔵の声が聞こえているかどうかも定かでない。

「お久しぶりです。もう来るなといわれたが、また来てしまいました」

当斎は何もいわず、ふたたび目をつむった。目をあける力さえ、もう残っていないという感じだ。

それでも、太蔵はこれまでのことを当斎に語りかけた。ようやく学校ができたこと、中学認可をとるため勢いこんで上京したものの、うまくいかなかったこと――。

　返事がかえってくることはないが、血の気のない唇が時折うごくのを見ると、声は聞こえているのかもしれないと思う。


　そのとき、表の戸が開いてひとりの男が入ってきた。詰襟の軍服を着た、二十歳くらいの青年である。

「どなたですか」と、よく通る声で訊く。

　太蔵が自分のことを述べると、

「そうでしたか――。自分は士官学校二年の木田二郎といいます。階級は軍曹です。水垣先生には、子どものころから世話になっています」

　そう挨拶して当斎に近づき、布団をめくって下の世話をはじめた。手ぎわよく襁褓（むつき）を替えると、こんどは抱き起こし、吸い飲みからゆっくり水を飲ませた。当斎は薄目を開けたり、また閉じたりしながら、まるで赤ん坊のごとくされるがままになっている。

「豊田さんの名は、水垣先生から聞いていました。以前、こちらにお見えになったことがあるでしょう」

　当斎を寝かせた木田が、太蔵に向きなおっていった。

「おお、ずいぶん昔のことだが、覚えておられるか」

「自分はほんの子どもでしたから、かすかな記憶しかありませんが――あいつは何かを成し遂げる男だ、おまえたちも目標を持って勉強せよと、水垣先生からいわれたものです」

「そんなことを……」

浅黒くひきしまった木田二郎の顔を見ながら、太蔵は十四年前のことを思いだした。

あのころ、当斎は自宅で「三銭学校」をひらいていた。小学校に行けない子どもらを集めて、読み書き・算術を教えているのだといっていた。

そうだ、あのとき「せんせいー」と呼んで顔をのぞかせた少年がいたが――それが木田だったかもしれない。顔を見たのは一瞬だが、記憶のなかの面影が、目の前の青年とかさなる。

その子が、いまは士官学校にいるという。

士官学校は陸軍の将校を養成する学校で、授業料がいらないうえ、卒業すれば高等武官（国家公務員上級職）への道がひらかれる。ために人気があり、各地から優秀な生徒が集まっていると聞いていた。

「水垣先生は、中学校にすすむ援助をしてくれました。自分も懸命に勉強しましたが、中学を出て士官学校に入れたのは、まったく先生のおかげです」

「それでいま、面倒をみているんだね」

「自分のほかにも、先生の援助を受けた者がいます。先生はそれで蓄えを失ってしまわれた……。こんなところ、さっさと出て行けばいいのに、無一文になるまで……」

木田はうつむき、声をつまらせた。が、やがてまた話しはじめた。

「自分は学校から近いので、昼休憩にこうして来ることにしています。夕方になると別の者も来てお世話します。ひと月ほど前までは、飯の仕度もしていたんですが、それも喉をとおらなくなって……。しかし、先生は強靭な生命力を持っておられます。自分たちの話も、きっとわかっていらっしゃいます」

「私もそう思うんじゃ――。先に来た折、当斎先生はここに骨をうずめるつもりだといっておられた。

きみたちのことが、ほんとうに可愛かったんだろうなあ――。私は、もう会えんだろうと思いながら来てみたが、会えてよかった。きみのような青年が育ったことを、先生はきっと喜んでおられるだろう」

太蔵は、よろしくお願いすると木田に頭を下げて、あばら家を出た。

春の日差しに満ちた路地を歩く。やせた犬が寄ってきて、太蔵の着物の匂いをかぐと、また離れていった。

当斎の寿命はあとわずかだろうが、しかしその最期は決して不幸ではない。育てた子たちに面倒をみてもらい、感謝されながら逝(い)くのだ。むしろ幸福といっていい。

十四年前は、この貧民街に骨をうずめるといった当斎を奇異に感じ、ここの子どもに読み書きを教えたところで、どうにもならないだろうと思っていた。

ところが、士官学校の残飯を食べて育ったはずの木田青年が、いまは士官学校で学んでいる。崖下から崖の上にあがったのだ。これからも上をめざしてすすむだろう。

そして、身銭を切って――無一文になるまで――かれらを支援したのが当斎だったという。

「敬天愛人(けいてんあいじん)」を信条とし、人を愛することをなにより尊んでいたという西郷隆盛の教えを、当斎は実践し、つらぬいたのだ。「克己」の精神を生きたのだ――。

そう思うと目がしらが熱くなり、太蔵は歩きながら、着物の袖でそっと涙をぬぐった。

いまの自分の落胆など、小さなものだ。自分はまだまだだ――。

当斎と木田青年に会えただけでも、東京に来てよかったと思った。

校地内を走る列車

太蔵が由良にもどった四月なかば、育英黌の新学期はもう始まっていた。開校二年目の入学生は二十二人だった。前年の半数以下である。しかも、初年度入学生五十三人のうち十人が、三月末までに転学したり退学したりしていた。

その理由を、太蔵は佐々木校長に問うた。

「転学者の六名は、みな倉吉農学校に移っています。農学校の予科を二年終えれば、鳥取や米子の中学の編入試験を受けられますからな」

「退学者は？」

「家の事情が二名、あと二名は通学が大変だという理由です」

「新井寿道はどうですか」

「新井はまだ在籍しています。しかしどうでしょうな。家の手伝いで、ときどき休むことがあるようですから」

「そうですか」

「やはり認可のない学校はきびしいですな」

ため息まじりにいう佐々木校長を、「これからですよ、ここから頑張りましょう」と太蔵は激励した。
一、二年生合わせて六十五人――この先転学や退学を出さないためには、この子たちが希望のもてる学校にしなければいけない。よりよい学習環境をととのえなければいけない。
太蔵はまず寮をつくることにした。

寮ができれば、通学距離の問題は解消されるし、お互いが切磋琢磨する場所にもなるだろう。さいわい、二十年前に学校用地として買い取った藩倉跡地が、手つかずのまま残っている。

「それは大変いいことですね。しかし、建設資金はどうしますか」

佐々木校長の疑問はもっともだった。由良村から千円の補助を受けているとはいえ、昨年一年間の収支はぎりぎりである。寮を建てるだけの余裕はない。

「育英会員と相談します。きっと何とかなりますけん」

夜の育英黌を会場にした会合には、五十人ばかりがあつまった。古くからの会員もいれば、竹歳敏夫のような新しい会員もいる。育英黌が開校してから何度か会合をもっているが、ようやくできた学校を支えようという思いは、とくに地元の会員たちにはつよい。

一時は寝たきりになっていた松井新吉も、長男に援(たす)けられて参加していた。

「松井さん、いやよく来てくださった」

太蔵がその手をとっていうと、

「あ、あんた、がんばりた……」

たどたどしい口調ながら、手をにぎり返してくれる。〈あんたが頑張った〉といいたいのか、〈頑張れ〉ということなのかは判然としないが、こうして喋れるまでに回復したことを太蔵はおどろき、そして喜んだ。なにしろ松井は、二十年来、いやそれ以前からの同伴者である。

その晩の会合で、地元会員が十円ずつ出資すること、また寄付を集めることが決まった。材木屋をやっている会員からは、「少し古い木材だが、余ったのがあるから使ってくれ」という申し出もあった。

それに呼応して、金物屋からは鍋釜を提供するという話があり、土建業をいとなんでいる会員は、人夫を出してくれるという。

　これなら大丈夫だ、と思ったとき、

「それはそうと、第三中学校の話はどうなっとるんじゃろうか。倉吉に県立中学が新設されることになりゃあ、寮をつくっても無駄になりゃせんかな」

　という声があがった。

「倉吉に中学ができるちゃあ、ほんとうか」

「そうなりゃ、育英黌に来る生徒がおらんようになってしまうがな。ただでさえ、入学者が去年の半分だというのに」

　太蔵はもとより、あつまった会員たちには、中学校のない県中部に、自力で中学相当の学校をつくったという自負がある。それだけに危機感は大きい。県に好き勝手されてたまるか、という思いもある。

「まあ落ち着いてください」

　太蔵は立ち上がって場をしずめた。

　そして、第三中学校が県立中学なのか、それとも育英黌を指すのかを、県議会は決めていないこと、自分はそれを見越して文部大臣と面談したが、もう中学は足りているといわれたことなどを説明した。

「したがって、中学校の新設は当分ないということです。私が牧野大臣から直接聞いたことだけえ、まちがいありません」

　安堵の空気がひろがった。

「しかし、いずれは中学校にせねばなりません。でなければ、せっかくできた育英黌を存続させ、発展させることはできん。今後も認可を働きかけていきますけえ、どうか協力をよろしくお願いします」

太蔵の言葉に拍手が起き、その夜の会合はそれで終わった。

ところが、五月のその会合とほぼ時を同じくして、県議会は、県立中学校の新設を決議していたのである。

太蔵がそれを知ったのは八月に入ってからで、寮の建設はもう中盤だった。骨組みはすでに出来あがり、人夫たちが細竹を組んで壁の土台をつくっている。左官たちが壁土をこねるのを、夏休み中の生徒といっしょに、太蔵も手伝っていた。

そこへ国枝甲介がやって来て、教えてくれたのである。

教えてくれたというより、

「これで、きみと同じ土俵に立ったわけだ。県立中学と私立の育英黌、どちらが有能な人材を育てられるか競争だね」

という国枝の言葉は、まるで宣戦布告のように聞こえた。

ちょっと待ってください——太蔵は泥で汚れた手を、手拭いでふきながらいった。

「いつ、そんなことが決まったんですか」

「県議会の議決は、もう二ヶ月以上前になるかな。倉吉出身の事業家が学校用地を寄付してくれてね、これが決め手になった。県はすでに、校舎の建設計画に着手しているし、僕らも教員確保などに尽力しているよ」

「し、しかし政府は、もう中学はいらないという方針ですよ」

「いや、七月に内閣が総辞職しただろう。牧野文部大臣も辞任した。こんどの小松原英太郎文部大臣は、教育行政に熱心だからね、遠からず認可が下りるだろう」

そういうことか――。

「豊田先生、作業が一段落しましたけえ、昼飯にしてええですか」

生徒が近寄ってきて訊く。ああ、ご苦労さんだったな、と、太蔵はなかばうわの空で答えた。

「つい先だっては、適当な時期に韓国を併合するという閣議決定がなされた。朝鮮半島が日本の統治下におかれれば、そこへも優秀な人材を送らねばならなくなるだろう。それも、かなりの人数をな――」

国枝はパナマ帽を取り、ハンカチで額の汗をふきながらいった。二人がいるのは大きなケヤキの木陰だが、そこから一歩出れば、地面を白く焼くほどに日差しはきびしい。

日露戦争が終わったのち、韓国は日本の保護国とされ、韓国統監府（とうかんふ）がおかれていた。初代の韓国統監には、伊藤博文が就いている。

「これから先、中学への進学者は、増えこそすれ減ることはない。僕はね、県立中学と育英黌が良きライバルになれると思っているんだよ」

「本心から、そう思っとられるんですか」

太蔵は、国枝に向きなおって訊いた。

県立中学と無認可の私立校とならば、勝負は目に見えているではないか。

かつて、県庁の廊下で聞いた話――国枝は育英黌をつくらせて、それがつぶれるのを待っているのではないか——が脳裏によみがえる。〈つぶれるのを待って〉はいいすぎだとしても、中学設立のための露払い役をさせられたのではないか——そんな疑念がわく。

「もちろんだよ。きみの教育にかける情熱は、この僕がだれよりも知っているつもりだ。それに、育英黌はこの地域の先達（せんだつ）だ。こうして寮だってつくられているじゃないか」

パナマ帽を被りなおすと、国枝は「じゃあ」と手を上げて去っていった。

長年の付き合いなのにその心の内をつかめない、文明開化の象徴のような白い上着の背中を、太蔵は木陰に残って見おくる。

県立倉吉中学校の認可は、翌明治四十二年の三月に下りた。

校舎はまだできておらず、倉吉町内の高等小学校に間借りしての開校である。そのため定員に制限があり、入学者のほとんどは、倉吉農学校予科からの転入組だった。

育英黌の入学者は十一人と、前年よりさらに半減した。

募集広告を出すだけでなく、会員たちからも誘ってもらったのだが、由良近辺の中学校志望者はみな、倉吉中学の校舎が完成するのを待っているようだという。

由良と倉吉は近い。列車が通ったいまなら、余裕で通学圏内である。

せっかくつくった寮も、入ったのは二人だけで、閑古鳥（かんこどり）が鳴いている状態だった。

そして一年後の明治四十三年四月、倉吉中学の新校舎が完成した。

さえぎるものの何もない、田畑の真ん中につくられた新校舎は、最新技術をつかった二階建てで、その白い壁はまるでつきたての餅のようにぴかぴかだった。立派な講堂もそなえている。待ちかねていた多くの生徒が受験し、その校舎の門をくぐった。

対して、育英黌の志願者は五人――。

予想していたこととはいえあまりの明暗に、太蔵はいっとき肩を落としたが、しかし落胆している時間は短かった。二年生から四年生まで、八十人ちかい在校生がいるのである。

「校舎や設備ではかなわんが、一人ひとりを密に教育して、必ず良い方向に向かわせますけえ」

心配してあつまった地元の育英会員に、太蔵はそういって、胸を張った。

むろん、みずからを励ます意味合いもあったのだが――。

しかしその決意もむなしく、状況は坂をころがるように悪化していく。その年のうちに、五十人以上の生徒が中途退学していった。

ほとんどが、倉吉中学を受けなおすつもりのようだった。なかには、編入試験に受かって横すべりしていく者もいた。

これまで、何度となく壁にぶつかったり挫折しかかってきた太蔵であったが、五十代もなかばを迎えるころになって、最大の危機に直面することになる。

十　暮れても登る

明治四十三年八月、日本は韓国を併合した。

それまでの韓国統監府は、朝鮮総督府とあらためられ、朝鮮半島全土を統治することになった。

初代の韓国統監だった伊藤博文は、前年の十月、満州のハルビン駅で暗殺されていた。

射殺犯は、民族独立派の青年であったが、韓国内の併合賛成派は、この事件に危機感をもち、結果として併合の調印を早めたともいわれている。

思えば、日清・日露の戦争は、ともに朝鮮半島をめぐるものだった。それを手中におさめることで、日本は防衛ラインをたしかにしただけでなく、大きな権益を手に入れた。

日清戦争後、すでに台湾を清から割譲していたが、これで中国大陸への足がかりも得たことになる。

その年の夏、太蔵の次男・収は東京帝国大学を卒業、秋には高等文官試験に合格して、かねての望みどおり逓信省鉄道院に入ることが決まった。

三男の稔も東京帝国大学に入り、兄とともに渋谷の借家で暮らすようになった。やんちゃで甘えん坊だった四男の保は、駆けっこが得意な小学校三年生である。

三女のむめと竹歳敏夫の結婚は、師走の吉日と決まった。むめが、二十歳になる前に嫁ぎたいと希望したからである。

日本という国が外へ膨らみはじめたこの年、豊田家の子どもたちも外へと翼をひろげつつあった。日本はともかく、豊田家のそれは喜ぶべきことである。

むろん太蔵もうれしかった。

うれしかったが、育英黌が存続の危機にあるなか、その喜びを味わうだけの余裕がない。気持ちだけでなく時間的にも、また育英黌のための持ち出しがどんどん増えるので、金銭的にもまったく余裕がない。

暮れにむめが嫁いだときにも、持たせてやれたのは布団と小さな鏡台だけ――。花嫁衣装も、手持ちのなかの一番いい着物を、たかが洗い張りして仕立てなおすというつつましさだった。

明治四十四年四月、育英黌に入ってきたのは五人だった。

在校生は三十人ばかりで、そのうち、最上級生である五年生は八人。開校時には五十三人が入ってきたのに、かなしいかな、それがそこまで減ってしまったのである。

その八人のなかに、新井寿道が残っていた。三年の終わりに、家の都合で退学すると申しでた新井を、太蔵は家まで押しかけて説得したのである。

新井は、はじめ嫌がった。三年通わせてもらって満足したし、これ以上家に負担はかけられないと言い張った。

「三年で満足というが、きみは、そんな中途半端な考えでこの学校に入ってきたのか。きみの優秀さは先生方から聞いている。もっと勉強して、高等学校へ行きたいとは思わんのか」

太蔵が少しきつい口調でいうと、

「豊田先生の家は地主さんじゃけえ、なんぼでもお金があるでしょうが、うちは家族が力を合わせて働いて、ようやく食っておるんです。高等学校など、夢のような話はせんでください」

大きな目でにらみつけながら、そういい返した。一年のとき、からかった年上を殴ったというだけあって気がつよい。太蔵もそれを知っているから、「夢のような、ときみはいったな。やはり進学したいんだろう」と畳みかけた。新井が唇をかんでうつむく。

「育英黌では、成績優秀で高等学校にすすむ者には、学費を貸与、もしくは贈与することにしている。それは知っているな?」

「はい……」

「育英黌での残り二年の学費は、免除する」

「しかしそれでは……」

「かまわん。それをこれから伝えにいって、親御さんに学校をつづける許しをもらおう。いいな」

「はい……ありがとうございます」

ありがとうございます、は小さな声だったが、先ほどまでの食ってかかるような顔つきとはちがって、その表情はやわらかかった。

新井の親は、もともと学校をつづけさせたいと思っており、しかし息子のほうが辞めるといい出して、どうしたものかと思っていたところだといった。育英黌に入れてみて息子の優秀さがわかった、下に男の子もいるので、どうしても農家を継がなくてもいいと考えている、ということだった。

「父さん、ほんとうに学校をつづけていいのかい」

新井は、やせて小柄な父親にそう訊いた。

「ああ、しっかり勉強して偉い者になってくれりゃあ、そのほうが親孝行だ。豊田さんに感謝するんだぞ」

「はい！」

案ずるより産むがやすし——とはこのことだろう。新井は、ひとりで農家の長男という責任をしょっていたのだろうと、太蔵は思った。

それが、県立倉吉中学の校舎ができるころのことで、生徒の数が激減するなか、以前にもまして教師に質問し、全力で教わったことを理解しようとつとめる新井の存在は、太蔵にとって大きな慰めだった。


生徒が少ないからといって、かんたんに教員を減らすわけにはいかない。それぞれの教科を担当する教員は、絶対に必要である。

学費収入が大幅に減るなか、教員の給与や学校の維持費には、太蔵の私費をつぎ込むしかなくなった。

太蔵は、育英会員と打開策を相談しようとしたが、あつまったのは十人にも満たない数だった。その少ない会員からも、

「県立中学ができてしまったからには、もうどうにもならんでしょう」

「あっちは県立中学、こっちは無認可の私立学校。とうてい太刀打ちできんですよ。いや、倉吉中学の校舎はまことに立派ですけえなあ」

といった意見があいつぐばかりである。

中学の認可申請は、その後も県に出しているが、退けられつづけていた。東部や西部よりも人のすくない中部に、県が二つの中学を認めるはずがないという意見には、残念ながら太蔵もうなずかないわけにはいかない。

会合は完全に煮つまってしまった。

というより、はじめから漂っていたあきらめムードを、互いに確認し合うといった感じである。ついには、「まあ、ここまで頑張ったのをよしとして、在校生が卒業したら閉校ということも考えたほうがいい」という声も出るしまつで、打開策どころではない。

――まあ、そがだなあ。育英黌のできた時期がようなかったわい。

――最初の年にはようけ生徒も来て、寮までつくったのに、残念だがしかたないなあ。

そんな雰囲気のなか、竹歳敏夫が「ちょっと待ってください」と声をあげた。

「新参者が生意気をいうようですが、豊田さんや育英会のみなさんは、県立中学とはちがう学校をつくろうと頑張ってこられたんじゃないんですか？　上から一律に押しつける教育ではなく、生徒一人ひとりと向き合い、能力を伸ばす教育――そんな学校をつくりたいと、私は豊田さんから聞いて感銘を受けたんです。ようやく育英黌ができて、スタートラインに立ったところで出鼻をくじかれるようなことになって――でもそれでやめてしまうんじゃ、あまりにも残念です。志とは、そんなに簡単に捨てられるものですか？　ちがうでしょう？　来春には第一回の卒業生も出るんです。卒業したとたんに母校がなくなったりすれば、どんなに寂しいか……。困難な状況なのはたしかですが、卒業する生徒たちのためにも、なんとか持ちこたえる方策を考えましょうよ」

敏夫の熱弁に、座はしずまり返った。

うんうんとうなずく者もいたが、積極的な意見が出てくるわけではなく、なんとなくそのままお開きの格好となった。


その帰り、五月の夜道をならんで歩きながら、

「さっきは、ええことをいってくれたなあ。わしゃ、うれしかったわい」

太蔵は竹歳敏夫に礼をいった。むめとの結婚から半年がたち、この秋の終わりごろには初子（はつご）が生まれる予定だと聞いている。やわらかな若葉の匂いが、わが子の肌着を取り換えた昔を、ふと呼び起こした。

「敏夫くんとむめの子なら、きっとええ子ができるじゃろう」

そんな独り言が口をついて出る。

「身内だからいったわけじゃありません。僕も志をもって教員になったつもりです。お義父さんこそ、今夜はなんで黙っていたんですか」

「うん……」

「存続の危機にある今こそ、育英会員をまとめて、士気を高めないといけないでしょう」

「そりゃもっともなんじゃがな、昇り調子のときには人が集まり活気づくが、ひとたび下り坂になれば、潮が引くように去っていく――わしはもう何度もそんな経験をしてきた。人の心とはそういうものだ。力づくで持ち上げたり、押さえ込んだりすることはできん。ときの運というのはある」

「では、お義父さんもあきらめるんですか。卒業生を出したら閉校ですか」

「いや、来春に卒業生を出しても、まだ何人もの生徒がいる。来年入ってくる者もおるだろう。たとえ生徒がひとりになっても、閉校にはせん。育英黌はつづけていく。田畑や山を売れば、何年かはやっていけるだろう」

「いや、しかしそれでは豊田家が……」

「先祖には少しばかり申し訳ないが、息子たちも独力で生きていくだけの教育を受けておるし、『児孫(じそん)のために美田(びでん)を買わず』と西郷隆盛先生もいわれた。豊田の田地がなくなっても、育英黌と、育英黌で育った生徒らが残れば、それでええじゃないか」

「そこまで……」と敏夫が声をつまらせる。

　太蔵の脳裏にあるのは、幕末に反射炉と台場を築造した、武信佐五右衛門と潤太郎の記憶だった。大地主だった土地のあらかたを失ってまで成した事業が水泡に帰しても、「道楽じゃ」と笑っていた佐五右衛門。「男子一生の仕事をさせてもらいました。悔いはありません」といっていた潤太郎――。

　二人の姿を思い浮かべると、自分などまだまだだと太蔵は思う。貧民街で子どもを教え、無一文になるまで支援したという水垣当斎のことも、もちろん頭にあった。

「敏夫くん、わしゃ、自分の事業は山登りのようなもんだと思っとる。はや五十六にはなったが、命あるかぎりは登りつづけにゃならん。――まあ、無分別な男だということじゃ。家の者は大いに迷惑しておるだろう」

「いえ、むめもお義父さんの志はよくわかっています。さっきは身内だからいったんじゃないといいましたが、むめからも、力になってほしいといわれているんです」

「そがか――。嫁入り仕度も満足にしてやれんでかわいそうなことをしたが、しかしむめはいい人と一緒になった。よろしく頼むよ」

「はい」

敏夫は照れたように頭をかいたが、そうして話しながら、その夜、太蔵はもうひとつ決意したことがあった。

由良村長の辞任である。

これまで二足のわらじを履いてやってきたが、これからは育英黌に専心しよう。それに、村長も長くやりすぎたかもしれない。由良川の改修事業など、まだできていないことはあるが、それも含めて新しい人がやったほうがいい。

その年の八月、およそ二十年にわたってつとめてきた由良村長を、太蔵は辞任した。

明治四十五年三月、育英黌ははじめての卒業生を送りだした。

その数は五人。この一年のうちに、三人が転・退学していった。

新井寿道は五人のうちのひとりである。京都の第三高等学校に合格して、育英黌から学費贈与を受けることが決まった。

「豊田さん、ありがとうございました。これからよりいっそう勉学に励みます」

頭を下げる新井は、もう青年といったほうがいい凛々しさだった。はじめて会った日、目の下にアザをつくっていた少年を思いだし、太蔵は目頭が熱くなるのをおぼえた。

「しっかりやりなさい。――が、まあ先生への質問はほどほどにな。ここでもだいぶ往生した先生がいるそうだ」

照れかくしに太蔵がそういうと、新井は恥ずかしそうに笑った。

授業で教わったことは、その日のうちに頭に入れてしまうという新井の勉強方法は、すでに育英黌内で有名だったが、そのために質問攻めにされた教員は少なくないらしい。教員のほうもうかうかしていられなかった。

そんな新井に刺激を受けたのか、ほかの四人の卒業生たちも、なかなかの強者ぞろいだった。

聞けば、英語の先生の家に夜討ち朝駆けで教わりに行った者がいるとか、わからない問題を深夜までねばって質問する者がいて、すっかりやせてしまった数学の先生がいるとか――。

ともかく、そうした双方の涙ぐましい努力のおかげで、みな進学先が決まった。数学満点で、高等商船学校に合格した生徒もいた。

太蔵だけでなく、身を削られるようにして教えてきた教員にとっても、初の卒業生を送りだせたことは、感無量だったにちがいない。

しかし五人の卒業生を出したあと、育英黌は休校状態になった。

いや、生徒はいる。この四月に入ってきた四人の一年生を合わせて、二十人が在学している。

とはいえ、一学年あたり四人では、学校というより私塾である。くわえて、やめる教員があいついだ。

どうみても将来のなさそうな学校に見切りをつけたということだろう。佐々木校長までもが、高齢を理由に退職してしまった。〈休校状態〉とはそういうことである。

　村長を辞してからの太蔵は、育英黌にいる時間が長くなっていたが、佐々木校長が抜けたあとは、ひとりで切り盛りする状態だった。

　ある日廊下を歩いていると、生徒のひとりから、「あのう……」と声をかけられた。

　そのころには、生徒の名前をぜんぶ覚えていたから、「なんだね、宮尾くん」と太蔵は答えた。ひょろりと背の高い、気弱そうな二年生である。

「育英黌は閉校になるという話を聞いとりますが、ほんとうでしょうか」

「なくなりはせんよ。欠けてしまった教科の先生も探しているところだ。田んぼを売ってでも学校はつづけるから、安心しなさい」

「よかった。ぼく、倉吉中学のような大きな学校はなんだか恐くて、よう行かんのです。ここで勉強がつづけられるなら、そうしたいんです」

　宮尾はぺこんとお辞儀をすると、案山子(かかし)が歩いているような、ぎこちない足どりで去っていった。

　いろんな生徒がいるな、と太蔵は思う。それぞれの生徒が持つ特質をみきわめ、能力を開花させてやらねばならない。その先に、この地方の開化があり、発展がある――。

　太蔵の持論は、中学設立を思い立ったときから変わらない。

　変わらないものを支えるのは、しかし大変である。実際、田畑の何割かはすでに手放していた。

　古い家は傷(いた)みもすすんでいるが、それを修理する余裕もないから、ほったらかし――茅(かや)をふき替えない屋根は軒が下がり、玄関の柱も少し傾いてきている。

訪れた客が、「どうしたんですか」といいたげな顔をするのを見て見ぬふりをし、たかが「この畳もすっかりそそけてしまって……」とため息まじりにいうのを、聞かぬふりでやり過ごしていた。

養蚕の仕事は、四女の加津と五女の満津子が中心になり、たかがそれに加わっている。四男の保も、小学校がひけてから手伝うことがあるものの、こちらはすぐ外遊びに行ってしまい、あまり当てにはならないらしい。

カイコさんでもうかったら、着物を買ってやると約束したこともあったが、養蚕の上りは、この数年、すべて教員の給料に消えてしまった。娘たちには、まだ一枚の着物も買ってやっていない。

十八になる加津は、泊村の医者の家に嫁ぐことが決まった。泊村は倉吉よりさらに東にあるが、むめとちがって物おじしない娘だから、多少遠くても大丈夫だろう。

しかし、このたびも満足な嫁入り仕度はしてやれそうにないな、と太蔵は申し訳なく思う。

ちらりとそれを口にすると、

「いいわよ。むめ姉さんのときもそうだったし、あたしはもうあきらめてます。この家の女は、お父さんの召し使いだものね」

加津はそんなことをいう。

「な、なにをいう。召し使いなんぞであるもんか。だいじな、可愛い娘だ」

太蔵は語気をつよめていい返した。

「ふふ、ちょっと意地悪をいっただけよ」

「馬鹿、父親にそんなことをいう奴があるか」

「ごめんなさい。お父さんの気持ちはよーくわかってます。お父さんの仕事がいま大変なときにあることもね。それを支えるのは、家族として当たり前のことですもの、嫁入り仕度なんかいらないわ。向こうの家も、身ひとつで来てくれればいいといってるんだし、ほしいものがあれば、これからはヘソクリを貯めて買いますから」

あっけらかんといい放つ加津を見ながら、なんとまあ――と太蔵はため息をつく。もしかして、これが〈新しき女〉というものなのだろうか。上の娘たちは、父親にこんな親しげな口はきかなかったし、ましてやからかったりなどしなかったものだが――。

〈新しき女〉という言葉は、しばらく前から、新聞などで目にするようになった。これまでの家制度に縛られない考えの女性が、声をあげ始めているという。男と対等に話をし、本人どうしの自由意志で結婚したり、籍を入れない〈事実婚〉をする女が、都会にはいるらしい。

まあ、加津はそんな娘ではないが――。

このころになると、全国の高等女学校は二百校を超え、教養のある女性が増えていた。欧米で盛んになった女性解放運動が日本に伝えられ、平塚らいてうが中心になって『青鞜』を創刊したのは、前年明治四十四年のことである。

その冒頭で平塚らいてうは、「原始、女性は太陽であった」と書き、女性の自立を高らかに宣言した。

もしもつねがこの時代に生まれていたら、もしも加津と同じ年ごろだったら、都会に出て女性解放の運動に加わっていただろうか――。

太蔵は、ふとそんなことを思う。少なくとも、離縁されてのち転々とし、たかや実家と不仲になるようなことはなかったのではないか。いったい、つねはどこで何をしているのだろう――。

その年、明治四十五年七月末、明治天皇が六十一歳で崩御し、元号が「大正」とあらためられた。九月に大葬の礼がおこなわれたが、その日、陸軍大将であった乃木希典が妻とともに殉死した事件は、多くの人々に衝撃を与えた。

まるまる明治時代を生きた夏目漱石や森鷗外は、その作品のなかで乃木の心情を思いやり、同情の念をよせた。

いっぽう、芥川龍之介や志賀直哉など新時代の青年は、〈非文明的〉で〈前時代的〉であると批判した。

太蔵は、明治帝や乃木大将にちかい世代である。明治の世になったときには十三、四になっていて、その乱暴なやり方に疑問や不満をいだいたこともあるが、それでも青年期・壮年期を〈明治〉とともに生きてきた。武家ではなかったが、武士的なものを心のうちに残しながら、新しい時代を切りひらこうと奮闘してきた。うまくいかないことばかりだったけれども――。

だから、明治が終わったことはやはり寂しかったし、乃木大将にも同情してしまう。

「あの人も苦労が多かったじゃろうなあ……」

つい、そんな独り言が口をついて出る。

太蔵は少し弱気になっていた。

　もともと少ない櫛(くし)の歯がぽつぽつ欠けるように生徒が抜けていき、秋がふかまるころには、育英黌の在校生は十三人になった。各教科の教員は、中学卒業資格のある人に臨時で来てもらったりしているが、これでは教育の質も担保(たんぽ)できかねる。

　田畑も半分ちかく手放してしまった。

——豊田の太蔵さんは教育ぐるいじゃな。

——地主で分限者(ぶげんしゃ)さんだったに、家も傾いてしまってなあ。育英黌に意地を張りんさって、愚かなことだわい。

　周囲では、そんなささやきが交わされるようになり、太蔵の耳にも入ってくる。

〈教育狂〉〈愚か者〉——そんな言葉は聞き流しておけばよかったが、親戚筋からも、「このさい育英黌はやめたらどうか」といわれるようになった。

　こたえたのは、たかの実家である福井家からそれをいわれたことである。

　この一年ほど、たかが福井家から何度か金を借りていることを、太蔵は知っていた。たかは何もいわなかったが、東京にいる稔への仕送りや、ささやかとはいえ加津の嫁入り準備などの金は、そこから出たにちがいない。察していながら、これも見て見ぬふりをしてきた。

「太蔵さん、わしは金が惜しくていうんじゃない。豊田家のこと、たかのこと、これから学校に出さにゃならん保くんのことを思って、いいますのじゃ」

　大正二年の年明け、訪ねてきた福井覚造は、太蔵にそういった。覚造は、たかの一歳上の兄で、早いうちに育英会員になってくれた人でもある。部屋に入るなり、藁(わら)

がはみだした畳にぎょっとしたようすだったが、すぐにその表情は消えて、穏やかな口調になった。

「ご心配かけて申し訳ありません」

「いや、謝ったりせんでください。わしも、教育はだいじな事業だと思っております。太蔵さんの志と熱意は見上げたもんじゃ。しかし、家を滅ぼしてしまっては元も子もないでしょう」

「たしかにおっしゃるとおりです。だが、あと何年か持ちこたえれば、育英黌を中学にできると思うとります」

「根拠はありますか」

「根拠は……中学への進学者が増えておるということです。育英黌に来る生徒は少ないが、県全体の進学者は年々増加していると聞きます。県立中学だけでは、それを受け入れきれんようになると……」

まったくの苦しまぎれだったが、「なるほど、そんな話は国枝さんからも聞きましたな」と覚造がいった。

「国枝……国枝甲介さんですか」

「そう。この夏に県の視学（教育長職）になられたそうで、倉吉中学で講演会がありましてな、そこで聞いた話です。今年の倉吉中学の入学試験では、落ちた者が五十人も出たそうでしてな」

「五十人も……」

その生徒たちが育英黌を志願してくれれば――と思うが、どうしようもない。国枝が県視学になったことも初めて聞いた。

「かといって、育英黌が中学認定されるということにはならんでしょう。わるいことはいいません、このあたりで手を引いたほうがいい」

「いや、それはできません。たかがお借りした金は、必ずお返ししますけえ」

「太蔵さん、金のことではないと、最初にいうたでしょう」

穏やかだった覚造の口調がきつくなる。

「うちとて金が余っているわけじゃないが、姉が亡くなってのち、たかはたった一人の妹じゃ。その妹の苦労を見過ごすわけにはいかん。どうでも学校経営をやめんといわれるなら、たかを福井に戻してもらいたい」

「え、なんといわれたか……」

「いまからでも、たかを引き取りたいというておるんです」

つれ添って三十五年以上たつ妻を戻せといわれたこともショックだったが、その前の一言に、太蔵はハッとなった。

「さっき、姉が亡くなったといわれたが、それはつねさんのことですか」

「なんだ、知られんだったのか。もう二十年になりますよ」

そんな馬鹿な――と思ったが、それ以上訊くことはできなかった。

もう少しだけ時間をください、と頭を下げて、太蔵は義理の兄を送りだした。

「兄がなんといおうと、わたしは福井に帰るつもりなどありませんよ。満津子や保だっているんですから」

隣室で話を聞いていたらしいたかが、囲炉裏に薪を足しながらいった。

大正二年の一月も半分が過ぎている。明治帝崩御から半年がたち、世間は「大正」という新しい時代に希望を抱いているようだが、そんな気分は、いまの太蔵には遠かった。

「つねさんは、いつ亡くなったんじゃ」

たかは、え？　と一瞬不審そうな顔をしたあと、「二十年前の、大洪水のときですよ」と答えた。

「姉は鳥取の、何とかいう女学校で働いていたようですけど、あふれた川に生徒がはまって、それを助けようとして流されたそうです。亡骸は、水が引いたあとに川下の土手で見つかりました」

明治二十六年秋、県下が大暴風雨におそわれたときのことを、太蔵は思いだした。由良川が氾濫して、このあたりでも甚大な被害が出た。国に補助を求めるために上京したのは、その翌年だったはずだ。

「生徒は、助かったのか」

「ええ。姉が助けたかどうかはわかりませんけど、ずいぶん感謝されたことを覚えていますよ」

「なんで黙っておったんじゃ」

「え？　いいませんでしたか。いったはずですよ。そのことがあったから、わたしは何日も福井に帰っていたんじゃありませんか。洪水の後始末が大変だったから、覚えておられないだけでしょう」

「いや、知らん……知らんかった……」

うめくようにつぶやきながら、太蔵はそのころのことを思いだそうとしてみる。

たしか、洪水のあと英和女学校を訪ねて行って、つねと会ったはずだが――あれはまぼろしだったのか――。それとも、だれかをつねと見まちがえたのだろうか。

いや、日露戦役の最中に大病をわずらったとき、つねは薬を届けてくれたではないか。あの薬のおかげで生き返ったのだ。死にかけた自分がこうして元気でいるのに、薬をくれたつねが死んでいたはずがない。しかも、それよりはるか前に――。

太蔵は混乱しつつ、そのことをたかに問うてみた。

「あの方は、姉が助けようとした女生徒さんですよ。あのころはもう卒業して、教会で働いているとおっしゃっていました。キリスト教の信者さんは義理がたいんですねえ、あなたの病気を小耳にはさんで、わざわざ家まで来てくださったんですから」

「そがだったか……」

あのときはまだ具合がわるく、頭もはっきりしていなかった自分は、薬を飲ませてくれるのがつねだと信じ込み、若いころと変わらずきれいだと思った覚えがあるが――そういうことだったのか――。つねが助けようとした女生徒に、自分は助けられたということか――。

「むめが、女子師範に行きたいといい出したことがありましたね。あのとき、福井の母は姉のことを話したんだと思いますよ。女が勉強して世間に出ていくとどんな目に遭うか、姉さんのようになって家族を悲しませてはいけないと、たぶんそんなことをいって聞かせたんでしょう」

「しかし、つねさんが不幸だったとは、わしは思わんぞ。子どもができんで離縁されたのは気の毒だったが、勉強して自分の道をひらこうとしたんじゃないか」

「まあ――。むめの女子師範に反対したのは、あなたじゃありませんか」

「それはそうだが、つねさんはみずから茨の道をすすんで、人助けのために命を落としたんじゃろう。

立派な人生だ」

「なにが立派なものですか」たかは吐き捨てるようにいう。

「母やわたしにさんざん心配をかけて、好き勝手なことをして——。昔、あなたに金の無心に来たことがありましたよね。あれだって返してくれなかったんでしょう？」

「あれは、返してもらおうと思っていたわけじゃない。亡くなった人をわるくいうのはよせ」

「あなたは、昔から姉さんに甘かった。わたしだってずいぶん苦労しましたよ。わたしの苦労は当たり前で、姉さんの苦労は尊いんですか」

「そがなことをいうとりゃせんだろう！　おまえこそ、つねさんのことを誤解しとるんじゃや！」

つい声を荒げてしまったせいもあるだろうが、たかはその場にぬっくと立ち上がり、「あなたは姉さんのほうがよかったんでしょう。わたしは姉さんの代わりだったんですよね」と、太蔵を見下ろしていった。

たかのそんな姿を、太蔵は初めて見た気がする。

「いい年をして、なに馬鹿なことをいっとるか。つまらんことをいうな」

「いいえ、つまらんことじゃありません。わたしは、心の底でずっと気にしていたんです。長年一緒にいようが、子どもが何人できようが、あなたの心は姉さんが占めている。死んだのを知らなかったというのも、あなたが姉さんの死を認めたくなかったからでしょう」

「なにを……」

「しばらく福井に帰ります。満津子と保はつれていきます。いまの時期カイコさんはいませんけど、養蚕場の掃除はお願いしますよ」

つい先ほどは、帰るつもりなどないといっていたのに、態度を一転させたたかは、その言葉どおり、翌朝二人の子をつれて出て行ってしまった。

外は一尺ちかい雪があり、以前ならとても倉吉まで行けなかったのに、いまは列車が走っている。文明は便利をもたらすが、ときにこんな意地悪もするのである。

二年前に母のはんが没したため、がらんとした家のなかに、太蔵はひとり残される格好となった。妙なことをいって、一人で怒りよってからに――。

太蔵はぶりぶりしながら飯を炊き、味噌汁をつくる。それくらいのことはできるが、食べながら、「やはり美味くはないのう……」というつぶやきがもれた。

たかの怒りも、わからないことはない。さんざん苦労をかけてきたたかに、感謝やねぎらいの言葉をかけてこなかったのはたしかだった。いわなくてもわかってくれると思っていたふしがある。

しかし、自分は姉さんの代わりだった、といわれたのはショックだった。折々につねを気にかけてはきたが、たかを〈代わり〉などと思ったことは一度もない。たかを好いて嫁にもらったのだ。

そがなこともわからんのか。

太蔵は、またぶりぶりしながら味噌汁をすすった。生煮えの大根が歯に当たったが、無理にもかみ砕いて飲み込んだ。

二月、太蔵は、育英黌の志願者募集に歩いていた。小学校を卒業する子がいる家に、一軒ずつ募集広告を持ってまわった。

しかし――。

犬も歩けば棒にあたる。

太蔵が歩けば冷笑にあたる。

もちろん、面と向かってあざ笑う者はいないし、〈教育ナントカ〉といった言葉を投げる者もいないが、それは雰囲気でわかる。おもて向きは親しげに話していたとしても、心の内では、〈愚かな太蔵さん〉に蔑(さげす)みと幾分かの同情の念で接しているのだということが――。

ひと月もたてば、妻子が実家にもどってしまったことも知れわたっているだろう。

「豊田くん、いろいろ苦労は聞いているよ」

県庁の廊下で国枝甲介から声をかけられたのは、そんな二月なかばのことである。県視学という、いわば県教育の責任者的立場になったせいか、細身の身体に威厳のようなものがただよっていた。

「ええ。県が育英黌を中学にしてくれればいいんですがね」

「それは、なかなかむずかしいよ」

「国枝さんは以前、県立中学と育英黌は良きライバルになれるといわれましたね。ならば同じ土俵に立たせてください。いまの状態は、県立中学の一方的な勝ち相撲、八百長試合だ」

「ほう、それは泣き言かな」

「ちがう。お願いだ。これまで何度も申請を出しているが、取り上げてもらえない。県は育英黌を見ごろしにするつもりですか」

「やはり泣き言だね。私立学校にこだわってきたのはきみだろう」

その居丈高（いたけだか）な口調が、積年の疑問を噴出させる。

この人は味方なのか、それとも敵なのか――。

「僕は〈官〉の人間、きみは〈民〉の人間、そこは立場が異なる。しかし、僕はきみのことを見込んできた。〈官〉としての国枝はきみの味方になれんが、個人としての国枝は、きみの力になりたいと思っている」

言葉にせずとも太蔵の表情を読みとって、国枝はそんなことをいう。やはり、この人にはかなわない。

「私は〈官〉は嫌いだ。だが国枝さんのことは好きだし、尊敬しとる」

ほほっ、と国枝が笑い、ははっ、と太蔵も笑った。冷え冷えとした廊下に、そこだけ春を先取りしたかのような、温かい空気が流れる。太蔵は久しぶりに笑った気がした。

「ひとつだけ教えよう。奥田義人氏が、ちかぢか文部大臣に就任する」

「ほんとうですか」

「ああ、まちがいない。ただし、まだ口外はせんでくれ。県としては、あらたな中学をつくるつもりはないが、国が認定するというなら従わないわけにはいかん」

国枝は、太蔵の肩をぽんと叩くと、足早に去って行った。

奥田義人の文部大臣就任の記事は、十日後の新聞に載った。鳥取県出身者としては初の大臣であるため、その扱いはかなり大きかった。

国枝からその話を聞いた直後から、太蔵は上京の準備をはじめた。

なにしろ、育英会の会員である奥田が文部大臣になったのだから、千載一遇のチャンスというしかない。これを逃したら、もうあとはないだろう。

山陰本線は京都まで開通し、もう山越えをする必要もない。東京はずいぶん近くなった。

四年前、牧野文部大臣に会ったときは紋付き袴だったが、今回はなけなしの金をはたいて燕尾服をあつらえ、シルクハットも用意していた。それくらい期待は大きい。

鏡に映った自分の姿を見ると、国枝が着ていたときの格好良さとはちがい、まるでダルマが黒服をかぶっているようでおかしかったが、収は、「なかなか似合ってますよ。燕尾服は恰幅のいいほうが似合うんです」と、父親に世辞をいってくれた。

一緒に暮らしている稔も、「へえ、お父さんのそんな姿、はじめて見ましたよ」と、感心したようにいう。

就任そうそうの奥田は、忙しい合間を縫って面会してくれた。

「ええ、私もよくわかっています。郷土の発展のためには、教育の拡充がなによりも必要だ。育英黌を中学にするため、できるかぎりのことはいたしましょう」

その言葉に、太蔵は勇気百倍、牧野文部大臣に面会を求めたときの苦労がまぼろしのように思えるほどである。

あとは朗報を待つばかりだと、意気揚々と帰鳥した。

由良駅からステッキをふりふり歩く太蔵を見た人たちが、

――豊田のだんなさんは、まあ、あがな格好してどがしなったんじゃろうか。

――たかさんと子どもは、まだ倉吉に帰っとんなるそうだが、それにしてはええ景気だなあ。

と、そんなことをささやき合っていたが、太蔵は、たとえ耳に入っても気にしなかっただろう。


それからまもなくした三月なかば、満津子と保が福井家から帰ってきた。

「お母さんはもう少し残るそうよ。これ、お父さんにわたしてくださいって」

満津子が差しだしたふろしきを開くと、新しい袷の着物と袴が出てきた。

「あたしもお母さんに教わって手伝ったのよ。育英黌ももうすぐ新学期でしょう。生徒さんが入ってくるといいねっていいながら、お母さんと縫ったのよ」

「そがか……。ありがとうなあ」

「お母さんね、もう怒っていないわよ。むしろ、お父さんにわるいことをしたと思っているみたい。お父さんはちゃんとご飯食べてるだろうかって、ときどき心配そうにいってたもの。帰ってきたら許してあげてね」

「そりゃ、もちろんだとも。おまえが心配することはないけえな」

五女の満津子もすでに十四歳、母親の機微は察しているだろう。内気な性格ながら、気づかいのある娘だった。

着物と袴の下に、和紙を綴じた薄い冊子が置かれていた。

「姉の遺品はもうほとんどありませんが、本のあいだからこんなものが出てきました。女学校で働いていたころ、仲間でつくった冊子のようです。姉の一文もあります。お目通しください」

たかの一筆がそえられている。ゆっくりとめくっていくと、最後のほうにつねの名前があった。「私の願い」という題がつけられている。


――三人きょうだいの長女として生まれた私は、十四のときに御一新を迎えましたけれども、さしたる混乱もなく、気ままに育ちました。娘時代は、蝶のように羽を広げ、花のように笑っていればよかったのです。

格式たかく因習ふかい家に嫁ぎ、私は初めて女としての地獄を知りました。子をなさぬことを、義父母から責めさいなまれ、医者である舅は、まるで物品を扱うように、私の身体を点検しました。姑が、夫婦の寝間の隅に一晩中すわって、私と夫を見張っていたこともあります。

耐えられなくて、離縁を申しでたのは私のほうでした。この家から逃れさえすれば、ふたたび自由に生きられると思いつめていたのです。

しかし、そうはいきませんでした。私の心の内には、男を呪い、世間を呪う気持ちが染みついてしまっていたのです。依怙地になって勉強すればするほど、その気持ちはつよくなっていきます。生家との関係もとだえました。

私は、いとこの家に嫁いだ妹をうらやみました。その結婚は私が勧めたのに、夫婦むつまじく、幸せそうな妹につよく嫉妬しました。意地悪な目を向けたこともあります。

いま、神の教えにふれ、自分がいかに愚かであったことかと思っています。私の勉強は、私を解放し、高めるためのものではありませんでした。男と、婚家と、世間とを見返すための勉強であったのです。この女学校で学ぶ生徒たちは幸いです。真理と、良心と、真心を学べるからです。女として、もっとも大切なことを学べるからです。

私は、妹に、父母に、許しを乞わねばなりません。いつか、私の勉強が実をむすび、恥じることのない自分になれたとき、その機会が訪れることを願っております。


かなり告白的な文章であるが、ほかの数人も自分の生い立ちなど語っているところを見ると、あくまで仲間内だけで読むものだったのだろう。

裏表紙の日付けは、明治二十六年の七月だった。大洪水の三月前である。

太蔵は、そのころのつねを思いだそうとしてみたが、浮かぶのは、子どものころ一緒に遊んだ姿ばかりだった。

つねさん、あんたはやっぱりつよい女じゃったなあ……。

心の内でそう呼びかけて、太蔵は冊子を閉じる。黄ばんだ和紙の上に、ひとつ、ふたつ、涙のつぶが落ちた。


たかは、満津子と保に遅れること数日で帰ってきた。「まあまあ、すっかり散らかってしまって」などといいながら、部屋を片づけるようすは、出て行く前と変わらない。

つねのことはもう口にしなかったが、くだんの冊子は、自分が大事にしまっておくといった。

「じつは兄が、稔を婿養子にほしいといっているんですよ」

そう切りだしたのは、帰ってきた日の夜である。

たかの兄・覚造夫婦には三人の娘があったが、上の二人は他家に嫁いでしまい、残った末娘が今年十八になるという。その末娘・種子の相手として、稔を迎えたいという話だった。三男の稔は、この夏に帝国大学を卒業する予定である。

「稔をもらえるなら、あなたの学校に援助してもいいっていうんですよ。そりゃ、豊田と福井はいとこ同士の婚姻をくり返してきましたから、兄の話もわからなくはないですけどね、なんだかお金と引き換えみたいで……。兄にも、それじゃ人身御供みたいじゃないですかって、怒ったんですけど……」

子ども二人を先に帰したのは、そういう話があったからなのか、と太蔵は思った。

稔は大人しく勉強ができたが、小さいころからあまり丈夫ではなかった。よく風邪をひき、風邪をひくと咳が止まらなくなる。本人もそれを自覚していて、都会暮らしはいつまでもできそうにないといっていた。

「まあそれを思えば、こちらで結婚するのがいいのかもしれませんけどねえ」

「なんにしろ、稔に訊いてみないことにはなあ。あれにもやりたい仕事があるだろう」

「わかりました。手紙で問い合わせてみます。種子ちゃんとは昔遊んだ仲だから、知らない相手でもありませんしね」

「それからな、お金の援助は断ってくれ。結婚とは別の話だけえな」

「ええ、あなたはそういうだろうと思ってましたよ。でも、大丈夫なんですか」

「奥田義人さんが文部大臣になったんじゃ。わしはこの前東京まで出向いて頼んできたが、任せてくれという返事だった」

「まあ、そうでしたか。それは何よりですね。早く中学にして、兄の鼻をあかしてやりましょう」

元気づいたたかが、太蔵の膝をぽんっと叩く。二ヶ月前のわだかまりは、もうまるで残っていないようだった。

しかし、奥田からの朗報はなかなかもたらされない。

昨年は五人の卒業生を送りだしたが、今年は卒業生を出すことができなかった。

三年、四年と学年が上がるにつれて、教員も満足にそろわない育英黌に、みな不安を感じやめていく。廊下で声をかけてきた、気弱そうな宮尾少年も、三年になる前に退学してしまった。

春が過ぎ、夏が過ぎ——太蔵はそのかん何度か奥田に手紙を送っていたが、秋になってようやく返事が来た。

とはいえその内容は、「依頼の件は重々承知しているが、目下のところその案件にかかる余裕がなく、もうしばらく待ってほしい」というものだった。

〈しばらく〉とは、どれくらいの時間を指すのか——絶たれたわけではないものの、望みの綱が急に細くなった気がして太蔵は肩を落としたが、しかしこの時期の政治状況を見れば、奥田がそういうのも無理からぬことだったろう。

奥田義人が入閣した第一次山本権兵衛(ごんべえ)内閣は、憲政護憲運動によって第三次桂(かつら)太郎内閣が総辞職したあと、誕生した内閣である。

明治二十三年に国会が開設されたのちも、行政は「元老（げんろう）」と呼ばれる維新の功労者たちが牛耳っていた。とくに、山県有朋を中心とする長州閥である。

これに反対する動きは以前からあったが、大正元年の終わりごろから、「閥族（ばつぞく）打破・憲政擁護（ようご）」をかかげる数万の人々が、国会や新聞社などを取りかこみはじめた。「薩長閥による政治をやめ、憲法や国会の議論にしたがって政治をしろ」という大衆運動が、大きく盛り上がったのである。

これで、山県にちかい桂内閣が倒れた。民衆が内閣を倒した初の例であり、大正デモクラシーのさきがけであったともいわれる。

当時の政府は、日露戦争後の財政難がつづいていた。首相になった山本権兵衛は海軍大将であったが、護憲運動に理解があり、枢密（すうみつ）院の人員削減、役人の整理など、大胆な行政改革を押しすすめる。

そんな内閣に入ったわけだから、奥田も教育行政に専念することはむずかしかったにちがいない。一度だけ、県内視察に帰ってきたことがあり、太蔵は面会を申し入れたが、時間が取れないという理由で叶わなかった。

くわえて、翌年一月に司法大臣が病死し、文部大臣と司法大臣を兼任することになった奥田は、ますます多忙をきわめることとなる。

太蔵がもんもんとする一方で、鉄道院にいる三十二歳の収は、このかんの動きに少なからぬ刺激をうけていた。

薩長閥の時代は終わる。山本首相は海軍出身だから、まだ政党政治が実現したとはいえないが、近い将来、選挙でえらばれた国会議員とその政党が、実際の政治をおこなうことになるだろう。国民からえらばれた者が、国民のための政治をおこなう日が来るだろう。

かつて抱いていた政治家への希望が、胸の奥でそっと頭をもたげるのを感じた。

収が、衆議院選挙に立候補し当選するのは、これから十五年ほど後のことである。


大学を卒業した稔は、大正三年の年明け、福井家に婿入ってしまった。

〈しまった〉というのは、太蔵がおどろくほどあっさりと、稔がその話を受け入れたからである。身体があまり丈夫でないということもあるだろうが、野心家の兄とちがって、稔は穏やかで安定した暮らしを望むタイプのようだ。

むろん、種子を好ましく思っていたからでもあるだろう。

福井家は大喜びで、婚礼の仕度いっさいは任せてくれといわれた。家長の覚造は、「たかを戻せ」とすごんだことなどなかったように、「及ばずながら、学校のほうも手伝わしてもらいますけえ」とニコニコ顔でいう。

「いや、稔と育英黌は別ですけえ。気にせんでください」

「水くさいことをいわんでくださいよ。たかがそっちに行って、稔さんがうちに来たからには、豊田と福井は一つ家族のようなもんじゃないですか」

「まあ、そういわれりゃそうじゃが……」

覚造の申し出を無下にするほどの余裕は、もとより太蔵にはない。収は給料のいくらかを送ってくれるし、竹蔵家に嫁いだむめも、「敏夫さんがどうしてもって――」といいながら、ときどき金の包みを持ってくる。育英会は財団法人にしているから、そこに資金を寄せてくれる会員も、少しだがある。

それでも、田畑を売りつづけなければやっていけなかった。このままだと、一年もしないうちに丸裸になるだろう。

そういう状況だから、正直にいえば、覚造の申し出はありがたかった。

少し息がつける。

大正三年三月末、「シーメンス事件」によって、山本権兵衛内閣は総辞職に追い込まれた。ドイツのシーメンス社が、海軍高官に賄賂（わいろ）を贈った事件である。

この贈賄（ぞうわい）事件は、山県有朋と、ドイツ帝国皇帝・ヴィルヘルム二世とによる謀略だという見方もあったが、海軍大将だった山本が責任をとらないわけにはいかない。

奥田義人は政界をはなれ、野に下った。

望みの綱が絶たれた、と太蔵は思った。ブツッ、というその音が、耳もとで聞こえた気さえした。それは、綱わたり状態で維持してきた育英黌の命脈が絶たれる音でもある。

すくなくとも、太蔵にはそう感じられた。

四月には、四人の新入生が入ってきたし、そのうちの一人は四男の保だったが、教員は臨時に来てもらっている者ばかりで、日々の授業も満足におこなえない。十人ほどいる在校生も、やめる時期をうかがっているような状態だった。

なにくそ――。

そう歯をくいしばる一方で、
なんでだ――。

という思いに打ちのめされそうになる。

希望が見えたと思った先から、その灯が消えていく。登っても登っても、足もとから土が崩れていくような虚しさにおそわれる。

いまは何合目だ？――いや、麓にもどっただけか？

戸外のまぶしさとは裏腹に、太蔵の視界は灰色にかすんでいたが、しかしそれからまもなく、意外な知らせがもたらされる。


六月はじめのその日は、朝から走り梅雨のような小雨が降りつづいていた。

午後、配達員が育英黌にやってきて、一通の電報を太蔵に手わたした。差出人は、県視学の国枝甲介である。

「イチキモンブダイジンヨリ　チュウガクニンカアリ　オメデトウ」

なんじゃ、こりゃ。

太蔵は手で電信紙を押しひろげながら、ひと文字ひと文字再読した。

中学認可あり。

中学認可あり。

なんど見返しても、そう読める。「オメデトウ」という言葉がじわじわと効いてきた。

やった！

やった！

ふらふらと玄関を出て小雨のなかに立ち、太蔵は腕を天に突き上げた。小躍りした。

なぜ今になって認可が下りたかはわからない。

しかし、ともかく中学になったのだ！

校舎の窓から何人かの生徒が顔を出して、カエルよろしく雨のなかを飛び跳ねる太蔵を見ていた。保の顔もある。

おまえの父ちゃんどうしたんだ、といいたげな顔を保に向けている子もいるが、むろん太蔵の目には入らない。


「おそらく奥田義人さんが……頼んでおいたんだろう。一木喜徳郎（いちききとくろう）文部大臣は、帝国大学法科で……奥田さんの後輩だったからね」

翌日県庁を訪ねると、国枝は椅子にかけたままでそういった。

もともと細身ではあるし、椅子は大きくて立派なものだが、国枝の身体がそこに埋もれたように見えるのが、太蔵は気になった。一年少し前に会ったときとくらべて、ずいぶん老いた気がする。

「国枝さんも働きかけてくださったんじゃありませんか」

「そんなことはしてないよ。そりゃ……きみの買いかぶりだ。一木大臣は、貴族院議員であるとともに……帝国大学教授でもあるからね……教育には理解がふかい人だ」

山本内閣のあと首相になったのは、大隈重信だった。二度目の組閣である。

早稲田大学の創立者でもある大隈が、憲政擁護の立場をとっているのはもちろんだが、一木徳喜郎もまた、天皇機関説——国家はひとつの法人であり、天皇は諸機関の最高責任者であるという憲法学説——をとなえ、美濃部達吉(みのべたつきち)らを育てた人物である。

しかしそんなことよりも、国枝が時折苦しそうに顔をしかめることのほうが、太蔵は気になった。

「国枝さん、どこか具合がわるいんじゃありませんか」

「いや……まあ、疲れやすくなっているのはたしかだね。年のせいだろう」

「そうですか」

「豊田くん、これから忙しくなるよ。中学になったのだから……早く校長以下の教員を確保して……新しい体制をつくらねばならん」

「はい、すぐにも育英会をひらいて協議します」

「この山陰地域で、初の私立中学校だな。おめでとう」

椅子から立ち上がって伸ばされた手を、太蔵が握ろうとしたそのとき、国枝の身体がへなへなと床に崩れた。

「国枝さん！　どがしたんですか、国枝さん！」

苦しそうに身を縮めながら、

「ライバルになったところを……見たかったが……間に合わんようだ……」

と国枝は声をふりしぼる。太蔵はあわてて人を呼んだ。

病院へ運ばれた国枝が息を引きとったと知らされたのは、それから三日後だった。もともと心臓に持病があり、このひと月ほどは勤務もつらそうだったと教えてくれたのは、国枝の下で働いていた学務課の吏員だった。

奥田義人が大臣をしていたころから、国枝が何度も文部省に問い合わせをしていたことを聞いたのも、その吏員からである。

「倉吉農学校を高等農学校にする件と、それから、育英黌の認可はどうなっているか、ということだったと思います」

自分は何もしていないといっとったのに……。

またひとり、大事な人が逝ってしまった……。

多くの教育関係者がつめかけた葬儀の場で、国枝と分かち合った長い時間を思い起こしながら、太蔵は、大泣きに泣いた。

まわりにいた人たちが、怪訝（けげん）な顔をするほどの泣きようだった。

十一　頂は見えたか

大正三年六月二日、一木文部大臣から認可を受けて、育英黌は「鳥取県私立由良育英中学校」と名をあらためた。

山陰で初の私立中学校である。

中学設立を由良宿村議会に発案した明治十九年から、およそ三十年という月日がたっていた。なんと長い道のりだったことか――。

太蔵には、しかし、のんびりとそんな感慨にひたっている暇はなかった。育英会で話し合った結果、学期の途中ではあるが入学者を募ろうということになり、広告をつくったり、東伯郡内にふれまわったりと大忙しである。

「精が出ますなぁ。おお、いい苗に育っとりますがな」

あぜ道を歩きながら、田植えにいそしむ人たちに声をかけると、

「おお、豊田のだんなさんですか。聞きましたでェ。育英黌が中学になったそうですなァ。おめでとうございます」

話はすでに広まっており、口々にそんな返事がかえってくる。街道ぞいの店や事業所でも、それは同じだった。

「ありがとうなぁ。小学校を終えた息子がおったら、育英中学に出してくださいよ。年はなんぼになっとってもかまわんですけえなぁ。学費は安くしますけえ」

太蔵もまた一人ひとりにそういい返し、募集広告を手わたす。認可を受けてからのひと月で、二十人ほどの生徒があつまった。

八月はじめ、三男の稔が学校長に就任した。各教科の教員も何とかそろい、新しい体制でのスタートである。

翌年の春には約四十名の入学があり、さらにその翌年にも、同じくらいの新入生が入ってきた。そのほか、転入生は随時受け入れることにしているから、大正五年の春には、鳥取や米子方面からの生徒もふえ、在校生が百二十人ほどになった。

もちろん入学・転入試験はおこなうが、少々点数がわるくても、意欲のある生徒は受け入れるというのが、太蔵の方針である。

「諸君のなかには、これまで学業がふるわなかった者もいるかもしれない。しかし、なんら恥じることはない。学びの道はつねに開かれている。これから諸君には〈克己（こっき）〉の精神、つまり、おのれに打ち克つ心をもってもらいたい。おのれに克てぬ者が、人に勝てるはずはないのだ」

入学式で、太蔵は生徒たちにそう語りかけた。

「とはいえ、おのれに克つのはたやすいことではない。かくいう私の道のりも、失敗と挫折の連続だった。よくもまあ、これほどうまくいかんことばっかりだわい、と思うことがつづいたもんだ。私は御一新の前に生まれたもんで、ちゃんとした学校を出ておらん。するとまあ――こがな人間になる」

そこでどっと笑いが起こった。大正時代の少年たちは闊達（かったつ）で遠慮がない。太蔵は咳払いをして、言葉をつづける。

「老いぼれの私とちがって、きみたちの能力は、これからいくらでも開花する。諸君、寸暇（すんか）をおしんで勉強せよ！　身体を鍛えよ！　人徳を高めよ！　おのれに甘んじることなく、一歩でも二歩でも前進せよ！　それが〈克己〉の心である」

校舎は育英黌時代のままだから、かりにも立派とはいえず、太蔵と同じように〈老いぼれ〉といったほうがいいくらいだが、そこにみなぎる空気は清新なものがあった。

校舎の周囲にはゆたかな緑が繁り、丈高いポプラ並木の向こうに、由良川の流れや田畑を見おろすことができる。

太蔵は、校舎の建つこの高台を「緑ヶ丘」と名づけ、「克己」を校訓とした。


この大正五年三月、由良村は「由良町」に改称された。

そのころ、奈良の高等女子師範学校から、稔に誘いがかかった。東京帝国大学農学部を出た稔を、理科の教授として迎えたいのだという。

給与や待遇がよいこともあるが、奈良という古い歴史をもつ土地に、稔は惹かれているようだった。

「しかし、福井家はそれでいいといっているのか」

太蔵は稔に訊いた。福井家としては、せっかく迎えた婿養子を遠くへやることになるのである。

「はい。種子や、生まれたばかりの子もつれていくことになりますが、義父は承知してくれました。私が外へ出て発展するほうが、福井家のためにもよいといってくれています」

「そがか。ならばわしが引き止めるわけにはいかんが、しかし、校長はどうしような」

「収兄さんにやってもらってはどうですか。兄さんなら適任だ」

「収は国の役所におるんだぞ。呼び戻すわけにはいかん」

「これまでだって、実質的にはお父さんが校長だったでしょう。名目上の校長なら、東京にいたってできますよ」

「おいおい、校長を軽く見てもらっては困るぞ」

太蔵はそういってたしなめたが、たしかに学究肌の稔は演説が不得手で、生徒の前に立って話をするときは、太蔵がその役をやることが多い。生徒のなかには、太蔵を校長だと思っている者もいる。

「だから、兄さんが校長になって、お父さんは……そうだな、校主（こうしゅ）という立場はどうですか」

「校主……」

「ええ、お父さんがこれまでの人生をかけてつくったのが、この育英中学でしょう。この学校の主（あるじ）ですよ」

主といわれることには多少の違和感があるものの、人生のほとんどを費やして——いや、家を傾かせてまでつくったことにはまちがいない。自分の分身のような学校である。

「それに、私よりも兄さんのほうが、お父さんの苦労をよくわかっている。その意味でも適任ですよ」

手紙で収に問い合わせると、「そういう事情ならひき受けましょう」という返事がかえってきた。

大正五年八月、収が学校長に就任。太蔵は「校主」と呼ばれることになった。

六十歳を過ぎた太蔵は、このころから「晩登（ばんとう）」という雅号（がごう）を使うようになる。

雅号は、もともと文人や画家などが、本名のほかに持つ名前であったが、明治時代には政治家や商人のあいだにも広まった。

太蔵が、ここに来て雅号を持とうという気になったのは、自分の事業に見通しがつき、ひと区切りついたという思いからだろう。

しかし、山の頂はまだ先だ。

だから、人生の晩方（くれがた）になってもなお登る、いや登らねばならない――「晩登」という号には、そんな意味が込められているのかもしれない。

明治のはじめ、船で欧米からやってきた技師や教師たちは、横浜の港が近づくと、かねて聞いていた〈フジヤマ〉を見ようとして、みな甲板にあつまったという。

しかし、いくら目をこらしてもそれらしい姿が見えない。波間の向こうには、凡庸（ぼんよう）な山並みとそれにかかる薄雲があるばかりである。

そのとき、「もっと上を見よ」という声がして、あつまった人々はぐっと顎（あご）を上げた。

すると――山々にかかった雲のはるか上に、まるで異世界に存在する山のごとく、雪をいただいた富士山頂が浮かんでいた――というのである。

太蔵がめざす山の頂も、おそらくそれに近いものであっただろう。

このころ発表した「育英中学校設立趣旨の概要」のなかで、育英中学校の到達点は、「山陰地方の発展に寄与するのみならず、日本国の疾患（しっかん）をすくうことだ」と太蔵は述べている。

　つまらぬことでいい争って人の足を引っ張り、結果、地方の発展をおしとどめたり、国を危うくしかねない風潮を、太蔵は〈疾患〉と考えていたようだ。

　そして、その〈疾患〉をただしてくれるような人材を育てたいと願っていたのだろう。

　さらに、育英中学校と財団法人育英会とは自分の命であって、わが資産をつくし、わが身を砕き、わが骨を粉にしても、上の学校にすすむ生徒に援助をする、とまで書いている。

　生徒の前ではみずからを〈老いぼれ〉と称してみせた太蔵だが、その内がわには、若いころと変わらぬ、いや、若いころよりさらに熱烈な教育の炎が燃えていたのである。


　その年の十二月、五人の県会議員が、県議会に意見書を提出した。

「県立鳥取・倉吉・米子の三中学の定員に対して、入学希望者は年々その数を増しており、百七十人あまりが過剰となっている。三中学においては、学級増加をおこなうべきである。

　また東伯郡の私立由良育英中学は、由良町在住・豊田太蔵が、設立計画から三十年にわたる苦心のすえ認可に至ったもので、その校舎・校具はまだ不備ではあるものの、その生徒の学力進歩には見るべきものがある。

　よって、県費をもって同校を補助することは、一方で将来の県費支出増加をふせぎ、一方で教育の普及をはかることができる、一挙両得の策と信じる」

　以上のような内容で、育英中学校への補助金を、知事に要求しようというものである。

議会は賛否両論まっぷたつに分かれたが、提出した五議員のうちのひとりが熱弁をふるった。

「鳥取県に五十万の人間がいるとしても、三十数年間にわたって私財を投じつづけた教育家は、豊田太蔵氏ひとりあるのみであります！　われわれは、この人に敬意をはらわねばなりません！」

こうした経緯をへて、翌大正六年、育英中学に年間千円の補助金を支出する案が可決成立した。

官には頼らない、というのが太蔵の考えではあるが、これまでの苦労への理解ばかりでなく、育英中学が評価されたことは素直にうれしかった。県立の三中学とならぶ学校としてみとめてくれたのだ。

——よきライバルになれると思っているよ。

亡き国枝の声が、耳もとで聞こえるような気がした。

中学になって生徒が増えつつあるとはいえ、経営はきびしかったから、千円の補助はありがたかったのも事実である。

鳥取市内の例であるが、このころの小学校卒業生の進路志望をみると、男子のおよそ四人にひとりが中学校進学をめざしている。女子の場合は、半数ちかくが女学校にすすみたいと希望している。

県立三中学校の不合格者が百七十人あまりも出るという状況は、進学意欲のたかまりを示したものだろう。

いっぽうで、高等小学校にもすすまず、小学校六年間だけで終える子も、二、三割はあった。働きながら、夜間小学校に通うという子どももさえいた。

それは貧しさゆえのことであるが、すべての人間に教育の機会が与えられるべきというのが、太蔵の理念だった。生活が苦しい家の子にも英才はいるだろうし、有為な人材はいるはずだ。

だから学費はできるだけ安くした。由良町の子弟にはさらに安くしたし、家計が苦しい場合は、そこからさらに安くした。中途入学も大いにみとめたし、問題を起こして他校を追いだされた生徒も受け入れた。

　こうして大正七年には、在校生が二百人に達するまでになる。

　大正三年八月に起こった第一次世界大戦は、大正七年十一月までつづく。イギリス・フランス・ロシアなどの連合国と、ドイツ・オーストリア・ハンガリーなど同盟国が、ヨーロッパを主戦場として、総力戦でたたかった戦争である。

　日英同盟をむすんでいた日本は、イギリスからの要請を受けるかたちで、いち早く参戦した。大正三年の十一月までには、ドイツが租借（そしゃく）地としていた中国の青島（チンタオ）を攻略し、南洋諸島（パラオなどミクロネシアの島々）もドイツからうばった。

　この大戦は、兵員の死亡が九百万人を超え、民間のそれは一千万人にのぼるという、膨大な犠牲者を出したが、日本の場合は、少ない損害で大きな利益を得ることになった。

　あらたな領土を得たばかりではない。戦争特需（とくじゅ）で輸出がふえ、「戦争成金（なりきん）」と呼ばれる金持ちがぞくぞくと生まれた。

　ロシアで革命が起きたのは、大戦さなかの大正六年、翌年ロシア帝国は崩壊した。世界最初の社会主義革命である。

　これに危機感をもった連合国やアメリカはロシアに派兵、日本も七万人以上の兵をシベリアに送り込んだ。

大正七年には、ドイツでも革命が起きて帝政がたおれ、ワイマール共和国が誕生する。

この二つの革命が、実質的に第一次世界大戦を終わらせることになったわけだが、ドラスティックな西欧の動きは、日本にも影響を与えた。

東京帝国大学教授の吉野作造が、民本主義——国家の目的は、多数人民の利益や福祉にある——をとなえたのは、このころのことである。

普通選挙、男女平等、部落差別撤廃、労働者の権利——そうしたものを求める運動がおこなわれるようになり、音楽や絵画、演劇などの芸術活動も盛んになった。「大正デモクラシー」と呼ばれる時代である。

こうした時代背景のなかで、中学への進学熱はますます高まっていく。

ちなみに、デモクラシーという言葉は、この当時すでに流行っていたらしい。日本語でいえば「民主主義」だが、明治憲法は天皇を主権者としているため、吉野作造は「民本」という語を使ったといわれている。


そんな大正七年の十二月、収は、鉄道院から欧米の視察研究を命じられる。

期間は三年で、そのうちの一年間は、オックスフォード大学への留学が含まれていた。

「イギリスの大学で勉強とは、大したものだがな」

報告のため暮れに帰省した収に、太蔵はそういったが、大戦が終結したばかりのヨーロッパに息子が

おもむくことには、多少の不安もおぼえる。そんなようすを感じ取ったのか、

「最初の二年は、年に三ヶ月ずつの短期視察ですし、オックスフォードに入るころには、イギリスも落ち着いているでしょう」

と収がいう。その顔は、三十五歳の男盛りであることを別としても、希望と意欲に満ちあふれている。

「竹歳万治さんは、この三月からアメリカへわたられていますが、年明けからパリで開かれる講和会議に参加される予定だと聞いています。万治さんには及びませんが、僕もしっかりやってきますよ」

パリ講和会議は、第一次世界大戦の戦後処理、および国際連盟の設立を主要議題として、大正八年一月から数ヶ月にわたって開催された。

五大国（イギリス・フランス・イタリア・アメリカ・日本）のひとつとしてこの会議につらなった日本は、多くの人員を派遣するが、竹歳万治は、随行員の近衛文麿（このえふみまろ）（のちの首相）からことのほか信頼されていたという。

「そがか。万治くんは立派になったなあ……」

太蔵はしみじみつぶやいた。

思い返せば、万治の父・伊作との約束が中学設立の発端であり、万治のような優秀な少年を埋もれさせてはならないという思いが、その運動をつづけさせてきた。収は万治の影響をうけ、万治の世話になり、万治のあとを追うようにして鉄道院に入った。

そしていま、万治につづいて欧米留学に向かおうとしている。「いやあ、楽しみですよ」という収の目は、すでに海の向こうを見ているようだ。

そんな息子を眺めながら、毎日のように由良の台場から海を見つめていた少年の日々を、太蔵は思いだした。

幕末のあのころは、海の向こうからやって来る敵を追い払わねばならないと思い込んでいたが、それでいて、海の向こうの未知なる国々にあこがれの気持ちも抱いていた。その未知なる国々に息子が行くことには、太蔵にとっても感無量である。

収は鉄道院に勤務するかたわら、青山学院で憲法学を教えていた。このたびの視察や留学は、鉄道院のためのみならず、収自身の将来が嘱望されてのことだろうと思えば、なおさらだった。

囲炉裏端で、たかが用意してくれた蕎麦をすすり、サイダーを飲む。サイダーはすっかり太蔵の好物になっていた。

「ところでお父さん、麻布の学生塾のことですが……」

「おお、そがだな。来春には育英中学の一回目の卒業生が出る。学生塾に入る者もおるだろうが、おまえが留守になると、ちと困るなあ」

昨年、収は麻布に二階建ての家を借りて移り住んでいた。卒業生が上京してきたときの寮にするためである。「校長」でありながら、なかなか育英中学におもむくことのできない収は、卒業生の面倒をみるというかたちで、それを補おうと考えたのだった。

それは、太蔵の思いとも合致するものだった。

「まあ、最初の二年間は東京にいることが多いですし、鉄道院の若い部下にも手伝ってもらいますから、なんとかなるでしょう」

「そがか――。しかしこがなとき、おまえに家族がおればいいのに、なして結婚せんのか。いい年して独り者では、格好がつかんじゃないか。奈良に行った稔など、ちかぢか二人目の子が生まれるというぞ」

太蔵の言葉に、収は「まだその段階じゃありませんよ」と答えたが、そのとき、

「兄さんには気になる人がいるんですよ」

と、横合いから保が口をはさんだ。

「倉吉高女の若い先生でしょう。夏にお台場に来てくれて、ぼくらを介抱してくれたきれいな人。兄さん、ずうっとその人のこと見てたから……」

「こら保！　いい加減なことをいうんじゃない。だいたい、夏の件ではまわりをどれほど心配させたと思ってるんだ。それなのに、おまえという奴は！」

収の剣幕に保は肩をすくめ、へへっ、と照れたように笑った。

〈夏の件〉というのは、五ヶ月前の七月末、海軍から払い下げられたカッターボートを、舞鶴(まいづる)から漕(こ)いで帰ろうとした保たち四人の生徒が、あやうく遭難しかかった事件である。

そのころ育英中学では、水泳、相撲、テニスなどのスポーツをやる生徒が増えていた。部活動までには至っていないが、大会で優秀な成績をおさめる生徒も出てきた。

そんなところへ、海軍から古くなったボートを払い下げるという話があったので、太蔵は喜んでこれを受けることにした。ボートがあれば水泳訓練にも役立つし、ボート競技をやりたい生徒もいるだろう。

当初、漁船に曳(ひ)いてもらって運ぼうと考えていたところに、保たち五年生が、自分たちで漕いで帰り

たいと申しでた。冬場は荒れる日本海も、夏ならば穏やかだし、保もほかの子も日ごろから身体を鍛えている。

それならば、ということで任せたのだったが、予定を一日過ぎても由良の港にもどってこない。潮に流されたのではないか——と大騒ぎになり、警察に連絡して捜索船を出してもらおうとしていたところに、疲労困憊の態で、保と三人の生徒が漕ぎ帰ってきた。

やはり、いっとき沖合まで流されてしまったのだという。

海を見下ろす台場には、育英中学の生徒をはじめ付近の人々があつまり、事のなりゆきを見守っていた。太蔵は最悪の事態まで予想していただけに、四人の無事な姿を見たときは、膝からくずれるほどの安堵をおぼえたが、生徒に任せた判断の甘さを悔いることにもなった。

半年ちかくたった今では、むしろ武勇伝となっているものの、太蔵にとってもほろ苦い思い出である。

そのとき、収は夏の休暇で由良に帰っており、太蔵とともに台場にいた。そうして、倉吉高等女学校から駆けつけてくれた先生や女生徒たちが、ぐったりした保たちを介抱してくれたのである。

「その節はすみません。しかし、あんなに心配されているとは思わなかったなあ。疲れてはいたけど、ぼくらはまったく大丈夫だと思っていたからね」

保はけろりという。

そういうだけあって、駆けっこが好きだった少年は、筋骨たくましい十七歳に成長していた。

「まあ、それはそれとして、ぼくはあの人いいと思うよ。きれいだし、やさしそうだし、学校でも人気あるんだ。わざわざ倉吉高女まで見に行く者もいる」

「おまえたちはそんなことをしているのか。まったくしょうがないな。お父さん、何とかいってやってくださいよ」

「わしは、いつも厳しくいっておる」

太蔵は憮然として答えたが、内心では二十も年の離れた兄弟のやりとりがおかしかった。収は、まるで保の父親のようである。

「そう、父さんの話はこうなんだ。学業をおろそかにして、そこらの女にうつつを抜かすなどあってはならん。偉い者になってから、天下の美女に膝まくらをしてもらえ！」

父親の前で、父親の声音をまねて話す保に収はあきれたが、その父親は苦笑いをしているだけだ。

「お父さん、ほんとうにそんな話をしているんですか。天下の美女に、なんて……」

収のおどろきに、

「でも、父さんの話は人気あるんだよ」

と保が助け船を出す。

「酒を飲むな、煙草をすうなとは、わしはいわん。ただし、こそこそと安どぶろくを飲んだり、物置の陰や便所にかくれて煙草をすうような、しみったれた真似はするな！　立派な社会人となり、一人前になってから、堂々と高い酒を飲み、外国産の高級葉巻をすえ！　って調子でね。ぼくはもう覚えてしまったし、友人たちもみんな諳んじてるよ」

保の声色を聞いているうちに、収も笑いが込み上げてきた。校主が生徒たちの前でいうようなことではないかもしれないが、その度量の大きさが父らしいと思う。県立の中学では、とてもできない話だろう。

「なるほど、なかなか奮ってるじゃありませんか」

収がいうと、太蔵は蕎麦をすすりながら、ふふんと鼻を鳴らした。

大正時代の少年たちが奔放で物怖じしないことは、収も何度か学校に行ってわかっている。ありあまるエネルギーを持っているのは明治の生徒たちと同じだが、もはや頭ごなしに押さえつけることはできないし、父にもそのつもりはないだろう。

むしろ、そのエネルギーをいかにうまく燃焼させ、いかに自己の発展につなげるかが大事だと考えているはずだ。目の前の小さな欲望に走りがちな少年たちに、より大きな欲望をいだかせるには――。

そんななかで出てきたのが、〈天下の美女〉や〈高級葉巻〉だったのだろう。いや、考えたというより、父の〈天然〉かもしれないなと収は思う。

保のいうとおり、太蔵の話は生徒に受けた。くり返し聞いたおかげで、のちのちまで頭に残った生徒も多かったという。

なによりも、腹から絞りだすような声で生徒たちを鼓舞する校主の姿に発奮させられた者は多く、これが、自由とエネルギーにあふれる育英中学の風土をつくっていったといえるだろう。

大正八年三月、第一回の卒業生十六人が巣立っていった。

保は、遠く青森県の弘前高等学校にすすみ、ほかの数名も各地の高等学校に合格したが、受験に失敗したり、経済的な理由から上の学校へ行けない生徒もいた。

そうした卒業生に、太蔵は上京をすすめた。

「東京の麻布に、収校長の学生塾がある。校長が就職を世話するから、働きながら、来年の受験にそなえる、あるいは夜学に通うようにしなさい。メダカやフナならば小川でも育つが、クジラのような大物は大海でなければ育たん。東京という大海でもまれ、大きな人間になってもどって来なさい」

いわれた生徒たちは、前途の不安がぬぐい去られたばかりか、東京という地に大望をいだいたのだろう、ほとんどの者が「はい！」と答えて上京の途についた。

収は、かれらに鉄道省（院から省へ格上げされた）など官庁の仕事を斡旋し、自宅兼学生塾で生活の面倒をみた。海外視察で収がいない期間は、かれらが自主的に塾の運営をおこなった。

官庁の仕事といっても、むろん収のような上級職ではなく、パートやアルバイトのようなものではあったろうが、食費や交通費を差し引いても、まだ充分な金額が手もとに残ったという。そのお金で夜学に通い、あるいは本を買って勉強した塾生たちは、一年ないし二年で希望の学校にすすんでいった。

この年以降、毎年何人かの卒業生がこの学生塾に入ってくるようになり、常時十人前後が共同生活を送った。

そうしていつからともなく、「晩登塾」と呼ばれるようになる。

いわゆる〈アフターケア〉であるが、今日ではもちろん当時でも、これほど卒業後の面倒をみる学校はめずらしかったことだろう。

大正九年六月、校名を「鳥取県私立育英中学校」とあらためることが、文部省から許可された。

生徒数は三百名を超え、県の東部や西部、さらに県外から入ってくる生徒のために、四ヶ所の寮が用意されていた。そのうちの一つは、かつて藩倉の跡地につくったものである。

つくった当初は、育英黌の退学者が続出して閑古鳥が鳴いていた寮も、いまでは二十人以上の生徒たちが、にぎやかに自炊生活を送っている。

いっぽうで校舎のほうは、あいかわらずオンボロだった。

そのオンボロに、血気盛んな生徒たちが詰め込まれているのだから、ますますオンボロに拍車がかかる。教室や廊下の床板には、ところどころ穴があいているし、ケンカや強風で割れた窓ガラスは、とり換えた先からまた割れ、補充が追いつかないほどである。

冬場になると、教員と生徒が外套を着たまま授業をおこなうこともあった。

しかしそれは、生徒たちの向学心をさまたげるものではなかった。

とくに、いちど社会に出てから育英中学に入りなおした年長組は、学ぶ機会の貴重さを知っているからか、寸暇を惜しんで勉強する。さらには、飲酒や喫煙などで県立中学を退校させられた生徒たちもおり、かれらもまた、あとがないという思いで勉学に励んでいる。

その熱意に応えるべく、太蔵は鳥取・米子の県立中学から教員を呼び、日曜日に授業をおこなってもらった。受けるのは、進学をひかえた四、五年生である。

週に一度の休日だというのに、国語、漢文、数学、英語の授業が、朝から夕方までびっしりつづく。

学がなかったばっかりに、社会に出てから味わった悔しさ——。

追いだされた県立中学を見返してやりたいという意地——。

あるいは、そういう気持ちもバネになっていたかもしれないが、生徒たちはみずからの手で未来をつかむべく、がむしゃらに勉強した。

この大正九年の卒業生たち十五人は、卒業記念として、校門から校舎までの坂道に桜の苗木を植えた。いつかひとかどの人物になって学校を訪ねるときには、この桜の木も大きくなり、みごとな花や葉をつけていることだろう――。

そんな思いで、一本一本ていねいに植えられた苗木は、歳月とともに大木となって、ときに桜吹雪を散らし、ときに緑の木陰をつくって生徒たちを見守り、そうしてまた歳月とともに老いていったが、わずかに残った木が、いまも春になると美しい花を咲かせている。


もちろん、なかには落第する生徒もあった。ハメをはずして遊ぶ者もいる。

大正十年の四月、春の遠足の帰りに、五年生六人が旅館にあつまって酒宴を張るという事件が起きた。隠れてこそこそ飲むどころか、人目もはばからずどんちゃん騒ぎをしたと聞いて、太蔵は頭から湯気が出そうになった。

「育英中学は、どこの学校からも見放された生徒を引き受けておるが、過去の非はとがめない。しかし、入学後の不良行為は断じて許せん！　しかも、そろいもそろって転入者ばかりではないか！」

一喝(かつ)すると、かれらに無期停学をいいわたした。

あと一年で卒業なのに、このままでは気の毒だ――そう考えた同級生たちが、許しをこう嘆願書を豊田家に持ってきたが、太蔵は頑としてはねつけた。

酒を飲んだということよりも、親の世話になっている身でありながら、すでにいっぱしの人物になったかのような、思い上がったふるまいが許せなかったのである。

ところが、ひと月後の五月なかば、さらに大事件が起きた。

その日の午後、陸上やテニスなどの競技大会の応援練習が、全校総出でおこなわれていた。そこに、突如として大雨が降ってきた。

「いそぎ、校舎二階の講堂に避難せよ！」

教員の指示で、三百人からの生徒がいっせいに講堂に集まったまではよかったが、

――おい、なんだか変な音がしないか。

――うん、メキメキいってるし、床も傾いて……。

そんな会話も終わらないうちに、中央部分の床板が大きな音をたてて落下した。

アー！　ワー！　という声とともに、生徒たちも階下の教室へ落ちていく。もちろん大混乱である。

講堂の入り口付近に、嘆願書を出したグループのリーダーがいた。かれはすばやく寮へ走り、無期停学中の六人を、救援に駆けつけさせた。

――おい、大丈夫か、しっかりしろ。いま机をのけてやるからな。

――ケガをしている奴はこっちにつれて来い。サラシがある。消毒薬もあるから早くつれて来い。

生徒ばかりか教員もうろたえているなか、散乱した板くずや机を取りのけ、生徒を救出して手当にあたった六人の活躍は、めざましかった。幸い、大ケガをした者はいなかったが、片づけや応急修理で一週間は授業不能となり、六人はそのかんも修復作業に精を出した。

その六人を、太蔵は事務室に呼んだ。

「ひと月前に諸君がした不良行為は、許されざるものだ」

いずれも十代後半の、太蔵よりも背の高い生徒たちは、みな撃ち落とされた鳥のように首をうなだれていたが、

「しかし、人は成長するものだ。諸君もよくよく考えたとみえて、このたびの行動はまことに立派であった。よって過去の非はとがめぬこととする。近日中に職員会をひらき、無期停学処分の見なおしを検討しよう」

太蔵がそういって笑みを見せると、六人の顔にも安堵と喜びの表情がひろがった。

「ありがとうございます！」

「温情に感謝します！」

口々にそういうと、先ほどよりさらにいっそう頭を垂れた。

二階の床が落ちるなど、現代ではおよそ考えられないことだが、古い講堂に育ちざかりが三百人も押し寄せたために、思いがけず起こってしまった事件だろう。くだんの六人は、この講堂崩落事件に救われたことになる。

その年いっぱい、一階教室の天井には、ぽっかりと穴があいたままだった。

いつまでも、こんな校舎でいるわけにはいかない。

このころ、鳥取・倉吉・米子の県立三中学の入学希望者が増え、競争率は三倍にもなっていた。もっ

とも東京では、競争率十倍という中学校もあったというから、それにくらべればまだ低いともいえるが、進学熱の高まりは、地方にも確実に押し寄せていた。

育英中学でも、大正十二年の入学者が、なんと百五十人を超えた。

年齢は十二歳から二十歳くらいまでと幅ひろく、県内出身者のみならず、九州・大阪・東京、さらに朝鮮・台湾からも生徒がやってきた。まだ頬に赤みの残る子どもっぽい者から、無精髭で口のまわりを黒くした者までおり、男子だけとはいえ、まさに百花繚乱である。

それだけの人数が、しかも多様な生徒がまなぶのに、高等小学校をゆずり受けたままの貧弱な校舎でいるわけにはいかない。育英会のメンバーからも、校舎の新築、もしくは改築の話が出るようになった。

ここでも問題は資金であるが、育英会が寄付をつのり、太蔵も残っていた田畑や山を売るなどして、敷地内に新しい校舎を建てることにした。

この年の九月一日、関東大震災が起こった。

晩登塾の生徒たちはみな職場にいた時間で、幸い大きなケガもしなかったが、塾の建物が壊れてしまい、それからしばらくは野宿や仮住まいを余儀なくされた。

イギリス留学から帰国していた収は、鉄道に大きな被害が出たため、不眠不休にちかい状態で働かなくてはならなかった。

まだ田畑の残る原宿に新しい晩登塾を建て、四十一歳にして収が妻を迎えたのは、大正十三年である。相手は、保がひやかした倉吉高女の先生ではなかったが、楚々とした美しい女性だった。

このころから、収に衆議院出馬を要請する声が出はじめた。

すでに鉄道省内で高い地位を得、中央大学で講義をもち、さらに育英中学校長として生徒の面倒をみている収である。迷いはあった。不安もあった。

それでも立候補に気持ちがかたむいていったのには、普通選挙法が制定されたことが大きい。それまでは、一定額の税金を納めないと選挙権がなかったものが、納税額に関係なく、二十五歳以上の男子に選挙権を与えるという法律が、大正十三年六月に成立したのである。

有権者数は、約三百万人から千二百万人へと飛躍的に増えた。かつて、藩閥政治に疑問を抱いていた収にとっては、〈国民による国民のための政治〉がようやく実現するかに思えたのである。

とはいえ、女性には依然として選挙権が与えられなかった。

また、普通選挙法が公布された大正十四年四月には、同時に治安維持法が公布された。

当初、「国体の変革」と「私有財産制度の否認」を目的とする――つまり共産主義や社会主義革命をめざす――団体のみを取り締まるとしていたこの法律は、どんどん拡大解釈がすすみ、やがてすべての政府批判、さらには自由な発言までもが弾圧の対象となっていく。「天下の悪法」と呼ばれた所以（ゆえん）である。

衆議院への立候補を決意した収は、大正十四年の暮れに鉄道省を退官した。

しかし、普通選挙の実施はひき延ばされ、初の普通選挙がおこなわれたのは、昭和三年になってからだった。

二階建ての新校舎が完成したのは、大正十四年の十二月である。

校門からつづく坂道に植えられた桜も順調に育ち、翌年の春には、淡い色の花びらが新校舎と新入生たちをいろどった。

太蔵は七十歳を超えたが、元気で毎日学校へかよっていた。

古びた木綿の着物に、これまた古びた袴をつけ、ちびた下駄をひきずるようにして坂道を登ってくる姿は、〈一校の主〉というより田舎の老爺といった感じである。知らない人が見れば、十中八九、忘れ物をとどけにきた生徒の祖父だと思うだろう。

若いころ豊かだった髪の毛は、額からはるか後方へ退却し、口髭もすっかり白くなったが、肉づきが良いせいか、皺らしい皺は見あたらない。なによりも、その目に宿る光はつよく、闇夜を見とおすフクロウさながらに、きらきらと輝いていた。

太蔵の次なる目標は、グラウンドをつくることだった。それも、日本陸上競技連盟が公認する、広くてちゃんとしたグラウンドをつくりたい。

そのグラウンドを疾走する生徒たちの姿を思い浮かべると、太蔵の頬はゆるむ。グラウンドがあれば、育ちざかりのエネルギーは、どれほどの能力を発揮してくれることだろうと思う。

明治時代の終わりごろから、鳥取県内でも体操の授業がさかんにおこなわれるようになった。小学校が中心であったが、視察に来た人たちがおどろくほどの体技を子どもたちが披露し、大正時代に入ると「体育県」とまでいわれるようになった。

大正元年、スウェーデンの首都ストックホルムで開催された夏季オリンピックに、日本は初めて参加した。

このときの日本選手は二人で、陸上短距離とマラソンだった。大正九年のアントワープ（ベルギー）

大会では、テニスのシングルスとダブルスで銀メダルを獲得した。

当時はまだラジオもなく、ましてや実況中継などあるはずもなく、もたらされる情報は切れ切れだったが、国内のスポーツ熱は高まった。日本陸上競技連盟の創立は、大正十四年の三月である。

育英中学でも、大正十三年の相撲部をかわきりに、テニス部、水泳部、陸上部などができていく。各部は大会で優秀な成績をあげ、とくに相撲部は、創部の年から山陰大会で優勝しつづけていた。生徒たちのスポーツ意欲も、いや増しに増していた。

それにともなって相撲場やテニスコートはつくったが、陸連公認のグラウンドとなると規模がちがう。直線で二百メートルとれるコースやスタンド設置、土壌の基準などが細かく決められていて、それを満たしたグラウンドは、まだ県内のどこにもなかった。


「あなたの道楽には際限がないんですねえ」

夕食の膳に向いながら、たかがいった。半分からかうような調子である。

昭和五年四月のその日、第一期のグラウンド造成工事が終わった。

まだ陸連の公認を受けるだけのものにはなっていないが、広さは五千坪（約一万六千五百平方メートル）ちかくある。かりに縦を三百メートルとすれば、横は五百メートルにもおよぶ。

ここまで来るのも大変だった。何人かの土地所有者の理解が得られず、校舎に隣接する桑畑を、グラウンド用地として購入するのに数年がかかった。嘆願や説得をくり返し、値段の交渉をし、金策に奔走した。

工事費もばかにならず、豊田家に残っていた田畑や山はもうほとんどない。傷みがすすんだ家も荒れるがままである。

「道楽か――。まあ道楽だわなあ。しょうのない男と一緒になったと思ってあきらめてくれ」

そら豆の煮たのをもぐもぐやりながら、太蔵は答えた。その胸の奥に、反射炉をつくった武信佐五右衛門の晩年が、ちらりと浮かぶ。

「もうとっくにあきらめておりますよ。豊田の家は何もかもなくなってしまいましたけど、あなたの一生の仕事ができたんですから、それがなによりだと思っています」

佐五右衛門が全財産をとうじた反射炉や台場は、歴史のなかに消えてしまったが、育英中学は自分の死後も残るだろう、と太蔵は思う。人を育てる事業が消えることはない。

「とにもかくにも、ここまでやってこられたのは、おまえのおかげだ。感謝しとる」

太蔵が箸を置いていうと、たかはすっかり皺の増えた目じりを下げて、「いやですよ、いまさら」と笑った。

かつては、子どもたちでにぎやかだった家も、いまは老夫婦二人の生活である。

とはいえ今のところ、二人とも格別わるいところはない。同じ町内に嫁いだ三女のむめがちょくちょく様子を見に来てくれるが、七十なかばになった両親の壮健（そうけん）ぶりに、「この調子なら、あと二十年は大丈夫ね」と軽口をいうこともあった。

収は、一昨年おこなわれた衆議院普通選挙に立候補し、県内の最高得票を得て当選した。以後、昭和二十年の十二月まで、衆議院議員と育英中学校長という、二足のわらじを履いて奮闘することになる。

「収は、あなたによく似ていますよ」

「そがかな。どこが似とる」

「意地があるというんでしょうかね。要領はよくないけれど、決めたことはやり通すところが似ています。あえて苦労をしょい込むところもそうでしょう。まあ、あの子は真面目で、あなたほどタガがはずれてはいませんけどね」

「わしは、そがにタガがはずれとるか」

「はい、大はずれです。醤油樽や酒樽ならみんなこぼれてしまうところです」

たかの言葉に太蔵はハハハ……と笑い、「そのタガを、おまえが一生懸命に締めようとしてくれとったわけだな」といった。

「はい、わたしごときの力ではとうてい無理でしたけど」

「いやいや、おまえがおらなんだら、わしはとっくにつぶれておっただろう。醤油か酒のように、どこかへ流れ出てしまっていただろうよ」

そうですか……とたかが恥ずかしそうにうつむく。そういうところはまだ少女のようだな、と太蔵は思う。

外は、細かい雨が降りだしているようだった。ささやくようなその音が、昔の記憶を引きだそうとしているような気がする。中学認可をもらってからこっち、前へ前へとすすんできた太蔵にとって、そんな気持ちになるのは久しぶりだった。

「このごろ、死んだ姉のことをよく考えるんですよ」

同じように雨の音を聞いていたらしいたかが、ぽつりとそういった。

「つねさんのことか。何を考えるんだ」

「昔のことですけどね。姉はどうして、あなたと一緒になることを勧めたのかと思って……」

「そりゃ……」

おまえがわしのことを好いていたからだろうといいかけて、何を年甲斐もないことをと、太蔵は恥ずかしくなる。もう五十年以上も昔のことなのだ。

「ええ、そりゃあそうなんですけどね……。でもそれだけじゃなくて、あのとき、姉はもう、鳥取に嫁いだことを後悔しておったんじゃないかと思うんですよ。わたしがあなたと結婚すれば、頼れる相手ができると思ったんじゃないでしょうか」

「そがかなあ。福井の家で会ったときは、楽しげだった覚えがあるがなあ――」

おぼろな記憶ではあるが、つねは嫁ぎ先での暮らしぶりを面白おかしく語り、鳥取に中学ができることを教えてくれた。そこに陰のようなものは感じなかったはずだ。

「姉は、弱みを見せたがらないところがありましたからね。それに、わたしとちがって器量良しでした。子どものころは、そんな姉が大好きだったのに、いつからか疎(うと)ましく思うようになりました。姉からは、何度も『会いたい、家に行っていいか』と便りがありましたけれど、この家に入り込んでこられたら困ると思って、返事を出しませんでした。……姉が死んだと聞いたときは、正直いうとほっとしたんですよ。今から思えば、ひどいことをしました」

ほっとした、という言葉には少々おどろいたが、時がたったからこその告白だろうと思い、「もう昔のことじゃないか。苦にすることはない」と太蔵はいった。

「はい、昔のことです。苦にしてはおりませんが、思いだします。姉は女学校の文集に、わたしの幸せをうらやんだと書いておりましたけど、わたしも姉に嫉妬しておったんでしょうねえ。女だてらに独力ですすもうとする姉を、どこかでうらやましく思っておったんでしょう」

「今夜はまた、なんででしょう、なしてそがなことをいうのか」

「さあ、なんででしょうねえ。雨の音を聞いたせいでしょうか」

「そがか――。わしも雨の音で昔を思いだしかけとったところだ」

「まあ、気が合いましたね」

「うん、夫婦だけえなあ」

そんな会話をした晩からひと月後、たかは脳卒中を起こして倒れ、寝たきりの生活になった。意識はあり、食べることもできるが、発語が不自由になって歩くこともおぼつかない。

あんなに達者だったのに――。

太蔵が呆然とするなか、三女のむめが毎日のように訪れて、家事や母親の世話をした。「お母さんのことはあたしにまかせて、お父さんは学校に専念してください」という。

教員一家に嫁いだむめは、ひとり息子を成人させ、いまは義父の竹歳元太がおこなっている、青年会や婦人会などの社会教育活動を手伝っていた。泊村に嫁いだ四女の加津と満津子も、何日かおきにやってきた。

娘たちのおかげで、たかは少しずつ快方に向かい、太蔵も学校に通いつづけることができたが、あの晩のように夫婦で話すことは、もう叶わなくなってしまった。

大正時代末からラジオ放送がはじまり、地方でも電気が引かれるようになる。映画が盛んになり、流行歌のレコードがつくられ、本や雑誌もたくさん出されるようになる。しかも、それらが手ごろな値段で手に入るようになった。

生活の近代化がすすみ、文化は一気に大衆化した。東京や大阪などの都会では、カフェやダンスホールに人々があつまり、街を闊歩（かっぽ）する洋装の男女は、モダンボーイ、モダンガールと呼ばれた。お金持ちが車を持つようになるのも、このころからである。

しかし昭和のはじまりは、そんな明るい面ばかりではなかった。

昭和四年秋、ニューヨークで株式の大暴落が起こり、世界恐慌が始まると、日本もその波をまともにかぶることになった。

そもそも、第一次世界大戦後の好景気は一時的なもので、その後は慢性的な不況におちいっていたところに、世界恐慌が起こったのである。主要な輸出品である生糸（きいと）の価格が暴落し、ほかの輸出品も伸びなやんだり、ダンピングに遭うことになる。

昭和恐慌と呼ばれたこの不況で、もっとも打撃を受けたのは農村だった。米や繭（まゆ）の価格が暴落し、冷害による凶作がかさなった東北地方の農村では、餓死者や娘の身売りが出るなど、きわめて悲惨な状況にまで追い込まれた。

宮沢賢治が童話や詩に書き、わが身を投げうって土壌改良しようとしたのは、この時期の岩手県である。華やかなモダニズム文化を謳歌する都会とは裏腹に、地方は疲弊していた。もっとも都会でも、多くの失業者が出ていたが――。

東北地方ほどではないにしろ、山陰にも不況は影をおとした。大正時代中期には三倍だった県立中学入試が、昭和初期に二倍を切るところまで下がったのは、経済的余裕のない家が増えたということだろう。それでも進学熱が冷めたわけではないし、育英中学の入学者も、毎年百人を超えていた。途中で編入してくる者も合わせれば、全校生徒は六百人を下らなかっただろう。

政党政治が不況を打開できないなか、力を持ってきたのが軍部である。かれらは、中国大陸に軍事進出することで不況を打開しようとする。

昭和六年九月、満州鉄道を警備するために置かれていた関東軍（陸軍の一部隊）が、満州鉄道の線路を爆破するという事件を起こした。関東軍は、これを中国軍のしわざだとして攻撃をはじめ、朝鮮半島にいた部隊もくわわって、戦闘は満州全土に拡大していく。「満州事変」の勃発である。

政府ははじめ、この戦争を拡大させまいとした。新聞などのマスコミも、軍部を批判した。

しかし、有効な手だてがないまま戦闘がひろがり、政府はそれを追認することになる。新聞が「軍部支持」に変わると、国民もまた軍部の行動を支持するようになった。

こうして、昭和七年三月、関東軍主導のもとに「満州国」を建国し、中国から独立させた。清朝最後の皇帝・溥儀を元首としてはいるものの、日本の傀儡国家である。

昭和七年六月はじめ、育英中学のグラウンドで全山陰競技大会がおこなわれた。

男女別に陸上各種目を競うこの大会は、グラウンドができて以降、毎年育英中学でひらかれてきた。直線二百メートル、トラック一周三百メートルの規模は、山陰随一だったからである。

選手はもちろん、応援する育中生徒たちの目もみな輝いている。それは、県知事をはじめとする面々を迎えた大会が自校でひらかれることへの晴れがましさだけでなく、日ごろは遠目に見るだけの女子生徒の姿を、間近にできるという興奮のせいかもしれない。

梅雨入り前のよく晴れた日で、暑かった。

大会長として本部席に座る太蔵は、選手たちに声援をおくりながら、手拭いでしきりに汗をふいた。競技が終わりに近づくころ、審判長として来場していた野口源三郎が、太蔵のところに来ていった。

「なかなか良い記録が出ていますよ。グラウンドがいいせいですかな」

野口は、オリンピック・アントワープ大会の選手団主将をつとめた人物で、現在は日本陸上競技連盟の役員をしている。この大会のために東京から来てもらったのだが、元陸上選手らしい引き締まった身体をしていた。

「陸連の公認グラウンドにしたいという希望を持っておるんですが、どんなもんでしょうな」

「ああ、じゅうぶん可能ですよ。改修費用もさほどかからんのじゃないですか」

その言葉に勢いづいた太蔵は、翌日教員を集め、グラウンド改修の意志とプランを語った。賛否は半々の状態だった。

「陸連公認のグラウンドなど、県下にはまだありませんし、全国の中学校を見ても、そんなものを持っているところは見あたりません。そんなに急がなくてもいいと思いますが……」

ある教員がそういうと、

「それよりも講堂を建てるほうが先ではないですか」

という教員もいる。

太蔵は引き下がれない。こぶしを握っていった。

「どこにもないから、この育英中学につくるんだ！　ほかがつくってから後追いでつくるんではダメだ。人がやらんことをやってみせてこそ、生徒の手本だ！　克己の精神だ！　本校設立の主旨を実現するためには、まだ幾多の大事業が残されているが、これはその第一番目におこなうべき事業だ！　講堂はそのあとにつくる！」

八十ちかい老校主が、全身の力をふりしぼるようにして出す声に、十数人の教員は圧倒された。日ごろ生徒の前でふるわれる熱弁に慣れている教員も、校主の尽きぬ熱意に、あらためて驚くばかりである。

「わかりました。是(ぜ)が非(ひ)でも公認グラウンドをつくりましょう。どこにもないようなグラウンドをつくりましょう。末代まで、わが校の誇りとして語り継がれるグラウンドをつくりましょう」

教頭がそういうと、全員から拍手が起きた。

そこまではよかったのだが――。

公認グラウンドにするためには、さらに一千坪（約三千平方メートル）の土地を確保する必要があった。メーンスタンドやサブスタンドを設置しなければいけないし、雨天でも使用できるように、全面をシンダートラック（石炭がらを敷きつめたトラック）にするという条件もあった。

野口源三郎は簡単そうにいったが、調べてみると人工事であり、費用も相当かかりそうである。育英中学が有している金では足りず、豊田家にも売る土地は残っていない。

それでも六月末から工事を始めた。大量の石炭がらが運ばれてくるなか、授業を終えた生徒たちも、土を掘り起こしたり、石炭がらを撒(ま)いて固めたりなどした。

太蔵は、県庁へ補助金申請に出向いた。必要書類を提出したものの、上にあげておきますといわれたきり音沙汰がない。何度めかの陳情におもむいた九月、ようやく学務部長が出てきたが、

「県立中学が持たない公認グラウンド整備に、県が補助をすることはできません」

の一点張りである。

「わが校では、毎年全山陰競技大会をひらいておる。公認グラウンドになれば、県のスポーツ発展、生徒の体位向上に大きく寄与することになる。そう思われんか」

「限られた県費を有効に使うのが県の仕事です。鳥取県は小さく、いまだ貧しい。あなたの大言壮語(たいげんそうご)につきあう余裕はないのです」

「大言壮語とはなにか！　私がホラ吹きだというか！」

役所の対応には慣れているつもりの太蔵も、相手のいい方にカッとなった。

「そんなことは申しておりません。時局がらもあって、私立中学に肩入れしていると見られる行為は不適切なのです」

「もういい、わかった！　県の目こぼしなど当てにせん！」

憤然と席を立って、太蔵は県庁をあとにした。〈官ぎらい〉なのは昔からだが、その反骨ぶりは年をとっても変わらず、いや、老いていっそう磨きがかかったようなところがある。

この年の二月に「血盟団事件」が起き、五月には「五・一五事件」が起きていた。とくに、海軍将校らが首相官邸を襲撃し、犬養毅首相を暗殺した「五・一五事件」の衝撃は大きく、テロリズムの恐怖は、軍部をますます台頭させることになる。

つぎの首相には現役の陸軍大臣がつき、政党政治はこの年で終わった。

翌昭和八年三月、日本は国際連盟を脱退する。国際連盟の派遣したリットン調査団が、満州からの日本軍撤退を勧告したことが、大きな理由だった。日本はその勧告を拒否したのである。

太蔵に残された手だては、育英会員からの寄付と、自宅の敷地を売却することである。

しかし田畑や山を売ったあげく、自宅の土地まで売るのでは、父母や先祖に対して申し訳ない。「児孫のために美田を残さず」を信条にしているとはいえ、そこまでするのはあんまりだ。それに、家には病気の妻が寝ている。

幸い、話を聞いた同窓生たちが声をかけ合って金を集めてくれ、敷地を売ることはなんとかまぬがれた。

いくつかの困難を乗り越えながら工事はすすみ、昭和八年九月なかばに新グラウンドが完成した。さっそく日本陸上連盟に公認申請を提出し、十月はじめ、大阪からやってきた陸連理事らの検査によって、公認グラウンドとして認可された。

太蔵はもちろん、教員も生徒も喜びにわいた。中学校・高等女学校あわせて、全国に約一千校あるなかで、陸連の公認グラウンドを有するのはここだけだ、田舎の一私立中学が、どこよりも早くそれを成し遂げたのだ、という思いが、校内をわき立たせたのである。

その年は、グラウンド完成に合わせて、十月末に全山陰競技大会がひらかれた。参加者は六百人以上にのぼり、応援の生徒もふくめると、千人ちかい若者があつまっている。壮観というしかない。

やってきた野口源三郎は、見ちがえるばかりに広く、立派になったグラウンドに立つと、「まさか、本当につくるとは思いませんでしたよ」といって笑った。

「あんたが、じゅうぶん可能だといわれたはずだがな」

太蔵があきれていうと、

「いいましたが、山陰の片田舎の中学では無理だと、内心思っていました。いや、不明をわびますよ」

とまた笑って頭を下げた。

「いやいや、おかげで一大事業を成すことができた。感謝しております」

太蔵は野口と握手をかわし、本部席に座った。

秋晴れで空が高い。

応援の歓声が、その空に吸い込まれていく。

直線コースを走り抜ける肢体。

高跳びの跳躍する筋肉。

女子生徒の結んだ髪がながれ、白いハチマキがまぶしい。

伸びる腕。わたされるバトン。

うつくしいものを見せてもらっている、これが人生の褒美かもしれないと、太蔵は思う。

陸上競技大会につどう人々

ふと、かなたのスタンドの一角に、竹蔵伊作のキツネ顔があるような気がした。まだ若い伊作が、「おまえも来いよ」と笑いながら手まねきしている。

いや、わしはまだそっちには行かれん。やることが残っとるけえな。

そがか。俺が横浜に行こうといっても、おまえは来んかったなあ。

わしは、伊作さんのような度胸がなかったけえな。

しかし、おまえはとうとう中学をつくったじゃないか。こんなでかいグラウンドまでこしらえた。

そのかわり、身代（しんだい）はつぶしたよ。馬鹿もんだ。

ええがな。馬鹿もんのほうが人生は楽しいぜ。

ああ、そがだな――。そがだな、伊作さん――。

「校主先生、閉会式がはじまります」

生徒の声で太蔵がわれに返ると、日はもう西に傾いていた。どうやら、競技を見ながらうとうとしてしまったらしい。

「お疲れになったんではありませんか」

気づかってくれる生徒に、「いや、大丈夫だ」と答えて、太蔵は立ち上がった。

「校主先生、泣いておられるんですか」

「うん？」

たしかにまぶたが濡れている。いねむりしながら泣くなんて、年をとった証拠かもしれんなと、太蔵は自分をわらう。

「うれし涙だよ。今日はいい日だったけえな」

「僕らもうれしいです。こんな立派なグラウンドができて、こんなに盛大な大会がひらけて――。校主先生ありがとうございます」

「しっかり勉強して、しっかり運動して、立派な大人になってくれよ。これからはきみたちの時代だ」

肩に手を置いていうと、いがぐり頭の生徒は、「はい！」と大きく答えて走り去った。

沈みかける手前でひときわ大きく膨らんだ日輪が、その背中を朱の色に染めていた。

たかが息を引きとったのは、昭和十一年の一月末だった。最後は老衰で、眠るようにして逝ったことに、太蔵は悲しみのなかにも安堵をおぼえた。

たかが亡くなる数日前の晩、太蔵は妙な体験をした。

もうひと月近く、声を出すこともできなくなって寝てばかりのたかだったのに、その晩太蔵が手を握ると、口がかすかに開き、「いよいよお別れね」という細い声が聞こえたのである。それは、たかの声のようでもあり、つねの声のようでもあった。

「なにをいう。しっかりせい」

太蔵は、握る手に力を込めていった。

「よかったわ、ここまで一緒にいられて」

たかの話しぶりとは、あきらかにちがう。

「つねさんか？　つねさんなのか！」

「心配だったの、太蔵さんが」

「つねさん、たかをつれて行かんでくれ」

「ありがとう。さようなら」

待ってくれ、と太蔵は呼びかけたが、それきりたかの唇が動くことはなかった。

それが、たかの最後の言葉だったのか、あるいはたかの口を借りたつねのものだったのか、太蔵にはわからなかったし、だれにもいわなかった。いったところで、年寄りの幻聴だと思われるだけだ。自分の胸にしまっておけばいい。

収が衆議院議員のせいもあって、葬儀にはおびただしい数の花輪や弔電がとどいた。収は東京から、稔は奈良から、そして東京帝国大学を出て広島で勤務している保も駆けつけた。

むろん五人の娘たちも集まり、それぞれの子どもや孫をふくめると、それだけでもかなりの人数であるが、家の外には、学校関係者や育英会、県や由良町の関係者が列をなし、多くの人がたかとの別れを惜しんでくれた。

それからまもなくして、二・二六事件が起きる。

陸軍皇道派の青年将校にひきいられた千四百人あまりの兵士たちが、首相官邸などを襲撃、大臣らを殺害し、首都の中枢を占拠するというクーデターを起こしたのである。〈帝都〉東京には戒厳令がしかれた。

大蔵大臣だった高橋是清も、赤坂の自宅で殺害された。

その少し前まで大蔵省参与官（大臣の補佐役）をつとめていた収は、報せを受けて大臣宅へ急行し、晩登塾にいた生徒たちも、この事件に大きなショックを受けた。

軍靴のひびきが急速に大きくなっていく。

かつて一木喜徳郎がとなえ、美濃部達吉が発展させた「天皇機関説」は、政府公認の憲法学説であったにもかかわらず弾圧され、軍部主導の「国体明徴運動」によって、天皇の神格化がいっそうすすむ。日本は「神の国」であり、どこよりもすぐれている大和民族がアジア諸国を統一し、欧米の帝国主義から解放するのだ——そんな言質がさまざまなツールを使って流され、国民にすり込まれていった。

昭和十二年七月、北京郊外の盧溝橋で日本軍と中国軍の衝突が発生し、これをきっかけに、日本軍は中国各地で戦闘をおこなうようになった。日中戦争の始まりである。

この戦争が泥沼化し、昭和十六年十二月からは、太平洋戦争に突入していくことになる。


昭和十二年の国内は、まだまだ平穏だった。

育英中学では、新入生百三十余名をむかえて入学式をおこない、六月には全山陰競技大会を盛大に開催した。公認グラウンド設置や教育の充実ぶりがみとめられたのか、県から学校報奨金も支給された。

太蔵のおもな仕事は、学費をとどけにくる生徒に領収書をわたし、励ましの言葉をかけることだった。

がんばれよ。

えらい者になれよ。

領収書は、一枚一枚、毛筆でしたためた。

たとえ覚えられなくても、生徒の名前は必ず訊いた。

学費が何ヶ月も滞っている生徒は、授業を受けられないという規則だったが、太蔵は教室のうしろで聞くことをみとめた。五十人が入る教室は、いつも熱気であふれている。

太蔵の頭のなかには、あらたな事業が次々に浮かんでいた。

まずは講堂を建てる。柔剣道場もつくらねばならない。理科の実験室も必要だし、寮も増やさねばならんなあ――。

しかし、日中間の戦闘がはじまった夏ごろから、太蔵は食欲がなくなり、ひどく疲れやすくなってきた。胸に何かがつかえているようで、気分もわるい。

そのころ、四女の加津が夫を亡くし、子ども四人をつれて豊田家へ戻って来ていた。

「お父さん、一度ちゃんと診(み)てもらいましょうよ」

加津にいわれて鳥取の病院を受診すると、胃にできものがあるようだから、もっと大きな病院で診てもらったほうがいいといわれ、京都大学病院を紹介された。

「学校はどうするんだ。京都なんぞ、わしは行かん」

「学校は、先生方がちゃんとやってくださいますよ。収兄さんだって、月に一度は帰ってきているんだし」

「だめだ。わしは京都なんぞ行かん。学校を放っておいて行けるもんか」

それからは、娘たちが総がかりで説得し、秋に受診した京都大学病院で胃がんと判明、そのまま入院することになった。

「お父さん、トマトを買ってきましたよ。さっぱりしているから食べてみてください」

加津が見舞いに持ってきたトマトを、

「無駄づかいするな。これから講堂を建てにゃいけんのに」

太蔵はそういって押しのけた。

「まったく頑固ねえ……。そういえば、お父さんは鳥取に行っても、お昼ご飯も食べずに帰ってきていましたものね」

「店に上がれば、安い金では食えんからな」

「ほんとに、お父さんは学校がすべてでしたね」

そんなやりとりもしだいにできなくなって、木々の葉が落ちつくした十二月五日、太蔵は八十二歳の生涯を閉じた。

最後の言葉は、

「学校のことは心配しとらん。わしの意志は、息子たちが継いでくれるだろう」

というものであった。

山の頂は見えただろうか――人生の長旅、いや長い登攀（とうはん）を終えた太蔵の顔には、おだやかな笑みが浮かんでいた。

エピローグ

昭和二十五年十一月、竹歳むめは長男の磐彦をともなって、豊田家を訪れた。むめは五十七歳になり、磐彦も四十がちかい。太蔵が没してから十三年、太平洋戦争が終わってから五年あまりがたっていた。

「おう、むめか。磐彦くんも一緒か。まあこっちに来て火鉢にあたれ」

迎えた収は六十七になった。戦時中に政府の要職にあったことから、戦後に公職を追放され、妻と子どもたちをつれて由良に帰ってきていた。太蔵亡き後つとめていた、育英中学の校主兼校長も辞任した。

「いらっしゃい。めっきり寒くなりましたねえ。こんなものしかありませんが、よかったらどうぞ」

収の妻である登美子が、サツマイモのふかしたのを皿に盛って出してくれる。収とともに晩登塾を切りもりしてきた登美子だったが、原宿にあった晩登塾も、二十年五月の空襲で焼けてしまっていた。

「ありがとうございます。登美子さんがつくったおイモなの?」

「ええ、見よう見まねで。小さいものしかできませんでしたけど」

「畑仕事は大変でしょう」

「ええ。でもずいぶん慣れましたわ。みなさん、親切に教えてくださいますし」

東京時代は、代議士夫人であった登美子である。よもや、田舎で畑仕事をすることになるとは思わなかっただろうと考えると、むめの胸は痛む。

しかし、それよりも胸が痛むのは、弟の保と家族が、広島に落とされた原子爆弾で死んでしまったことである。原子爆弾がどれほど恐ろしいものかを知ったのは最近になってからだが、保の勤務先も家も広島の中心部にあったから、おそらくひとたまりもなかっただろう。

次兄の稔も、昭和十五年に病死した。残る男きょうだいは、長兄の収だけである。

このたびの戦争では、ほんとうに多くの人が犠牲になった。育英中学の卒業生も、何人もが戦地へ行ったまま帰らぬ人となったし、在学中の学徒動員で亡くなった生徒もいた。

保のことも、生徒たちのことも、父が生きていたら、どれほど悲しんだことだろうと思う。

そしていま、育英中学自身が大きな岐路(きろ)に立たされていた。

いや、もう育英中学ではない。戦後の教育改革によって、二年前に新制高校となり、鳥取県私立育英高等学校と名前が変わったのだから――。

新制高校の原則は、男女共学である。育英高校はひきつづき男子のみとしたため、入ってくる生徒がめっきり減った。

そこへもってきて、今年の六月と九月に二度の火災が発生し、校舎の半分以上を焼失してしまったのである。

一度めの火災のあと、収はまだ意気軒昂(けんこう)だった。校舎を再建し、父の遺志をついで学校を発展させるんだといっていた。

しかし二度めの火災は、兄に決定的な打撃を与えたようだと、むめは思う。おりから県立への移管話がもち上がり、兄の心はそちらに傾いている。

むめは納得できなかった。創立者の娘であるというだけでなく、昨年没した義父の竹歳元太は、財団法人育英会の理事長をつとめていた。実家と嫁ぎ先、両方にかかわることなのである。

むめが磐彦をつれてきたのは、兄に翻意(ほんい)をうながし、私立高校として存続させるためだった。


「兄さん、磐彦の話を聞いてやってくれますか」

「ああ、もちろんだ。磐彦くんはたしか三井にいるんだったね」

「はい、財閥解体で三井の大手部門は解散しましたが、僕は銀行にいたので助かりました」

「そうか。まあ、これからもいろいろ変わるだろう。あれだけの戦争をしてしまったんだ。日本は変わらねばなるまい」

収の胸のなかには、戦前から戦時中の苦い記憶が残っている。戦争に向かう道を止めたいと念じながら、戦争を遂行する政府にとどまっていたのは、自分のなかにも危ういものがあったのかもしれない。すでに新憲法が施行され、「国民主権・基本的人権・平和主義」といった基本理念が、学校でも教えられている。男女平等の理念によって、女性も参政権を得た。

「それで、育英高校のことですが、十年間だけ僕にまかせてもらえませんか」

磐彦は、伯父である収にそう申しでた。

「十年間？　十年間、きみが育英を経営するということか？」

「はい。十年たてば、伯父さまの息子さんも三十です。育英をまかせられるでしょう。そのあいだのつなぎとしてお役に立ちたいんです。僕は銀行にいますから、経理にはくわしいですし」

「うーん、しかし火事で校舎が燃えてしまったし、大変だと思うぞ」

「創立者である太蔵さんの遺志を継ぎたいと、母はつねづねいっています。僕も同じです。ひとり息子として、子どものころから太蔵さんの話を聞いてきましたから」

「それはありがたい話だが」

「任せてもらえるなら、僕は銀行を辞めます。そのかわり、伯父さまはいっさい口出ししないでいただきたいのです。経営も学校内容も、僕に任せていただきたい」

「なに……」

兄の眉がくもるのを、むめは見た。口出しするなという磐彦の言葉は、兄の心を傷つけたにちがいない。

「いや、やはり断るよ。父の遺志をどう受け継ぐかは、私もさんざん考えてきたからね」

案の定そういう収に、

「兄さん、県立になったら父さんの遺志は生かされないでしょう。あれほど私立学校にこだわっていたんですよ。少しのあいだ、磐彦にまかせてやってください」

むめは横から口をはさんだ。

「むめ、親父の遺志は、私立学校にこだわることじゃないぞ。ましてや、一族の者が学校を牛耳ることでもない」

「牛耳るなんて……そんないい方はないでしょう」

「すまん、つい口がすべった……。磐彦くんの気持ちはありがたいと思ってるよ。ただ私はね、親父が育英をつくったのは、すべての子どもに、高等教育につながる道をひらいてやりたいと考えたからだと思っている。親父の時代には、学びたくても学べない子がたくさんいたからな」

「ええ、そうよ。県立中学はお上のための人間をつくるところだが、わしは、生徒本人のための教育をするんだといってたわ。だから私立学校にこだわったんでしょう」

「だが、戦争が終わって教育は変わった。いや変わらねばならないんだ。もともと県立のほうが、施設も教員の数も勝っていたことはたしかだろう。これからは親父がいっていたような、生徒一人ひとりを大事にする教育がなされるはずだ。豊田の一族が無理して維持するよりも、県立に移管したほうが生徒のためになるんじゃないかな」

「兄さんは、育英がお荷物になったんでしょう。放りだしたいだけなんじゃないの」

「ばかな……。放りだすつもりなら、こんなに悩みはしないよ」

その言葉に、むめははっとして兄を見た。戦争が激しくなって以降、めっきり白髪がふえ、父に似て恰幅（かっぷく）のよかった身体はすっかりしぼんでいる。目の下の隈（くま）も目だつ。

「ごめんなさい。兄さんの気持ちも考えずに……」

「いや、いいんだ。正直いうと、私もまだ気持ちの整理がついていてなくてな」

万治さんが生きていてくれたら――。

収はついそんなことを考えてしまう。竹歳万治は、ヨーロッパ・東南アジア視察から帰ったのち体調をくずし、昭和十一年に亡くなっていた。

亡くなる数ヶ月前、収は万治が静養している鎌倉を訪ねた。万治は、中国大陸への進出を危ぶみ、現地の人々の暮らしを踏みにじるようなことがあってはならないといっていた。いくら不況打開のためであれ、戦争だけは絶対にしてはならない、ともいっていた。

だれよりも国際感覚にすぐれ、だれよりも対話を重んじる万治さんが生きていてくれたら——。

昭和十八年、橋田邦彦文部大臣を育英中学に迎えたときのことを、収は思いだす。

橋田文相は鳥取中学時代、万治の一年後輩、収の二年先輩だった。ひじょうに優秀で、当時から尊敬していた。

その人が文部大臣となり、さらに育英中学で講演をしてくれるという僥倖に、これ以上ないほどの晴れがましさをおぼえたのはつい昨日のことのようなのに、橋田邦彦はA級戦犯の扱いを受け、二十年九月に服毒自殺を遂げてしまった。

万治さんが元気でいてくれたら戦争が止められた、などとは思わない。

思わないが、自分はもう少しちがうことができたかもしれない、と考えることはあった。

「兄さんは、衆議院議員として立派なことをいっぱいしたじゃないの」

むめが励ますようにいう。

「学生への奨学金制度、県内の鉄道拡充……米子医専の設置だって、兄さんが国に働きかけたのが大きかった。それに、晩登塾で育てた生徒は何百人もいるでしょう」

「ほんとうに忙しかったんですよ。昼間は国会や役所に行って、帰ってからは生徒たちの話を一人ひとり聞いて、あいまに就職の世話をして——。よく身体がもつなと思ってました」

それまで黙って聞いていた登美子がいうと、

「兄は昔から頭がよくて、責任感がつよかったですから」

とむめも持ち上げる。聞いている収のほうが恥ずかしい。

「でもね、山口高等学校時代に二回落第して、そのときは、父にお説教されてしゅんとなってました」

まあ、と登美子がいい、「伯父さん、落第したことあるんですか」と磐彦が身を乗りだす。

「こら、むめ！」と収は叱ったが、むめが場を和ませようとしていったのだということは、よくわかっていた。


その後、収は育英会や県教育委員会と話し合いを重ね、育英高等学校を県に移譲することを決めた。むめも、もう反対はしなかった。

昭和二十六年四月、県立由良育英高等学校が発足する。昭和十六年にできた由良高等女学校や、河北実業高校と統合してのスタートであった。

収は入学式にまねかれた。

火事で焼失した校舎はまだ再建されていないが、残った建物の外壁は塗り替えられ、仮の校舎もつくられている。

すっかり成長した桜並木を通って、かつての校舎に足を踏み入れたとき、いい知れぬなつかしさと寂しさが同時におそってきて、収は思わず落涙しそうになった。

数年前まで、自分が校主・校長をつとめていた学校――。

父が生涯をかけてつくり、その発展を自分にたくした学校――。

それがいよいよ手を離れるのだ。

親父、ゆるしてくれよな――。

そうつぶやいて式場に入った収は、男女の生徒が整列する光景にはっとした。百人ほどの新入生のうち、スカート姿の女子生徒が三分の一くらいはいるだろうか。うしろに並ぶ二、三年生も、やはり三分の一ほどが女子生徒だ。はりつめた空気のなかにも、どこか華やかさが感じられるのはそのせいだろう。どの顔もひき締まり、それでいて希望にあふれている。まっすぐ前を見つめる瞳が、これから大いに学び、新しい時代をつくっていくのだという意志を感じさせる。

席についても、収は生徒たちの顔から目が離せなかった。

さっきまで感じていた寂しさや、ほんの少しの後悔が、生徒たちの瞳の力で溶かされていくのを感じる。

親父見てくれ。これが新しい育英高校だ――。

壇上の校長からは、学校発足にいたった経緯と、校訓を「克己」とすることが語られた。

「『克己』は、本校創立者である豊田太蔵氏が、なによりも大切にしていた言葉です。みなさんは、一人ひとりが自分の目標を持ち、たとえ困難に遭っても、それを乗りこえていく力をつけてください。幸福な人生と、よりよい社会をつくる力を身につけてください。そのための勉強です――。そのための運動です――。そのための友情です――。みなさんの成長を、わが校は全力で応援します」

話を聞きながら、収は目頭が熱くなるのをおぼえた。目じりを伝うのは、喜びの涙である。このあと、自分も話をするよういわれているが、これではまともに喋れないかもしれない。克己――それはなんとむずかしく、奥のふかい言葉だろうと思う。どんなに頑張っても壁を超えられないこともあれば、時代の波に呑み込まれて溺れてしまうこともある。

それでも自分に克とうと思えば、まちがったことや邪悪なものを見抜く力が必要になるだろう。自分のなかにある、ずるさや弱さとも向き合わなくてはならなくなる。

学ぶとは、それに耐える力をつけることなのかもしれない。耐えて自分の花を咲かせるのが、「克己」の心なのかもしれない――。

収はふたたび生徒たちを見た。

窓から差し込む四月の光をうけて、明るく輝く何百もの瞳を、収は自分の名前が呼ばれるまで、飽くことなく見つめつづけていた。

それから二ヶ月後、収は公職追放解除となり、三年後の昭和二十九年十二月、財団法人晩登育英会の理事長に就任した。

太蔵がつくった育英会は、県立に移管したときに「晩登育英会」と改称して、「人材育成」の理念を引き継ぐことになっていた。おもな事業は、由良育英高校の在校生ならびに大学進学者に奨学金を給付すること、東京に再建した晩登塾を運営することである。

ふたたび父の遺志を継ぐ立場になった収は、昭和四十四年に八十六歳で没するまで、教育と山陰地方の発展に情熱を注ぎつづけた。

平成十五年、県立由良育英高等学校は、学校再編によって、県立鳥取中央育英高等学校と名前を変える。

校歌や校章は変わっても、緑ケ丘に学ぶ生徒たちのはつらつとした姿は、太蔵や収の時代から変わっていない。

そして校訓の「克己」は、創立百十周年を迎えたいまも生徒玄関の正面に掲げられて、朝な夕なに生徒たちを励ましつづけている。

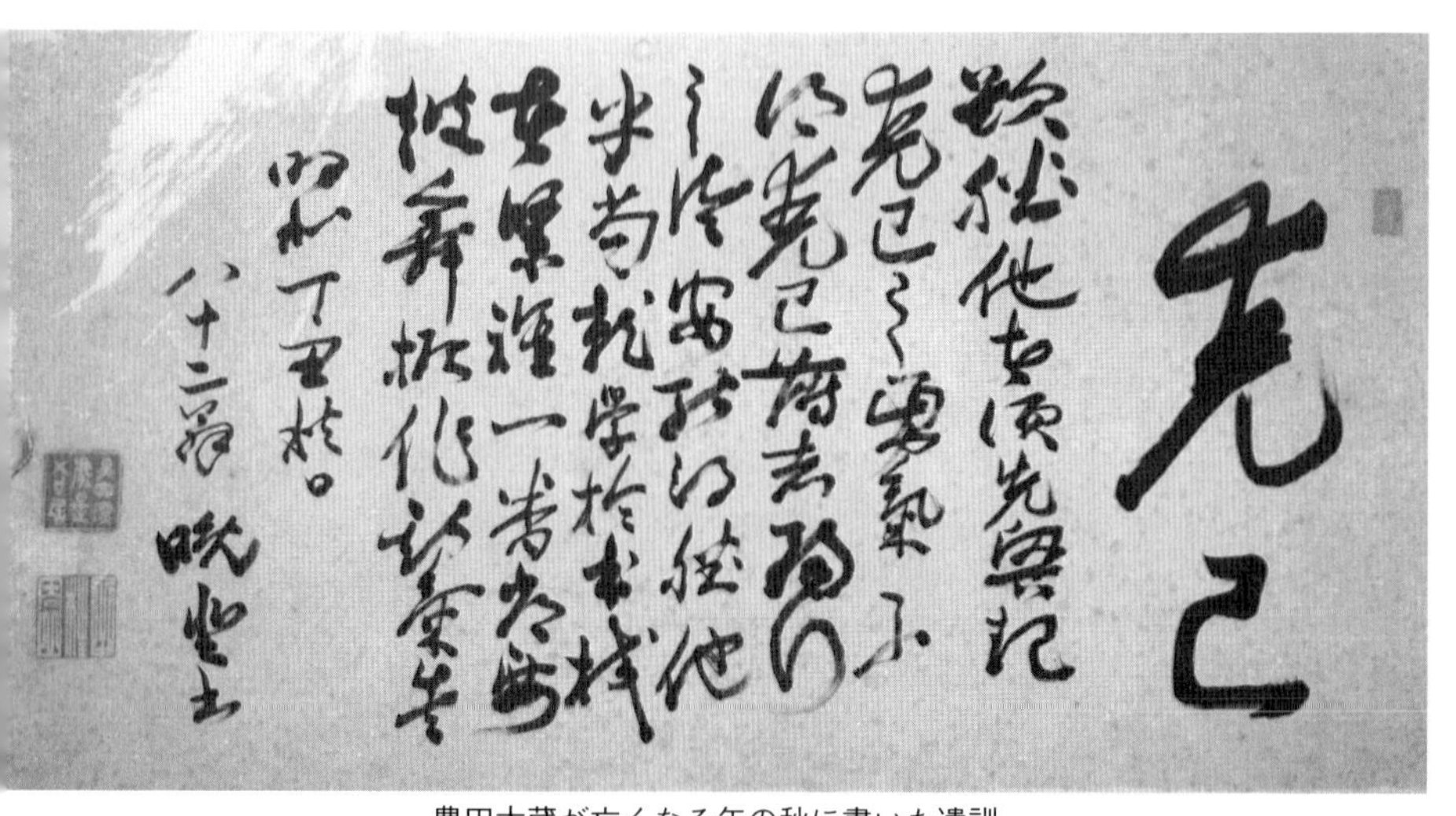

豊田太蔵が亡くなる年の秋に書いた遺訓

おもな参考文献

『鳥取県史』近代政治篇
『大栄町誌』
『豊田父子追想録』　鳥取県立由良育英高等学校同窓会
『卒業五十周年記念誌』　育英中学校第二十五回卒業同期生会
『創立六十周年記念誌』　鳥取県立由良育英高等学校
『創立八十周年記念誌』　同
『創立九十周年記念誌』　同
『創立百周年記念誌』　鳥取県立鳥取中央育英高等学校
『鳥取教育百年史余話』（上・中・下）　篠村昭二　学兎社
『明治国家のこと』　司馬遼太郎・関川夏央編　ちくま文庫
『民権と憲法』　牧原憲夫　岩波新書
『それでも、日本人は「戦争」を選んだ』　加藤陽子　新潮社
『文部省の研究』　辻田真佐憲　文春新書
『「天皇機関説」事件』　山崎雅弘　集英社新書

その他、ウェブサイトの記事を参考にさせていただきました。

豊田太蔵　略年譜

	豊田太蔵関係	鳥取県内・日本国内のできごと
安政3年（1856）	八橋郡由良宿に、豊田平吉・はんの長男として生まれる。	武信佐五右衛門が反射炉の築造に着手する。
文久2年（1862）		生麦事件が起きる。
3年（1863）		因幡二十士事件（京都本圀寺事件）が起きる。
慶応2年（1866）		薩長同盟が成立。
3年（1867）		大政奉還。王政復古の大号令。
4年（1868）（明治元年）		戊辰戦争。明治政府樹立。
明治4年（1871）		廃藩置県。文部省創設。
5年（1872）		「学制」公布。
7年（1874）		県立鳥取中学校ができる。
8年（1875）	倉吉町清谷、福井重蔵の次女・たかと結婚。	
9年（1876）		鳥取県が、島根県に吸収合併される。
10年（1877）	長女・嘉女誕生。	西南戦争が起きる。
11年（1878）		大久保利通が暗殺される。
14年（1881）		山県有朋の来県。鳥取県が再置される。県立米子中学校ができる。
15年（1882）	次男・収誕生。（長男は1歳で死亡）	自由民権運動の高まり。
17年（1884）	由良宿村会議員に当選する。	
18年（1885）	次女・都留誕生。	県立倉吉農学校ができる。
19年（1886）	私立学校設立の運動をはじめる。	県立米子中学校廃止。

	豊田太蔵関係	鳥取県内・日本国内のできごと
20年（1887）	三男・稔誕生。	
21年（1888）	「育英会」をつくり、会員・資金あつめに奔走する。	
23年（1890）	由良村長に選ばれる。	帝国憲法発布。帝国議会開設。
24年（1891）		ラフカディオ・ハーン（小泉八雲）が伯耆・因幡を旅行。
25年（1892）	三女・むめ誕生。	
26年（1893）		暴風雨により、県内全域で河川が氾濫する。
27年（1894）	水害復旧工事補助請願のため上京。	日清戦争（明治28年まで）。
28年（1895）	鳥取県議会議員に当選する。四女・加津誕生。	
32年（1899）	私立中学設立のための負債を由良村議会に起こす。 内務大臣・西郷従道、大蔵大臣・松方正義あてに認可願いを出す。 五女・満津子誕生。	県立米子中学校が再開校する。
33年（1900）		義務教育（小学校四年間）を無償化。
35年（1902）	四男・保誕生。	
37年（1904）		日露戦争（明治38年まで）。
39年（1906）	「私立育英黌」を開校する。	
40年（1907）		義務教育を小学校六年間に延長。
41年（1908）	文部大臣・牧野伸顕に中学認可申請のため、上京する。	
42年（1909）		県立倉吉中学校ができる。

	豊田太蔵関係	鳥取県内・日本国内のできごと
明治44年（１９１１）	由良村長を辞任する。	
45年（１９１２）	育英黌の第一回卒業生を送りだすが、以後休校状態となる。	
大正2年（１９１３）	文部大臣・奥田義人に中学認可申請のため、上京する。	
3年（１９１４）	文部大臣・一木喜徳郎より中学認可。「鳥取県私立由良育英中学校」と改称。	第一次世界大戦（大正7年まで）。
5年（１９１６）	次男・収が学校長に就任し、太蔵は校主となる。	
8年（１９１９）	育英中学第一回の卒業生を送りだす。	大正デモクラシーの時代。
9年（１９２０）	「鳥取県私立育英中学校」と改称する。	中学校への進学熱が高まる。
12年（１９２３）		関東大震災。
14年（１９２５）	新校舎落成。	
昭和3年（１９２８）	次男・収が衆議院議員に当選する。	
4年（１９２９）		ニューヨークで株の大暴落。昭和恐慌。
6年（１９３１）		満州事変。
8年（１９３３）	日本陸上連盟公認グラウンド完成。	
11年（１９３６）	妻・たか死去。（享年79）	
12年（１９３７）	豊田太蔵死去。（享年82）	日中戦争はじまる。
16年（１９４１）		太平洋戦争（対米英戦争）突入。
20年（１９４５）		広島・長崎に原爆投下。敗戦。
26年（１９５１）	県へ移管し、鳥取県立由良育英高等学校となる。	

あとがき

本作品は、可能なかぎり事実に即して書いた小説です。

登場するほとんどの人は実名ですが、主要人物のうち、「竹歳伊作」と「国枝甲介」は架空の存在です。ただし、伊作の息子「竹歳万治」は実在の人物であり、名前も実名を用いています。

また、「福井たか」に「常（つね）」という姉がいたのは確からしいのですが、どうやら早世しているようで、物語のなかでは、この人もほぼフィクションとしての存在です。「水垣当斎」は、太蔵が漢籍を学んだ医者の名を少し変えています。

このような、架空、半架空の人物を登場させたのは、豊田太蔵の前半生があまりわかっていないからでした。本人が書き残していた文書のほとんどは、火事で焼失したとのことです。

育英高校では、十年ごとに記念誌を作成されており、学校創立に至る経緯はおおよそ残されているのですが、太蔵の人物像については、育英中学校ができて以降の話が大半です。どんな人との出会いがあり、何に影響を受けて、私立中学校設立という大望を抱いたのか——また、どのようにしてそれを実現していったのか——事実や残されたエピソードのあいだに横たわる、大きな空白を埋めていく必要がありました。

その意味では、私がつくった豊田太蔵像であり、「マイ太蔵」なのかもしれませんが、しかし書き終えたいまでは、ほぼこのようではなかったか、と思っています。

育英高校の同窓生ではない私が、創立者の物語を書くことには、当初かなりの戸惑いと不安がありました。しかし、調べていくうちに、また書きすすめていくうちに、豊田太蔵という人物に大きな魅力を感じるようになりました。

同時に、明治という近代教育の黎明期に、教育への高い志を持った人たちが、たくさんいたことを知ることもできました。教育は個人の発展のために必要不可欠なものであり、国の発展は、教育を受けた個人によってもたらされる――そうした理念のもと、官民ふくめて多くの人たちが、教育に熱意を抱いたのでしょう。

とはいえ、私学や私塾のほとんどは、県立学校にならないかぎり長くつづきませんでした。財政的な理由も大きかったでしょうが、明治期の文部省は学校制度をコロコロと変え、求める日本人像も変化していったため、それに翻弄されざるを得なかったのです。

そんななか、豊田太蔵があくまで私学にこだわり、人生を賭して育英中学をつくったのは、かれが理想とする人間像があったからだと思います。さらに、「遅れた地域だからこそ、一番いいものをつくる」という強い信念と気概があったからでしょう。

育英中学校は、戦後に県立高校となりましたが、創立者・豊田太蔵の気概は、いまも受け継がれていると聞きます。

家族の物語としても書きたい、という思いがありました。また、教育を中心とした「明治の鳥取県」

を描いてみたいという、およそ欲張りな気持ちもありました。

欲張りは私のわるい癖で、貧しい私の筆力ではとても描けるものではありませんでしたが、ほんの一部でも、その雰囲気を感じてもらえたら幸いです。

森井裕子さんには、すばらしい挿絵を何枚も描いていただきました。挿絵を見るためだけでも、この本を開いてもらう価値はあります。(ほんとうに!)

最後になりましたが、本作を書く機会を与えてくださり、力を貸してくださった育英高校同窓会のみなさまに、心より感謝申し上げます。

二〇一七年六月

松本　薫

育英会名簿

牧野伸顯・文部大臣あてに提出された「鳥取県私立育英中学校認定申請」（明治41年3月18日）に添付された育英会名簿

秋田　豊成
油本　角蔵
竹歳　久太郎
豊田　太蔵
遠藤　嘉十郎
竹歳　治平
田中　永治
山本　貞次郎
米田　昇平
竹歳　幹
遠藤　元次郎
田中　久米吉
石脇　義敬

竹歳　元太
斎尾　武造
吉田　久米吉
松井　新吉
斎尾　音松
田中　貞蔵
吉田　栄蔵
高宮　彌学
足立　仙次郎
福本　定三郎
米田　豊次郎
塩谷　福蔵
梅津　庄吉

盛山　伊之吉
竹歳　喜平
福本　源蔵
足立　常蔵
大西　岩吉
岸田　文仙
林原　昇治
隅利　八郎
堀尾　義隆
倉光　必明
佐々木　吉蔵
山本　理
岩本　虎造
小倉　喜三郎
三谷　彬
景山　清風
渡邊　信平

酒林　伊太郎
小田井　亀次郎
笠原　實岩
福光　益平
塩谷　伊太郎
岡本　嘉七郎
三原　淨
吉岡　輝彦
武信　益治
前田　篤次郎
河邊　政平
唯　武連
中村　松吉
道祖尾　萬吉
上橋　幾次郎
羽根田　六ノ市
神波　乙吉
廣芳　菊吉

飯田　常次郎
喜多村　吉雄
竹信　善重郎
石原　織人
松田　俊治
道祖尾　仙吉
永井　甚平
磯江　岩十郎
斎尾　徳次郎
遠藤　太喜雄
山下　慶次郎
川上　直蔵
石原　彦郎
金平　傳十郎
小谷　與市郎
青木　敦
武信　松次郎

倉本宇三郎
林　昇造
武信國蔵
朝倉喜代松
山瀬幸人
近池彦次郎
菊尾善五郎
伊吹勘右衛門
小谷兼吉
田熊藤吉
田中政春
青山龍斎
大久保源平
秋山忠直
大谷健蔵
西山専造
高橋由蔵
信田友吉

山崎嘉七郎
奥野虎治
松岡亦一
江原亀蔵
本村繁造
桑本嘉七郎
本田富造
濱岡　隆
安場政蔵
橋谷傳重
伊藤貞淳
大谷宇太郎
高岡　操
富盛與平
松本藤蔵
徳島源一郎
上村藤三郎

倉光和一郎
松本篤次郎
田中静市
米本政次郎
松本馬吉
横濱常蔵
横山太三郎
山本亀治
谷岡柳吉
谷岡喜久蔵
大谷萬次郎
吉田慶蔵
杉川又四郎
竹信健次郎
尾崎得三郎
吾妻伊之平
桑本蒼生蔵
廣谷由之

梅津金吉
福井覺造
廣谷市蔵
生田武八
西田覺次郎
池本正知
塚本松吉
辻　馨
新藤定蔵
田中道孝
永田秀治
金澤安吉
細谷達一郎
今井定太郎
倉光六平
中井静雄
油本政吉

榎並志雅三
船越太一郎
森　亮
山本一松
儀利古幹雄
井上永美
桑田藤十郎
島田豊吉
志真義平
金田彌三郎
山本直渲
武信健二
原田　節
佐伯友光
松村秀吉
船木甚兵衛
山崎元一
松村秀真

岡崎平内
松本武次郎
豊田秀伯
亀井貫之
宮脇郁
久保村治三
平岩定雄
池信新九郎
吉田千太郎
平井喜七
奥野庸正
池田三郎
三枝禮二
福井善十郎
池本清市
美田長
椿新太郎

森田幹
田中忠治
花本繁蔵
梶川正次
山崎汎
岡野勘蔵
横山雄次郎
河原基次郎
松田愛造
西谷金藏
香川與太郎
田中兵一郎
細谷秀蔵
富盛好蔵
岩本亀蔵
野谷巌
梅津喜之吉
東川信照

明里千賀蔵
光井祥蔵
佐伯豊録
桑原亨
盛山吉太郎
細谷田力
香川栄三郎
中井藤吉
河合力蔵
松田周次郎
佐伯友寛
本多豊秋
細谷五雄
渋谷武貞
中本安次郎
水谷六蔵
松田松蔵

米田吉造
岸田甚次郎
野間田藤造
種子清八
横山源一
榎田常造
杉山長三郎
池上直蔵
吉田信躬
佐伯泰蔵
武信克之
横山峰一
門脇甚吉
佐伯四郎
平野宇平
岸田和政
亀井甚三郎
足立傳吉

乗本藤雄
進藤與八郎
陰山伴次郎
船越正則
山田清次郎
野村鶴蔵
深田梅蔵
岡田角蔵
山本平造
中村正載
河本徳蔵
山根熊蔵
武中吉蔵
安尾惣十郎
村岡幾平
内海淡
谷口清四郎

岩本文次郎
梅津末吉
太田力蔵
高野作蔵
種子利平
山本藤吉
山本常十郎
安田英吉
生田長次郎
倉光常雄
本田政吉
池尾伊平
田口権三郎
安田鶴彦
長島千代吉
平井荘道
涌島猪蔵
伊田猪蔵

正檣種太
湧島長十郎
河崎仙太
清水久呂
市橋亀蔵
林原永太郎
村上光
友松千蔵
渡邊清四郎
木崎延年
吉岡久蔵
小早川潔
牧野静濟
内海清太郎
田中精
巌本音松
金松瑞枝

山本延蔵
宮崎貞蔵
田江彌三郎
澤村仙秀
中村伊平
小川岩造
山本春蔵
石田太市
香川太市
原田透隣
小矢野虎蔵
豊島孫一郎
木下荘平
小川辰蔵
隠岐渉
秋山節夫
吉田源太郎
岸田繁三郎

池本壽太郎
桑田藤十郎
毛利真人
林薫
萩原汎愛
操屋藤馬
遠藤萬藏
吉山留治
大野徹也
田中久馬蔵
金田松蔵
田邊廉太郎
田中善次郎
桑田國蔵
棵里哲二
村上謙
尾崎忠平

石田宗一
川上儀三郎
橋田浦蔵
小橋平治
鹿野悠
長谷川恒次郎
松本仁平
長谷川秀次郎
岡崎幸三郎
近藤金太
山根勝次
近藤吉太郎
山枡作蔵
中井久蔵
岡田辰造
乾清長
高見恒蔵
杉村五百造

箕島常勝
牧野孫市
若原観瑞
小谷岩造
松本藤三郎
山根光友
間世田嘉右衛門
佐々木佳次
竹信虎蔵
三村實
中村孝太郎
山田梅吉
野島榮太郎
井上喜代丸
太田千代蔵
高田民蔵
陶山芳蔵

明里治郎
別所松吉
斎木善三郎
若林達信
牧田英吉
西垣金藏
松田春斎
瀧川一敏
明里徳治
秋田芳蔵
吉田志尚
岩間美蔵
森山忠次郎
佐々木久米蔵
松本岩吉
前田陸
木村重宣
足羽東蔵

田中萬蔵
山根務
仲倉常蔵
野口安太郎
牧田孝一
廣田仙左
谷本泰諄
山根寿蔵
谷本清房
船越亀吉
松本良蔵
徳岡宇四
一浦松次郎
富山久吉
原田懇
福井益蔵
岩崎吉太郎

小林義之吉
山田益造
前田下学
石原登
福澤友蔵
水川市三郎
山枡光好
福井廉
椿音蔵
山瀬義以
前田壽人
椿岩吉
寺尾孝之
武本太一郎
中井甚三郎
北野幾太郎
中本芳蔵
奥田彦蔵

緒方傳照
門原貞治
仲倉保平
清直惶
安藤長太郎
岩本廉蔵
谷田兵蔵
石亀喜一
佐伯元吉
矢口音蔵
西尾太一
遠藤述貫
山田傳章
山本清太郎
福木竹蔵
佐々木吉太郎
清水重七

峯地友蔵
武本喜代蔵
斎尾政十郎
黒須顔次郎
福永菊十郎
牧野順造
津村甚太郎
安原嘉太郎
北岡啓蔵
秋山鶴
高橋基一
福井久右衛門
大野樫郎
池口政蔵
河本真太郎
前川義治
谷口重雄
松本善六

岡村喜代治
松本延蔵
遠藤新太郎
山枡岩蔵
合口廣吉
田熊治平
村岡虎蔵
福井孝治
陶山儀平
山口吉治
門口議吉
野口重平
桑田勝平
福田榮太郎
原田謙五郎
松原房吉
田中武

竹下進榮
山根彦蔵
河田禮蔵
山田豊太郎
山本幸吉
野上徳三
井上房太郎
戸崎郁三
滝七蔵
石河榮治
菊留源吉
入佐清静
竹田定
山口實藏
岡田保章
榎田萬藏
松崎次郎
小林幸雄

高田四郎
伊澤彦三郎
河越善蔵
唯政連
田川傳八
菅沼只三郎
西尾重威
金原磊
廣島政蔵
野一色良吉
坂根利貞
徳安愛治
上山正暉
小島和五郎
山枡専蔵
小林茂
飯岡佐二郎

原田永誠
長谷川喜代八
太田文太郎
池山久良
遠藤春郎
岡村百吉
内藤登
阪口豊蔵
圓藤徳
太田熊太郎
筒江侃
澤田治清
関録三
渡部豪慎
岡田考三郎
青木春圭
住田正懿
福家思承

柄川荘太郎
藤谷實顕
前澤為蔵
村田節
北村彌太郎
平信金平
随朝賦
山田文太
田子台弁
辻唯次郎
福井市次郎
西川彦太郎
美濃部巌夫
田中正情
三田隆
内田玄教
桑名清太郎
岩井為蔵

邨田辰三郎
藤田重郎
角田重美
都田顕信
山田虎吉
美船元城
小倉喜兵衛
井上九郎
佐伯百蔵
小倉亀蔵
尾崎愛藏
門脇竹蔵
山口泰治郎
西田光蔵
一村勝太
大井俊太郎
池田正輝

河越重義
丹羽彦實
山田□己
牧野常吉
門脇重雄
安藤宣□
湯浅秀紀
門脇元右衛門
金平豊吉
倉長恕
鷲見康重
尾原恒蔵
天野祐治
名和長恭
衣笠光遠
吉益鉄太郎
角田益次郎
渡邊駛水

岡本政治
角田僻吉
渡邊壽雄
日置秀蔵
前野善治
佐々木源造
日置定蔵
樋口成也
福有滝蔵
徳島元二
市川庄蔵
小野田成美
前田喜蔵
遠藤鹿蔵
渡邊重基
石賀清次郎
名越實藏

岸原定治
田中遷
中西藤治
山根慶蔵
北原大巖啓
木下吉太郎
浅田利一
坂本小次郎
光月初太郎
本田岩蔵
谷口留五郎
中西清
岡本正
谷口諍晃
足立幸松
藤田松太郎
水谷徳一
宮川武行

河島雅弟
田代修敬
佐藤啓行
渡邊源太郎
山田豊太郎
岡嶋正潔
小出雷吉
友成正
吉田長治
高松久治郎
山田好信
三和達治
牛尾房吉
鳩谷兼吉
川本繁平
木村正信
松原虎之丈

西村茂平
谷口清吉
西川二雄
河原六三郎
岩下市郎次
高本貞茂
中尾竹治
稲垣憾愛
川本善太郎
三島巖
加藤房蔵
安藤健二
湯本幸次
川村勇蔵
奥村弘通
前田千代蔵
丹羽且次
龍野愛民

高塚福吉
安田當務
大島鐵太郎
橋本義邦
小寺則正
川本石蔵
木村安蔵
瀧山徹
小原竹香
柴田菊蔵
尾崎武太
持田貫一
村上金治
松本敬親
影山英一郎
池本泰造
西墻重基

石田二男雄
細田謙蔵
荻原就正
竹田鑛次郎
小倉穀豊
緒方弘義
遠藤伊之作
河崎真胤
福田志道
加賀田哲一郎
神戸信義
足野好生
垣田亀太郎
岸本岸雄
村上光
大塚誠太郎
高田小次郎
三村求

安田復四郎
佐本壽人
住田善平
瀧中菊太郎
御船四良三朗
長谷川潔
鈴木甚平
竹内熊二
入沢格治
石谷菫九郎
田川正要
安田茂
高田繁太郎
高瀬善之
竹内熊太郎
調所広丈
須前源次郎

原田　林次郎
奥田　義人
長谷部　天夫
岡　喜七郎
三澤　五百太
神波　信蔵
林　佐次郎
井上　廉治
山脇　民蔵
白方　儀三郎
吉田　吉三郎
米岡　規雄
尾崎　松三郎
吉田　久治
青山　善作
北岡　隆蔵
酒井　虎蔵
金田　駒次郎

木村　恒吉
塩　政徳
岸　精一
福井　喜代太郎
谷本　虎吉
中井　養三郎
新高　清次郎
豊島　伊勢松
大森　直輔
田中　鯉喜蔵
日山　平八郎
糟谷　次郎
前川　可也
光井　康市
西大　次郎
吉村　勝太郎
山崎　亀次郎

和嶋　義雄
楠本　房吉
西村　忠義
森田　孝治
浅井　與之吉
山枡　園太郎
山口　愛治
鳥越　澤吉
吉田　弥平
渡辺　瀏
米山　豊蔵
小田　政美
森尾　武治
深野　一三
佐分利　壽賀蔵
中野　文治
石村　金六
古川　松柏

大森　經三
大塚　松次郎
大田　市九郎
山根　幸史
宮部　乙雄
山本　為治
青砥　吉壽郎
藤田　富治郎
三島　喜次郎
澤田　信五
佐伯　泰蔵
上村　平三郎
野坂　精
小林　南八
中村　善實
西尾　繁太郎
西村　重六

福成　幸雄
北浦　雄次郎
福間　清次郎
大橋　定蔵
盛岡　治一
谷口　源太郎
砂川　千代松
長砂　直蔵
河崎　鉄藏
橋本　辰造
河辺　清六
三橋　得三
伊藤　愛造
源野　一三
滝　正名
尾崎　又次郎
高橋　喜代太
田中　透造

福元小次郎
井上穆
石谷傳四郎
篠村啓太郎
横山荘平
田中永治
平田税

香川輝
吉岡義造
武田重義
上尾大尾
澤田十太郎
佐々文衛
池本幾蔵
西尾柳衛
三村徳蔵
小林義則

谷本峰蔵
西尾音一郎
安藤傳藏
谷口芳次郎
重松達一郎
澤田虎造
吉田斧太郎
池田幡次朗
北川定蔵
前田幸之丞
久山義英
大江礒吉
下田勘次
藤縄参次郎
山崎亀蔵
徳永彌太郎
安木市太郎
橋浦雄次郎

盛山吉太郎
森田峰治
遠藤董
谷口善三
林至誠
筧雄平
小嶋喜太郎
稲賀龍二

前田牧蔵
松田精一
大塚誠太郎
山田竹五郎
鍛治川源六
福光繁太郎
林田小市郎
中村儀三郎
井関與十郎

島尾正次
秋山文吉
三枝禮二
高田政治
原民蔵
永美正一
山本廣節
中本善吉
石河和太郎
田口元
厨川榮
石河貞治郎
森本幾蔵
加藤伊蔵
楢紫竹造
福永恒蔵
木下六蔵
秋田毅

遠藤三吉
佐本壽人
福田宏有
佐々木菊若
田村虎蔵
中嶋銕三郎
景山忠吉
和田啓蔵
倉持益治

村上文太郎
米垣直能
立川貞治郎
村上陸奥太郎
中井志加造

※□は判読できなかった文字。

松本　薫（まつもと かおる）

鳥取県米子市淀江町出身。米子市在住。

2000年「ブロックはうす」で早稲田文学新人賞を受賞。

2005年「梨の花は春の雪」が市民シネマの原作に選ばれる。

以降、鳥取県内の歴史をテーマにした小説に書き続けている。

おもな著書に『TATARA』『謀る理兵衛』『天の蛍―十七夜物語』などがある。

NHK文化センター（米子・鳥取）で、エッセイと小説の講座を開講中。


〈挿絵〉

蔵りすと　森井裕子（くらりすと　もりい ゆうこ）

線細（せんさい）ペン画家。

鳥取県東伯郡琴浦町出身。米子市在住。

鳥取県立由良育英高等学校卒業。

山陰の風景や茅葺民家、レトロ建築物などの絵を制作し、各地で作品展を開催している。

挿絵や自宅画制作などオーダーアート展開。

「蔵りすと」は蔵に代表される日本の古いものを愛する人という意味のペンネーム。

Facebook「蔵りすと　線細ペン画」

ばんとう

―山陰初の私立中学校をつくった男―

2017年９月７日　初版発行

著　者　松本　薫

挿　絵　蔵りすと 森井裕子

発　行　鳥取県立鳥取中央育英高等学校同窓会
〒689-2295 鳥取県東伯郡北栄町由良宿291-1
TEL 0858-37-3211

発　売　今井出版

印刷・製本　今井印刷株式会社